DALMORE JAZZ

Ein Edinburgh-Krimi

mit

Rowan Lockhart

von

Mara Laue

goldfinch verlag

Das für dieses Buch eingesetzte Papier
ist ein Produkt aus nachhaltiger Forstwirtschaft.

1. Auflage 2014

Herausgeber: Goldfinch Verlag, Frankfurt am Main

Herstellung: Goldfinch Verlag, Frankfurt am Main
Lektorat: Kristina Frenzel, Berlin
Korrektorat: Birgit Rentz, Itzehoe
Umschlaggestaltung: © Sophie Freiwald, Guter Punkt, München (www.guter-punkt.de) unter Verwendung von Motiven von Subbotina Anna, Kruglov Orda (Shutterstock)
Graphik: Scottish heraldry symbol © Daevid #43012537 - Fotolia.com
Satz: Dryas Verlag, Frankfurt am Main
Gesetzt aus der Palatino Linotype
Druck: Aalexx Buchproduktion GmbH, Großburgwedel

Bibliografische Information der Deutschen Bibliothek:
Die Deutsche Bibliothek verzeichnet diese Publikation in der Deutschen Nationalbibliografie, detaillierte bibliografische Daten sind im Internet über http://dnb.ddb.de abrufbar

ISBN: 978-3-940258-31-1
www.goldfinchbooks.de

Vorbemerkung *Alle im Roman genannten Orte sind authentisch. Sofern es sich um die Adressen von nichtöffentlichen Gebäuden handelt, wurden jedoch die Hausnummern aus rechtlichen Gründen frei erfunden. Alle Handlungen und Personen sind fiktiv, ebenso die Band Dalmore Jazz. Ähnlichkeiten mit real existierenden Personen und Ereignissen wären Zufall.*

Ein Glossar der im Roman verwendeten Ausdrücke und ihrer Aussprache aus dem Scots und dem Japanischen befindet sich am Ende des Buches, ebenso eine Umrechnung der britischen Maßeinheiten ins metrische Maß.

EINS

Dienstag, 4. Dezember 2012

„Zehntausend Pfund!" Kyle Saunders blickte Matt Ramsey, den Leadsänger der Edinburgher Band Dalmore Jazz, eindringlich an.

Der grinste und klopfte ihm väterlich auf die Schulter. „Keine Chance, Junge. Und zu dem lächerlichen Preis schon mal gar nicht." Er beugte sich vor und sah Kyle in die Augen. „Man hat uns schon Millionen für das Schätzchen geboten. Aber sie ist unverkäuflich. Sie ist ein Teil von uns, unsere Glücksfee und unser Herz. Die geben wir nicht her."

Liebevoll tätschelte er die langhalsige Flasche, die er wie ein Baby im Arm hielt. Auf ihrer Vorderseite klebte ein Plastik-Hirschkopf mit einem zwölfendigen Geweih in Metalloptik. Das an einer Ecke abgerissene Etikett wies den früheren Inhalt der Flasche als Dalmore Single Malt Whisky aus. Doch statt des Whiskys, den die Band schon vor dreißig Jahren restlos ausgetrunken hatte, enthielt die gut verkorkte und versiegelte Flasche ein besonderes Accessoire: An einem Band, das an das untere Ende des Korkens geklebt war, baumelten Haarlocken in unterschiedlichen Längen und Farben. Einige von ihnen waren zu Zöpfchen geflochten, die anderen lediglich mit verschiedenfarbigen Fäden umwickelt, um sie zusammenzuhalten. An jede Locke war ein kleines Namensschild gebunden.

Die Flasche war eine Legende und für die Band fast schon ein Heiligtum, ihr „Herz", wie Matt Ramsey gesagt hatte. Denn als am 4. Dezember dreißig Jahre zuvor ein paar jazzbegeisterte Freunde und Hobbymusiker zusammengesessen und Musik gemacht hatten, war beim Austrinken eben dieser Flasche Dalmore die Idee entstanden, eine eigene Jazzband zu gründen. Dem Whisky zu Ehren, aus dem die Bandidee geboren worden war, hatten sie sich „Dalmore Jazz" genannt und eine Locke vom Haar eines jeden Gründungsmitglieds in der Flasche versiegelt. Schon deshalb war diese Flasche bei den Fans der Band heiß begehrt.

„Bitte, Mr Ramsey." Kyle lächelte gewinnend. „Ich ..."

„Junge, wir geben dir alles andere, was dein Herz begehrt. Von mir kannst du sogar meine Frau haben. Die hat sich sowieso gerade von mir scheiden lassen." Er lachte über seinen Witz, doch dann wurde er ernst und bedachte Kyle mit einem drohenden Blick. „Aber diese Flasche ist und bleibt unverkäuflich. Also trink einen Dalmore auf unser und dein Wohl, mach ein Foto von der Flasche zur Erinnerung, genieß unsere Musik, und dann geh zurück nach Amerika! Unsere Flasche wird uns niemals verlassen. Klar?"

Kyle nickte, da ihm sowieso nichts anderes übrig blieb. Er machte ein paar Fotos von der Gründungsflasche in Ramseys Arm und zog sich zurück, als sich zwei Leute von der Security auf Ramseys Wink näherten. Einer von ihnen machte eine auffordernde Geste von der Bühne weg, vor der Kyle mit Ramsey stand, zu den Tischen hin. Kyle lächelte gezwungen, setzte sich auf seinen Platz, bestellte einen Dalmore und überlegte, wie er an die Flasche herankommen konnte. Er musste sie einfach haben.

Dass das nicht leicht werden würde, war ihm von Anfang an klar gewesen. Aber er hatte geglaubt – gehofft –, dass sein Angebot von zehntausend Pfund ausreichen würde, um die Band zumindest in Versuchung zu führen. Er hätte es besser wissen müssen. Schließlich hatte er jeden Schnipsel an Informationen über Dalmore Jazz gesammelt, dessen er hatte habhaft werden können. Darunter befand sich auch ein Zeitungsbericht aus der „New York Times", in dem es hieß, dass ein New Yorker Milliardär, der wohl wegen seiner schottischen Wurzeln und seiner Vorliebe für Jazz und den Dalmore ein Fan von Dalmore Jazz war, der Band eine Million Dollar für ihre Gründungsflasche geboten hatte. Nach deren hartnäckiger Ablehnung hatte er das Angebot noch mehrfach erhöht, schließlich sogar auf drei Millionen Dollar. Die Antwort von Dalmore Jazz war sogar wörtlich zitiert worden: „Solange unsere Band besteht, werden wir die Flasche niemals verkaufen. Nicht für alles Geld der Welt. Amen!"

Trotzdem hatte Kyle sein Glück versuchen müssen. Schließlich war schon manche andere und sogar berühmtere Band im Laufe der Jahre auseinandergegangen. Außerdem war der Stern von Dalmore Jazz im Sinken, wenn man den Gerüchten aus der Branche Glauben schenken durfte. Das bedeutete, dass die Mitglieder Geld brauchten. Aber so, wie es aussah, war die Gründungsflasche das Letzte, was sie jemals verkaufen würden.

Matt Ramsey ging auf die Bühne zurück und stellte die Flasche auf ihren Thron, einen mit royalblauem Samt ausgekleideten ehemaligen Autokindersitz, neben dem ein muskelbepackter Security-Mann Wache schob, der Kyle nicht aus den Augen ließ. Die übrigen vier Musiker fanden sich ebenfalls wieder auf der Bühne ein, um die Darbietung nach der Pause fortzusetzen.

Kyle kannte sie alle, obwohl er ihnen an diesem Abend zum ersten Mal live begegnet war: Matt Ramsey war der Sänger und zweite Saxofonist der Band und komponierte und textete alle Songs. Tom Maxwell spielte den Bass und die Gitarre, Charlie Grant das Schlagzeug. Rob Leask saß an der Hammondorgel; Drew Stirling war der Zauberer mit dem Saxofon und spielte auch Oboe. Sein Spiel wurde oft mit dem von John Coltrane verglichen. Kyle fand sogar, dass Stirling besser war; zumindest gefiel ihm dessen Stil besser.

Dalmore Jazz hatte in den dreißig Jahren ihrer Existenz über dreihundert Songs und Instrumentalstücke produziert, von denen etliche sehr erfolgreich gewesen waren und die Bandmitglieder reich gemacht hatten, sehr reich. Aber dieser Reichtum interessierte Kyle nicht. Er wollte die Gründungsflasche haben. Zum Glück gab es noch andere Möglichkeiten, an sie heranzukommen, als zu versuchen, sie zu kaufen. Doch diese Möglichkeiten wollten gut überlegt sein.

„Ich bin erledigt." Tom ließ sich in Matts Wohnzimmer in einen Sessel fallen, streckte die Beine aus, ließ die Arme hängen und legte den Kopf auf die Rückenlehne. „Ich glaube, ich werde langsam alt."

„Rate, wer noch!" Drew warf sich in einen anderen Sessel und imitierte Toms Haltung. „Mann, wann haben wir zuletzt so einen Marathonauftritt hingelegt?"

„Noch nie." Charlie fläzte sich auf die Couch, auf der auch Rob Platz nahm. „Bei unseren bisherigen Auftritten hatten wir nur zwei Stunden lang mit einer ausreichenden Pause zwischendurch zu spielen, oder wir sind bei einem Jazzfestival aufgetreten, wo wir nicht die einzige Band waren und deshalb auch nicht länger spielen mussten. Aber einen ganzen Tag lang das Programm allein schmeißen, das war echt neu."

„Tröstet euch", sagte Keith Nicholson, der Manager der Band, und setzte sich neben Rob. „Das nächste derartige Ereignis inszenieren wir erst wieder, wenn ihr euer fünfzigjähriges Bestehen feiert. Falls ihr dann noch dazu in der Lage seid und nicht schon im Altenheim dahinvegetiert." Lautstarker fünfstimmiger Protest war die Antwort, aber Keith ignorierte ihn. „Hey, Matt! Wo bleibt der Dalmore?"

„Ihr wisst doch, wo er steht. Bedient euch." Matt stand neben dem Kamin, hatte den gerahmten Kunstdruck von Bonnie Prince Charlie zur Seite geklappt und öffnete den dahinter verborgenen Safe. Feierlich stellte er die Gründungsflasche hinein und schloss den Safe danach sorgfältig. Als er einen Blick zum Fenster warf, fluchte er. Draußen stand Kyle Saunders und starrte herein.

Entschlossen ging Matt zur Haustür und riss sie auf. Kyle Saunders stand bereits davor, den Mantelkragen hochgeschlagen wegen des Schneegestöbers, das eine halbe Stunde zuvor eingesetzt hatte, und lächelte Matt an.

„Mr Ramsey ..."

„Pass mal auf, Jungchen!", fuhr Matt ihm über den Mund. „Ich sag es nur noch ein einziges Mal: Unsere Flasche ist un-ver-käuf-lich." Er betonte jede einzelne Silbe. „Also verschwinde, oder ich rufe die Polizei. Und wenn ich dich noch mal auf meinem Grundstück erwische, prügele ich dich runter. Du wärst nicht der erste besessene Fan, der meinen Zorn zu spüren bekommt, weil er uns belästigt hat."

Kyle Saunders verließ zwar rückwärts gehend das Grundstück, blieb aber davor stehen, zumindest dort, wo er glaubte, dass sich der Bürgersteig befand. Das war nicht eindeutig zu erkennen, denn der Winter hatte Schottland derart heftig in seinem eisigen Griff wie selten zuvor. Der Schnee lag teilweise so hoch, dass niedrige Grundstückszäune und sogar Autos komplett unter der weißen Masse begraben waren.

„Mr Ramsey ..."

„Hau ab!", brüllte Matt so laut er konnte. „Und lass dich hier nie wieder blicken!" Er griff sich einen Haufen Schnee von der Hecke neben dem Eingang, presste ihn zu einem Klumpen und schleuderte ihn auf Saunders.

Der versuchte auszuweichen, schaffte es aber nicht. Stattdessen rutschte er aus und fiel hin, als ihn der Schneeklumpen ins Gesicht traf. Matt wartete nicht ab, bis Saunders sich wieder aufgerappelt hatte, sondern knallte die Tür zu und ging zurück ins Wohnzimmer. Dort zog er alle Vorhänge der Fenster zur Straße hin zu. Er wusste zwar nicht, wie lange Kyle Saunders vor dem Fenster gestanden hatte, aber mit Sicherheit lange genug, um gesehen zu haben, wo sich der Safe befand, in dem die Gründungsflasche stand. Mist!

Die Mitglieder der Band waren schon mehrfach geschlossen oder einzeln von hartnäckigen Fans verfolgt worden. Meistens wollten diese nur Autogramme. Ein paar weibliche Fans hatten es auch darauf abgesehen, einen der Dalmore Jazzers ins Bett zu bekommen. Aber Kyle Saunders trieb es auf die Spitze. Er hatte an diesem Tag nicht zum ersten Mal versucht, an die Gründungsflasche heranzukommen. Falls seine Behauptung der Wahrheit entsprach, was Matt bezweifelte, arbeitete er als Künstler in New York. Er hatte zunächst darum gebeten, sich die Flasche für einen Tag ausleihen zu dürfen, um sie in verschiedenen Settings zu fotografieren und zu malen. Natürlich hatten die Dalmore Jazzers das abgelehnt, nicht nur, weil sie die Flasche nie aus der Hand gaben und erst recht nicht aus den Augen ließen, wenn sie sich nicht im Safe befand. Schon so mancher Fan und Sammler hatte versucht, sie zu stehlen. Einmal hatten sie bei einem Konzert sogar jemanden bei dem Versuch erwischt, die Flasche gegen eine halbwegs gut gemachte Fälschung auszutauschen.

Kyle Saunders hatte garantiert Ähnliches im Sinn. Da er sie sich nicht ausleihen konnte – um sie gegen eine Kopie auszutauschen und mit dem Original zu verschwinden, kein Zweifel –, wollte er sie nun kaufen und verstand offenbar kein Nein. Matt hoffte, dass der Schneeball ins Gesicht Saunders klargemacht hatte, dass er die Flasche nie bekommen würde. Matt würde nachher die Alarmanlage einschalten, bevor er sich schlafen legen würde, nur für alle Fälle. So sehr er die Aufmerksamkeit der Fans auch genoss, wenn sie sich auf die Musik bezog und sich durch Jubel bei Live-Auftritten, Autogrammwünsche und den Kauf möglichst vieler CDs ausdrückte; wenn sie ihn und die anderen bis nach Hause verfolgten, hörte der Spaß auf.

Keith hatte inzwischen den Dalmore und Gläser geholt und schenkte allen großzügig ein. Matt setzte sich in den letzten noch freien Sessel, nahm sein Glas und schaute in die goldschimmernde Flüssigkeit. Die Band hatte dem Dalmore viel zu verdanken, nicht nur ihren Namen. Ihren besten Songs lag eine ordentliche Portion zuvor genossenen Dalmores zugrunde, besonders in den ersten Jahren, als ...

Er verbot sich den Gedanken energisch. „Was schätzt du, Keith, wie viel hat unser Jubiläum uns heute eingebracht?", fragte er, um sich abzulenken.

Der Jubiläumsauftritt hatte in der Cromdale Hall des Edinburgh International Conference Centre stattgefunden. Der Saal war für zwölfhundert Gäste konzipiert, aber nicht ausverkauft gewesen wie in früheren Zeiten, als noch ... Nun gut, das hatte vielleicht auch daran gelegen, dass eine Eintrittskarte dreißig Pfund gekostet hatte. Wer kein Fan war oder vielleicht ein Tourist, der den Jubiläumsauftritt als interessantes Event in seine Liste der „abzuarbeitenden Sehenswürdigkeiten" aufgenommen hatte, dem war das sicherlich zu teuer gewesen. Dalmore Jazz hatte ihren Zenit schon lange überschritten. Das Schneechaos hatte ein Übriges dazu getan, dass die Halle halb leer gewesen war. Etliche Leute, die ihre Karten im Vorverkauf erworben hatten, waren wegen des Wetters zu Hause geblieben. Und Touristen kamen sowieso eher selten im Dezember nach Edinburgh.

Keith schüttelte den Kopf. „Schwer zu schätzen. Kann ich erst nach dem Kassensturz sagen. Wie ich aber mitbekommen habe, sind fast alle CDs verkauft worden. Dazu noch ein paar Fanartikel. Und euer erstes handgeschriebenes Songbook ging bei der Versteigerung für fünftausend weg. Alles in allem stehen wir nicht so schlecht da."

Matt hörte an Keiths Tonfall, dass „nicht so schlecht" in Wahrheit „fast ein Flop" hieß. Immerhin musste von den Einnahmen die Miete für den Saal bezahlt werden, dazu das Catering, die Löhne für die Techniker und alle anderen, die an der Organisation beteiligt waren. Zwar waren neben dem Songbook noch einige weitere bei den Fans begehrte Artikel versteigert worden, doch falls dabei nicht ordentlich etwas reingekommen war, blieb unterm Strich für jedes Bandmitglied nicht allzu viel übrig. Aber es war unter anderem Keiths Aufgabe als Bandmanager, Optimismus zu verbreiten.

Keith hob sein Glas. „Ich trinke auf den Erfolg! Und auf weitere Erfolge. Cheers!"

„Auf den Erfolg!", toasteten auch die anderen und stießen miteinander an.

Matt leerte sein Glas in einem Zug. Er fühlte die Wärme, die der Alkohol in seinem Magen verbreitete, und wünschte sich vergeblich, sie würde auch auf seine Seele übergreifen. Doch darin spürte er eine Kälte, gegen die ihm der Winter draußen wie ein laues Lüftchen vorkam.

Rob hob sein Glas. „Und auf Seymour, ohne den wir nie so erfolgreich geworden wären."

Matt starrte ihn an und hatte das Gefühl, als hätte man ihm ein Schwert in den Leib gerammt. Seine Hände begannen zu zittern.

Rob, der im selben Moment begriff, was er gesagt hatte,

wurde rot. „Sorry, ich ..." Er schluckte. „Tut mir leid, ich wollte nicht ..."

Matt stellte sein Glas auf den Tisch, stand auf und ging aus dem Zimmer.

„Ganz große Klasse, Rob", hörte er Keith sagen. „Wann wirst du endlich mal lernen, deine Klappe zu halten, wenn du was getrunken hast?"

„Außerdem waren wir uns darüber einig, den Namen nie wieder zu erwähnen", rügte Drew. „Du bist so ein Idiot, Rob!"

Matt schloss die Tür seines Schlafzimmers hinter sich und die Stimmen der anderen aus. Er setzte sich aufs Bett, ohne das Licht einzuschalten, starrte in die Dunkelheit und wünschte sich Vergessen. Doch das wünschte er sich schon seit Langem. Er tastete nach der Flasche, die er neben seinem Bett stehen hatte. Ihr Gewicht und der Klang der darin schwappenden Flüssigkeit verrieten ihm, dass sie fast leer war. Aber es war noch genug, um ihn schnell einschlafen zu lassen, wenn er alles in einem Zug austrank. Er entkorkte die Flasche, setzte sie an den Mund und ließ die Flüssigkeit seine Kehle hinabrinnen. Es brannte; klar, es war kein Dalmore und sowieso kein Whisky. Aber das war ihm egal. Er ließ die leere Flasche zu Boden fallen, warf sich auf das Bett und rezitierte ein paar Songs, bis der Schlaf ihn gnädig übermannte.

ZWEI

Freitag, 7. Dezember 2012

Rowan Lockhart betrat die Anwaltskanzlei Napier, Ogilvy & MacGregor im ersten Stock des Hauses 17D George IV Bridge. Die alteingesessene Kanzlei residierte in diesem Haus bereits seit über hundert Jahren. Das Innere war zwar modernisiert worden und vermittelte ein geschäftsmäßiges Ambiente der gehobenen Klasse, doch hatten sich die Anwälte bisher geweigert, mit der Tradition zu brechen und in ein moderneres Gebäude in der New Town von Edinburgh zu ziehen. Das lag nicht zuletzt daran, dass das Caffè Lucano nur ein paar Schritte entfernt war, ein Café und Restaurant, in dem es hervorragende italienische Kaffees und leckere Snacks gab, weshalb die Hälfte der Angestellten der Kanzlei dort Stammgäste waren.

Rowan schlug die gefütterte Kapuze ihres Wintermantels zurück und zog die Handschuhe aus. Draußen war es lausig kalt. Der Winter hatte das Land in diesem Jahr in einem mörderischen Griff und die Schneefälle hörten einfach nicht auf. In der Innenstadt waren die Straßen halbwegs geräumt, aber in den Außenbezirken war es schwierig. Rowan hatte zwei Stunden lang die Garage und den Weg zur Straße freischaufeln müssen, ehe sie hatte losfahren können. Und für den Weg von ihrem Haus in der Blackford Avenue bis zur Kanzlei, der normalerweise maximal eine Viertelstunde dauerte, hatte sie über eine Stunde gebraucht.

Im Vorraum der Kanzlei war es angenehm warm. Vier Sekretärinnen widmeten sich an ihren Tischen ihrer Arbeit. Alle grüßten Rowan freundlich.

„Guten Tag, Ms Lockhart." Jenny Anderson erhob sich und half Rowan, den Mantel auszuziehen. Anschließend hängte sie ihn an die Garderobe. „Mr MacGregor erwartet Sie. Gehen Sie einfach hinein."

„Danke." Rowan ging an ihrem Tisch vorbei, klopfte an Michael MacGregors Tür und trat nach seiner Aufforderung ein. „Hi Michael."

„Hallo Rowan." Er erhob sich und deutete auf den Sessel vor seinem Schreibtisch. „Nimm Platz. Tee? Oder etwas Stärkeres?"

„Tee bitte. Das Stärkere nehme ich heute Abend, wenn das Tagwerk getan ist." Sie setzte sich, während Michael über die Gegensprechanlage bei Jenny Anderson Tee orderte. „Entschuldige bitte meine Verspätung, aber ich hätte mir nicht träumen lassen, dass ich zu Fuß schneller hier gewesen wäre als mit dem Auto."

Er lachte. „Furchtbare Kälte, nicht wahr?", begann er mit der Diskussion über das Wetter, die in Schottland jede Unterhaltung einleitete. „In den Nachrichten haben sie heute Morgen gesagt, dass weiter im Norden der Verkehr vollkommen zum Erliegen gekommen ist."

„Ja, in den ländlichen Gebieten sind sie eingeschneit."

Sie plauderten, bis Jenny Anderson den Tee gebracht und sie beide ihren ersten Schluck getrunken hatten. Danach zog Rowan einen dicken Briefumschlag aus ihrer ledernen Umhängetasche, die in ihrer Form einem sporran nachempfunden war, der zum Kilt gehörenden Tasche, die vor dem Unterleib getragen wurde. Rowans Tasche war nur erheblich größer und hatte ihr schon in ihrer Collegezeit beste Dienste geleistet. Eigentlich wäre sie längst reif für die Mülltonne gewesen, aber „Smitty" Macmillan, ein Scottish Traveller und Oberhaupt eines Clans fahrender Handwerker, den Rowan ab und zu für diverse Arbeiten einspannte, hatte sie ein paar Wochen zuvor runderneuert. Er hatte nicht nur alle dünnen und brüchigen Stellen verstärkt oder ausgetauscht, sondern die Tasche auch mit Applikationen versehen, die zwei einander an der Nase berührende Pferdeköpfe darstellten.

Michael nahm den Umschlag und blickte Rowan hoffnungsvoll an. „Du hast sie gefunden?"

„Nein, das ist der detaillierte Bericht über alle meine Fehlversuche und die Rechnung dafür." Sie winkte ab. „Ja, ich habe sie gefunden. Sie heißt heute Janice Williams und lebt in Cleveland, Ohio. In dem Umschlag befinden sich Kopien aller einschlägigen Dokumente, die lückenlos belegen, dass Janice Williams die leibliche Tochter eures Klienten ist. Eine endgültige Bestätigung muss natürlich ein DNA-Abgleich bringen, aber ich versichere dir, dass ein Irrtum zu achtundneunzig Prozent ausgeschlossen ist."

Michael lächelte zufrieden. „Rowan, ich könnte dich küssen."

Sie hob abwehrend die Hände. „Du willst meine Schwester heiraten, nicht mich."

„Werde ich, keine Sorge. Aber ein schwägerlicher Kuss in Ehren ..." Angesichts ihres warnenden Blickes verzichtete er lieber doch darauf. Er zog die Papiere aus dem Umschlag und überflog sie, ehe er den Kopf schüttelte. „Wie hast du das nur geschafft?"

„Indem ich herumtelefoniert und gefaxt und gesimst und im Internet gesucht habe, bis ich ein paar Leute fand, die jemanden kannten, der wiederum jemanden kannte, der jemanden zu kennen glaubte, der ..."

Michaels Lachen unterbrach sie. „Wie dem auch sei, unser Klient wird entzückt sein, dass seine verlorene Tochter gefunden wurde. Ich denke, er wird sich nicht lumpen lassen und dir einen Bonus zahlen."

Rowan lächelte und deutete auf die letzte Seite, die Michael in der Hand hielt. „Für einen Scheck über die aufgeführte Rechnungssumme wäre ich dir schon sehr dankbar."

Er lächelte ebenfalls. „Ich habe mir doch gedacht, dass du nicht nur zu einem kleinen Plausch unter künftigen Verwandten vorbeigekommen bist. Wie viel brauchst du?“

„Nur den Rechnungsbetrag. Ich muss ein paar Handwerker bezahlen. Zum Glück geht meine Detektei immer besser, auch dank dir.“

Noch drei Monate zuvor hatte das anders ausgesehen. Rowan hatte zehn Jahre lang in Japan gelebt, wo sie mit Hidoro Nobushi, der Liebe ihres Lebens, verheiratet gewesen war. Sie hatte sich ihr Leben dort eingerichtet, ein florierendes Security-Unternehmen mit hervorragendem Ruf und achtzehn Angestellten aufgebaut, obwohl sie eine gaijin war, eine Ausländerin, und nicht geplant, jemals nach Schottland zurückzukehren. Doch dann hatte sich das Reaktorunglück in Fukushima ereignet. Yamagata, die Stadt, in der die Nobushis wohnten, war nur gute dreißig Meilen von Fukushima entfernt. Während Doro es als seine Pflicht ansah, bei der Eindämmung der Schäden vor Ort zu helfen, hatte Rowan sich entschieden, vorübergehend in die Zentrale ihres Unternehmens nach Tokio zu ziehen, und Doro und ihre Schwiegereltern gebeten mitzukommen.

Dass Yoshio und Akiko das Heim nicht aufgeben wollten, in dem ihre Familie seit Jahrhunderten lebte, konnte sie verstehen. Sie verstand sogar, dass Doro seine Pflicht gegenüber seinem Land höher bewertete als die Liebe zu seiner Frau, auch wenn ihr das unglaublich wehtat. Und obwohl er seinerseits ihre Entscheidung verstand, hatte er deswegen die Scheidung eingereicht – trotz der Liebe, die sie beide immer noch füreinander empfanden, und der Tatsache, dass Rowan nur vorübergehend nach Tokio hatte ziehen wollen, bis die Gefahr der langfristig tödlichen Verstrahlung in Yamagata nicht mehr so unausweichlich gewesen wäre.

Ohne Doro an ihrer Seite hatte sie nicht mehr in Japan

leben können und wollen. Deshalb war sie zurückgekehrt in ein Land, das sie in ihrer Seele so liebte wie früher, in dem sie sich aber nach inzwischen fast zwei Jahren immer noch fremd fühlte. Natürlich war es nicht leicht gewesen, aus dem Nichts heraus völlig neu anzufangen. Von dem Geld, das sie gespart hatte und das aus dem Verkauf ihres Security-Unternehmens stammte, hatte sie sich ein Haus kaufen und das erste Jahr überbrücken können. Doch trotz ihrer Ausbildung am Scottish Police College, dessen Urkunde in ihrem Büro gut sichtbar gegenüber der Tür hing, war ihr Detektivbüro zunächst wenig erfolgreich gewesen. Ebenso die Kampfkunstschule, die sie im Keller eingerichtet hatte, da der Unterricht zu oft ausgefallen war, weil sie Observierungen nicht mittendrin hatte abbrechen können, um den Unterricht zu erteilen.

Deshalb hatte Rowan das Obergeschoss ihres Hauses an Rory Lennox vermietet. Der Ex-Söldner hatte sich in mehr als einer Hinsicht als Glücksfall erwiesen, obwohl er eine Menge Probleme mit sich herumschleppte, unter anderem eine posttraumatische Belastungsstörung. Er hatte sich eine eigene Kampfkunstschule aufbauen wollen. Doch da Rowan bereits eine besaß und er ohnehin in ihrem Haus wohnte, hatte er sich als Partner in ihre Schule eingekauft. Nach ein paar Um- und Anbauten, um die Räume ansprechend wirken zu lassen und genug Platz für viele Schüler zu bieten, begann sie ebenfalls zu florieren.

Rowan musste allerdings noch ihren Teil der letzten Handwerkerrechnungen begleichen. Dafür brauchte sie den Scheck, den Michael ausschrieb und ihr anschließend reichte.

„Eileen lässt dich übrigens grüßen", sagte er beiläufig.

Rowan runzelte finster die Stirn. „Michael, bitte. Ich kenne meine Schwester und vor allem ihre Einstellung zu mir. Das Letzte, was sie jemals täte, wäre, dir Grüße für mich aufzutragen." Sie schüttelte den Kopf. „Ich finde es nett, dass du versuchst, als Vermittler zu fungieren, aber tu das bitte nicht mit solchen Lügen. Weder Eileen noch der Rest meiner lieben Familie legt Wert darauf, etwas mit mir zu tun zu haben. Im Gegenteil: Du weißt ganz genau, dass sie mich am liebsten totschweigen würden. Besonders nach meinem Erscheinen auf eurer Verlobungsfeier, wo sie mich rausgeworfen hätten, wenn das Ganze nicht im Haus deiner Eltern stattgefunden hätte. Ich nehme an, du erinnerst dich noch, was deine liebe Verlobte – meine Schwester – mir an den Kopf geworfen hat."

Deren Unmut und der ihrer Eltern hatte sich an Rowans Kleidung entzündet, vielmehr an dem, was sie enthüllte: den Nobushi-Drachen, der sich in Rot, Schwarz und Grün von ihrer linken Schulter schlangenartig über ihren Rücken bis zu ihrer rechten Hüfte wand. Seine ausgefahrenen Krallen schienen den Betrachter zerreißen zu wollen, sein auf den ersten Blick grimmiger Gesichtsausdruck drückte auf den zweiten den unbändigen Stolz aus, den Rowan jedes Mal empfand, wenn sie ihn im Spiegel betrachtete. Diesen Stolz hatte sie auch gefühlt, als er ihr tätowiert worden war: Stolz darüber, nach nur acht Jahren Großmeisterin in der von Doros Familie seit Jahrhunderten praktizierten Kampfkunst des Togakure-ryu geworden zu sein, denn die meisten Menschen brauchten dafür erheblich länger. Als Anerkennung hatte man ihr gemäß der Familientradition der Nobushis den Drachen auf den Rücken tätowiert. Sie würde ihn mit ungebrochenem Stolz tragen bis an ihr Lebensende, weil er der sichtbare Beweis dafür war, dass sie etwas geleistet hatte, was nur wenigen Menschen gelang.

Aus diesem Stolz heraus hatte sie zu Eileens und Michaels Verlobung ein rückenfreies Neckholder-Shirt getragen, damit jeder den Nobushi-Drachen und die beiden schwarzen Schlangen auf ihren Armen sehen konnte. Sie hatte das nicht getan, um irgendjemanden damit zu provozieren, obwohl ihre Familie ihr das natürlich unterstellt hatte. Die Tattoos waren ein wichtiger Teil von ihr und hatten für sie denselben Stellenwert wie der Distelorden für einen Schotten. Sie würde sie niemals verstecken, nur weil irgendjemand daran Anstoß nehmen könnte.

Eileen war beim Anblick des Drachen in Tränen ausgebrochen und hatte Rowan beschuldigt, ihr mit dessen Zurschaustellung absichtlich die Verlobung verderben zu wollen. Ihre Mutter hatte sie mit verächtlich verzogenem Mund angewidert angesehen und ihr zugezischt, sie müsse sich in Grund und Boden schämen, nicht nur dafür, dass sie dieses „heidnische Abbild des Teufels“ überhaupt zu zeigen wagte, sondern vor allem dafür, dass sie sich derart hatte „verstümmeln“ lassen. Dem war natürlich die größte Befürchtung ihrer Mutter gefolgt, nämlich dass Rowan mit ihrem „Hottentotten-Aussehen“ nie einen guten schottischen Mann finden und nicht nur deshalb die Schande der Familie bleiben würde. Rowans Vater hatte wie so oft gar nichts gesagt.

Michaels zwei Neffen und seine Nichte, die Kinder seines älteren Bruders Brian, hatten eine tätowierte Tante dagegen cool gefunden und jede Schuppe des Drachen mit ihren Fingern inspiziert; sie hatten gelacht, wenn Rowan die Muskeln spielen gelassen und dadurch dem Drachen Leben eingehaucht hatte.

„Der passt zu dir“, hatte Michael gemeint.

Und sein Vater, Richter Gavin MacGregor, hatte gesagt: „Steht dir gut. Tattoos sind ja schon lange gesellschaftsfähig.“

Dieser Meinung hatte sich auch Michaels Mutter Janet angeschlossen: „Ist das in Japan nicht sowieso normal?“

Rowans Familie sah das anders. Aber niemand, erst recht nicht ihre Familie, würde ihren Stolz auf das dämpfen können, was sie in ihrem Leben aus eigener Kraft erreicht hatte. Der Drache auf ihrem Rücken zeugte unter anderem davon. Und ein potenzieller Partner, egal ob Ehemann oder nicht, der das nicht ebenso sah und die Schönheit des Tattoos zu würdigen wusste, hatte bei ihr sowieso keine Chance.

Michaels Räuspern riss sie aus ihren Gedanken. Er sah ihr in die Augen und sagte ernst: „Ich lege Wert auf dich, Rowan. Und meine Eltern auch. Das weißt du. Ich erlebe dich mindestens zweimal im Monat als äußerst kompetente Detektivin, die für ihre Klienten nichts unversucht lässt." Er tippte auf die Unterlagen, die sie ihm gebracht hatte. „Ich mag dich gern, und ich liebe Eileen. Deshalb wünsche ich mir nichts mehr, als dass ihr euch irgendwann versöhnt."

„Sag das Eileen, nicht mir."

„Ihr sage ich das auch oft genug, in der Hoffnung, dass bei euch beiden eines Tages der stete Tropfen den Stein genug gehöhlt hat."

Sie blickte ihn finster an. „Michael, wenn wir Freunde bleiben wollen, dann lass es. Ich kann es nicht leiden, wenn man sich in meine Angelegenheiten mischt."

„Das habe ich nicht vor. Aber du gehörst zu meiner Familie, spätestens nach meiner Hochzeit mit Eileen. Deshalb bist du auch meine Angelegenheit."

Das Klingeln ihres Smartphones enthob sie einer Antwort. Michael deutete wortlos auf eine Tür, die in sein persönliches Pausenzimmer führte, in das er sich für seine Zwischenmahlzeiten zurückzog. Es machte schließlich keinen guten Eindruck, wenn ein namensgebender Anwalt von Napier, Ogilvy & MacGregor ein halb gegessenes und unter Umständen geruchsintensives Sandwich auf seinem Schreibtisch neben wichtigen Dokumenten liegen hatte. Von der Gefahr, dass dadurch ein Fleck auf einem davon entstand, ganz zu schweigen.

Rowan ging in den Raum hinüber und nahm das Gespräch an. „Rowan Lockhart, Privatermittlungen."

„Guten Tag, Ms Lockhart. Mein Name ist Matt Ramsey. Ich bin der Leadsänger von Dalmore Jazz. Uns wurde unsere Gründungsflasche gestohlen. Unter Fans ist sie Tausende von Pfund wert, aber die Polizei kann sie nicht finden. Ein Reporter vom ‚Scotsman', der uns zu dem Diebstahl interviewt hat, riet uns, Sie zu engagieren. Wären Sie bereit, den Fall zu übernehmen?"

Es gab nur einen Reporter beim „Scotsman", der sie einem Verbrechensopfer empfehlen würde: Alan Cunningham.

„Ja, Sir, bin ich", antwortete Rowan. Zwar hatte sie noch zwei weitere Fälle in Arbeit – eine Überprüfung der Referenzen eines potenziellen neuen Mitarbeiters einer Bank und den Nachweis eines möglichen Versicherungsbetruges –, aber die konnte sie nebenher erledigen. Sie sah auf die Uhr. „Ich könnte unter Berücksichtigung der Verkehrsverhältnisse in ungefähr einer Stunde bei Ihnen sein, wenn Sie mir sagen, wo wir uns treffen wollen. Am besten sehe ich mir den Ort an, von dem die Flasche verschwunden ist, um mir ein Bild zu machen."

„Das wäre uns sehr lieb. Ich wohne 11A Belford Gardens. Wir erwarten Sie, Ms Lockhart. Und wir hoffen, dass Sie so gut sind, wie dieser Schmierfink gesagt hat."

„Ich gebe mir Mühe. Bis dann also." Sie unterbrach die Verbindung und ging in Michaels Büro zurück. „Ein neuer Auftrag", erklärte sie, nahm den Scheck und steckte ihn ein. „Danke, Michael."

„Ich habe zu danken, und vor allem unser Klient. Sollte er sich zu einem Bonus entschließen, leite ich den umgehend an dich weiter."

„Danke. Bis bald!"

Er ließ es sich nicht nehmen, zur Tür vorauszueilen und sie für Rowan aufzuhalten. An diese Höflichkeit gewöhnte sie sich langsam wieder. In Japan trugen die Frauen den Männern das Gepäck und hielten ihnen die Türen auf.

Sie verließ die Kanzlei und fuhr zu der Adresse, die Matt Ramsey angegeben hatte, indem sie einem Schneepflug folgte, der die Straßen bis zur Queensferry Terrace freiräumte. Dort parkte sie und stapfte den Rest des Weges durch den Schnee die Belford Gardens hoch bis zum Haus mit der Nummer 11A.

Dass der berühmten Edinburgher Band Dalmore Jazz ihre Gründungsflasche gestohlen worden war, hatte bereits am Vortag im „Scotsman" gestanden. Alan Cunningham, seines Zeichens Crime Reporter, hatte seinen Artikel „Mysteriöses Verschwinden einer legendären Flasche" betitelt. Wie alle seine Artikel war auch dieser sachlich, warf aber die Frage auf, wie die Flasche aus einem verschlossenen Safe hatte entwendet werden können, noch dazu aus einem Haus, in das laut Polizeibericht nicht eingebrochen worden war. Vor allem aber hinterfragte der Artikel, wie der von der Band verdächtigte Fan aus den USA das Kunststück fertiggebracht haben sollte, die Flasche zu stehlen, ohne Spuren zu hinterlassen.

„Man darf zu Recht auf die Lösung dieses Rätsels gespannt sein, das eine Band betrifft, deren aktueller Erfolg nicht mehr an die Erfolge ihrer Vergangenheit anknüpft", lautete der letzte Satz des Artikels. Man musste nicht besonders gut zwischen den Zeilen lesen können, um das als Hinweis zu interpretieren, dass die Band die Flasche möglicherweise aus Geldnöten hatte verschwinden lassen, um die Versicherungssumme zu kassieren. Da für die Flasche sogar schon einmal drei Millionen Dollar geboten worden waren, hatte sie einen recht hohen Versicherungswert.

Als Rowan an Matt Ramseys Tür klingelte, wurde ihr augenblicklich geöffnet. Offenbar hatte man sie kommen sehen.

„Ms Lockhart? Schön, dass Sie kommen konnten. Ich bin Matt Ramsey. Treten Sie ein."

Rowan folgte ihm ins Wohnzimmer, wo fünf weitere Männer saßen, alle ungefähr Mitte fünfzig. Sie hatten Whiskygläser vor sich und eine halbvolle Flasche Dalmore stand auf dem Tisch. Die Stimmung war düster und Rowan spürte eine gewisse Aggression. Sie konzentrierte sich auf die Ausstrahlung der Männer, die sie mit ihrer geschärften Wahrnehmung erkennen konnte. Stimmungen zu erspüren und korrekt zu interpretieren, gehörte zur Grundausbildung des Togakure-ryu. Gedanken, besonders wenn sie mit intensiven Gefühlen einhergingen, erzeugten eine bestimmte Energie in Form von neuro-muskulären Entladungen. Sie bei anderen Menschen zu fühlen, war eine erlernbare Kunst, auch wenn es jahre- oder sogar jahrzehntelanges Training erforderte, bis man sie beherrschte. Dann aber war sie gerade für Leute, die im Sicherheitsbereich oder als Ermittler tätig waren, eine unschätzbare Hilfe.

Rowan spürte bei den Dalmore Jazzern Zorn, aber auch Misstrauen, und bei Matt Ramsey tiefe Schuldgefühle. Das konnte viel oder nichts bedeuten.

„Sie sind also die Privatschnüfflerin, die der Schmierfink uns empfohlen hat", sagte ein vollbärtiger Hüne. „Haben Sie gelesen, was Ihr sauberer Freund über uns geschrieben hat?"

„Drew, bitte!", mahnte Matt Ramsey. „Sehen Sie es uns bitte nach, Ms Lockhart." Er rückte ihr einen Sessel zurecht und forderte sie mit einer Handbewegung auf, Platz zu nehmen. „Der Diebstahl der Flasche geht uns an die Nieren. Sie ist ein Teil von uns, nicht nur, weil von jedem von uns eine Haarsträhne darin hängt aus der Zeit, als unser Haar noch nicht grau war." Er strich sich über den Kopf.

Rowan setzte sich und lächelte. „Die jetzige Farbe steht Ihnen aber sehr gut. Ihnen allen."

Die Männer lächelten geschmeichelt und stellten sich ihr vor.

Tom Maxwell hob die Whiskyflasche. „Trinken Sie einen Dalmore mit uns, Miss?“

„Gerne“, stimmte Rowan zu. Sie bevorzugte zwar Singleton, wenn sie Whisky trank, aber der Dalmore war auch nicht zu verachten.

Matt Ramsey holte ihr ein Glas, Tom Maxwell schenkte ihr ein und den anderen nach, schließlich prosteten alle ihr zu.

„Auf dass Sie unsere Flasche finden“, wünschte Tom Maxwell.

„Unversehrt“, ergänzte Matt Ramsey. „Cheers!“

„Cheers“, prostete Rowan den Männern zu und leerte ihr Glas zur Hälfte. Der Dalmore schmeckte süßlich, da er zu den Whiskys gehörte, die in Sherryfässern gelagert wurden: ein bisschen wie Honig, ein bisschen nach Karamell, ein winziger Hauch von Schokolade und ein intensives Fruchtaroma, bei dem die Orangennote hervorstach, unter der sich ein Hauch von Apfel verbarg. Dieser komplexe Geschmack lud dazu ein, dem ersten Schluck nicht nur einen weiteren folgen zu lassen. Rowan leerte ihr Glas, was die Männer zu anerkennenden Blicken veranlasste und Tom Maxwell dazu, ihr nachzuschenken.

„Ich werde mir die größte Mühe geben, Ihre Flasche zu finden, Gentlemen. Das heißt, falls Sie mich tatsächlich engagieren wollen. Mein Preis ist hundert Pfund pro Tag plus Spesen.“ Sie blickte in die Runde.

„Engagiert“, entschied Matt Ramsey. „Und wenn ich das aus eigener Tasche bezahlen muss.“

„Dafür steht die Band gerade“, versicherte Keith Nicholson, der Manager. „Wir alle wollen die Flasche wiederhaben.“

„Dann bringe ich nächstes Mal den Vertrag mit, damit alles seine Richtigkeit hat.“ Rowan lächelte Drew Stirling zu. „Und seien Sie unbesorgt: Ich pflege völlig neutral an meine Fälle heranzugehen. Ich weiß nicht, ob

Mr Cunningham erwähnt hat, dass ich eine abgeschlossene Ausbildung vom Scottish Police College habe sowie zehn Jahre Erfahrung als Objekt- und Personenschützerin. Voreilige Schlüsse zu ziehen, gehört nicht zu meinen Methoden." Sie blickte von einem zum anderen. „Wenn Sie mir bitte sagen würden, wann Sie die Flasche zuletzt gesehen haben."

„Wir haben am Dienstag das dreißigjährige Bestehen unserer Band gefeiert", sagte Matt Ramsey. „Und an diesem Abend war die Flasche noch da. Ich habe sie selbst in den Safe gestellt, als wir kurz vor Mitternacht nach Hause gekommen sind. Am Mittwochabend brauchte ich ein paar Unterlagen aus dem Safe, und da war die Flasche weg. Es muss dieser Amerikaner gewesen sein – Kyle Saunders. Der war nicht erst seit Dienstag hinter ihr her. Hat uns bis vor die Tür verfolgt. Ich musste ihn mit Gewalt vom Grundstück jagen. Garantiert hat er sich in der Nacht Zutritt zum Haus verschafft und die Flasche gestohlen."

„Weil du die Alarmanlage nicht eingeschaltet hast", warf Drew Stirling ihm vor.

„Weil der Letzte von euch, der mein Haus verlassen hat, mir nicht Bescheid gesagt hat", verteidigte sich Matt Ramsey.

„Wie denn auch?", knurrte Charlie Grant. „Du hast ja geschlafen wie ein Stein und geschnarcht wie ein ganzes Sägewerk. Da wundert es mich nicht, dass deine Frau sich hat scheiden lassen."

„Du ...", fuhr Ramsey auf.

Rob Leask unterbrach ihn: „Richtig, deine Scheidung. Wer sagt uns denn, dass du die Flasche nicht verkauft hast? Schließlich jammerst du uns ja oft genug vor, dass Jane dich mit ihren Unterhaltsforderungen ruiniert und du mit den Zahlungen nicht mehr nachkommst. Immerhin hat die Polizei keine Einbruchspuren festgestellt. Wie also soll Saunders ins Haus gekommen sein?"

„Weil der letzte Idiot beim Weggehen die Tür nicht richtig zugemacht hat. Außerdem hat der Kerl doch gesehen, wo der Safe ist. Und die Amerikaner sind im Safeknacken ja Weltmeister."

„Gentlemen, bitte!", mischte Rowan sich ein. „Der Reihe nach." Aus ihrer Umhängetasche holte sie einen Stift und ihr Notizbuch und schlug es auf. „Wenn ich das richtig verstanden habe, dann haben Sie alle am Dienstagabend hier gefeiert. Und Sie, Mr Ramsey, sind irgendwann während der Feier eingeschlafen." Wieder spürte sie bei ihm eine Aufwallung starker Schuldgefühle.

Er nickte. „Ich ... Mir war nicht gut. Deshalb bin ich ins Schlafzimmer gegangen und habe mich hingelegt."

Nun empfanden auch die anderen Schuldgefühle, was nicht nur an ihrer Ausstrahlung zu spüren, sondern auch an ihrer Mimik und Körperhaltung abzulesen war. Das gab Rowan den Hinweis, warum es Matt Ramsey „nicht gut" gegangen war.

„Sie haben sich gestritten."

Die Männer starrten sie verblüfft an.

„Wie kommen Sie darauf?", wollte Keith Nicholson wissen.

Rowan lächelte. „Das verraten mir Ihre subtilen Reaktionen auf gewisse Stichworte."

Tom Maxwell stieß einen Pfiff aus und nickte. „Sie sind wirklich gut." Er hob sein Glas und hielt es ihr hin, um mit ihr anzustoßen. „Cheers."

Rowan stieß mit ihm an und trank diesmal nur einen sehr kleinen Schluck, ehe sie den Faden wieder aufnahm. „Also, Sie hatten Streit, und Sie, Mr Ramsey, haben sich zurückgezogen."

Matt nickte. „Dann bin ich eingeschlafen."

„Worum ging es bei dem Streit, wenn ich fragen darf?"

Alle schüttelten den Kopf.

„Was Persönliches", antwortete Rob Leask.

Rowan war sich sicher, dass der Grund des Streits, falls es wirklich etwas Persönliches gewesen war, die ganze Band betraf und nicht nur zwei oder drei von den Männern. Aber sie ließ das Ganze erst einmal auf sich beruhen.

„Und während Sie schliefen, Mr Ramsey, haben die anderen weitergefeiert."

Alle nickten.

„Bis ungefähr drei Uhr morgens", sagte Keith Nicholson. „Dann sind wir alle gegangen. Da wir mit dem Bandbus hergekommen waren, habe ich alle nach Hause gefahren."

Rowan notierte das, obwohl sie die Informationen im Kopf speicherte und keine Notizen brauchte. Auch die Ausbildung eines überdurchschnittlich guten Gedächtnisses gehörte zum Togakure-Training. Da man aber von einer seriösen Privatermittlerin erwartete, dass sie sich Notizen machte, tat sie das. Außerdem war selbst das besttrainierte Gedächtnis kein Garant dafür, dass sie nicht doch einmal ein Detail vergaß.

„Und wer hat das Haus als Letzter verlassen?"

„Ich", sagte Charlie Grant und nickte heftig. „Und ich habe die Tür, verdammt noch mal, richtig zugemacht. Ich habe sogar noch dagegengedrückt, um mich zu vergewissern. Das Ding war zu."

„Offene Fenster?"

„Bei den Temperaturen draußen?" Tom Maxwell sah sie an, als hätte sie nicht mehr alle Tassen im Schrank.

Rowan lächelte liebenswürdig. „Aus eigener Erfahrung weiß ich, dass man Kälte nicht so intensiv spürt, wenn man ein gewisses Quantum Whisky genossen hat." Sie zwinkerte ihm zu und er grinste. „Außerdem passiert es dann schon mal, dass man kurz lüftet, aber das Fenster aus Versehen nicht wieder richtig schließt. Und ein kleiner Spalt oder ein nicht eingerasteter Riegel genügen Einbrechern schon, um ins Haus zu kommen."

Matt Ramsey schüttelte den Kopf. „Als ich am nächsten Tag ins Wohnzimmer kam, waren alle Fenster und Türen geschlossen. Aber das will ja nichts heißen."

Da hatte er recht.

„Sie erwähnten einen Amerikaner, Kyle Saunders."

Allgemeines Stöhnen, Seufzen und Kopfschütteln folgte, ehe Matt Ramsey sagte: „Ein extrem hartnäckiger Fan, der extra aus den USA zum Jubiläumskonzert gekommen ist. Vielmehr schon eine Woche früher. Angeblich ein Künstler. Erst wollte er die Flasche ausleihen, um sie zu fotografieren und zu malen, dann wollte er sie kaufen. Am Dienstagabend ist er uns bis hierher gefolgt." Wieder empfand er spürbar Schuldgefühle. „Ich hatte die Vorhänge nicht zugezogen. Er stand draußen vorm Fenster und hat gesehen, wie ich die Flasche in den Safe gestellt habe. Er hat also genau gewusst, wo sie ist. Vielleicht hat er auch erkennen können, welche Kombination ich eingegeben habe. Ich habe ihn zwar verscheucht, aber ..." Er zuckte mit den Schultern und trank sein Glas in einem Zug aus.

„Die Polizei hat ihn überprüft", ergänzte Keith Nicholson. „Er hat die Flasche angeblich nicht. Falls er sie doch hat, bewahrt er sie nicht in seinem Hotelzimmer auf. Oder er hat sie schon verkauft."

„Dann wäre er wohl kaum noch hier", gab Charlie Grant zu bedenken. „Und die Polizei hat auch festgestellt, dass nicht ins Haus eingebrochen wurde." Er blickte Ramsey anklagend an. „Matt, wenn du die Flasche vertickt hast ..."

„Das habe ich nicht, verdammt!" Ramsey sprang auf. „Und selbst wenn ich es getan hätte, wäre das juristisch gesehen mein gutes Recht gewesen. Wie ihr euch vielleicht erinnert, habe ich die Flasche damals gekauft." Er blickte Rowan an. „Und das kann ich auch beweisen. Ich habe die Quittung aufgehoben, aus Sentimentalität." Er ging in einen Nebenraum, kramte eine Weile hörbar herum und kam mit einem vergilbten Stück Papier zurück, das er Rowan reichte.

Sie besah es sich eingehend. Es handelte sich um die Quittung eines Ladens in der Raeburn Place, Lennox Grocery.

„Das bestätigt den Kauf einer Flasche Dalmore-Whisky am 4. Dezember 1982 sowie einer Packung Oatcakes und Zigaretten." Rowan gab Ramsey das Papier zurück. „Da Sie die Quittung wohl kaum aufgehoben hätten, wenn Sie die Sachen nicht bezahlt hätten, gehe ich davon aus, dass Sie tatsächlich der juristische Eigentümer der Flasche sind. Womit Sie auch das Recht haben, sie zu verkaufen."

„Was ich nicht getan habe", betonte Ramsey noch einmal nachdrücklich.

Rowan blickte in die Runde und sah, ebenso wie sie spürte, dass seine Kumpels ihm nicht glaubten. „Gentlemen, ohne Ihnen zu nahe treten zu wollen, aber was Mr Cunningham hinsichtlich des sinkenden Erfolgs Ihrer Band geschrieben hat – ist da was dran?"

„Nein!", versicherte die Hälfte der Anwesenden nachdrücklich.

„Ja", gestanden zwei andere gleichzeitig, und Keith Nicholson schwieg.

Rowan wartete auf eine Erklärung, die jedoch ausblieb. Also ergriff sie das Wort. „Gentlemen, Sie haben mich beauftragt, Ihre Flasche zu finden. Dann müssen Sie mir aber auch helfen, indem Sie mir alle notwendigen Informationen geben. Wenn nicht, finde ich sie auch so heraus, darauf gebe ich Ihnen Brief und Siegel. Aber mit Ihrer Hilfe geht es natürlich erheblich schneller. Das spart mir Zeit und Ihnen entsprechend Geld."

Die Männer sahen einander an.

„Ja, okay", gab Tom Maxwell schließlich zu, „wir hinken unserem früheren Erfolg hinterher. Aber keiner von uns ist so klamm, dass wir unsere Gründungsflasche verkaufen würden. Außer Matt, wegen seiner Scheidung."

„Pass auf, was du sagst, Tom!" Ramsey sprang auf und hob drohend die Faust.

„Gentlemen, bitte! Gegenseitige Beschuldigungen führen zu nichts", beschwichtigte Rowan.

Zumindest auf Matt Ramsey, der neben ihr stand, verfehlte das seine Wirkung nicht. Er ging wieder ins Nebenzimmer, kramte erneut darin herum und kam mit drei dicken Aktenordnern zurück, die er vor Rowan auf den Tisch stellte.

„Bitte sehr!" Er deutete darauf. „Meine gesamten Bankunterlagen der letzten fünf Jahre. Überzeugen Sie sich selbst davon, dass ich zumindest nicht so knapp bei Kasse bin, dass ich das Herz unserer Band verkaufen würde, das Symbol, das uns zusammengeschweißt hat – unsere Seele." Er blickte seine Freunde auffordernd an. „Ich erwarte von jedem von euch, dass er Ms Lockhart ebenfalls seine Unterlagen überlässt, damit sie als neutrale Person prüfen kann, ob einer von uns einen Grund gehabt hätte, die Flasche zu verkaufen – uns alle zu verraten." Er nickte dem Manager zu. „Und du, Keith, gibst ihr alle unsere Buchungsunterlagen, Bilanzen und so weiter."

„Ich ..."

Keith Nicholson wollte protestieren, aber Rowan unterbrach ihn: „Das würde mir sehr helfen. Und da ich gut mit Alan Cunningham bekannt bin, könnte meine Prüfung, deren Ergebnis ich ihm mit Ihrer Erlaubnis mitteilen würde, den Verdacht des Versicherungsbetrugs ausräumen."

„Ist uns recht, sehr sogar", versicherte Matt Ramsey, bevor Keith Nicholson etwas sagen konnte. Die anderen nickten, wenn auch teilweise zögernd.

„Gut." Rowan stand auf. „Ich würde mir gern die Fenster und Türen ansehen, wenn Sie gestatten."

„Ja, natürlich", stimmte Matt Ramsey zu.

„Die Polizei hat keine Einbruchspuren gefunden", betonte Drew Stirling und blickte Ramsey scharf an, doch der ignorierte ihn.

„Die Polizei sieht nicht immer alles." Rowan lächelte in die Runde. „Ich habe meine eigenen Methoden."

Allerdings war sie sich sicher, dass die Tatortermittler ihre Arbeit gründlich gemacht hatten. Rowan kannte die Vorgehensweise bei solchen Ermittlungen aus ihrer Polizeiausbildung. Natürlich konnte tatsächlich einmal etwas übersehen werden, aber wenn, wie in diesem Fall, auf den ersten Blick keine Spur eines Einbruchs zu erkennen war, machte das die Ermittler misstrauisch, sodass sie alles noch einmal besonders gründlich überprüften. So war es zumindest zwölf Jahre zuvor gewesen, als Rowan ihre Ausbildung abgeschlossen hatte. Sie glaubte nicht, dass sich daran in der Zwischenzeit etwas geändert hatte.

Trotzdem wollte sie sich ein eigenes Bild machen, denn Fenster und Türen waren nicht die einzige Möglichkeit, in ein Haus einzudringen. Und zumindest durch die Tür konnte niemand gekommen sein. Das konnte sie ausschließen, weil die mit einem Spezialschloss versehen war, das man nicht mit einem Dietrich oder gar mit einer Kreditkarte öffnen konnte, wie es in Filmen häufig gezeigt wurde. Sobald die Tür ins Schloss gezogen war, schob sich ein Balkenriegel zusätzlich in Position und verhinderte, dass man sie von außen aufdrückte, selbst wenn man sie ohne Schlüssel hätte öffnen können. Wenn Charlie Grant, der das Haus als Letzter verlassen hatte, die Tür also tatsächlich ins Schloss gezogen und sich dessen auch vergewissert hatte, hätte niemand auf diesem Wege eindringen können.

Auch die Fenster waren mit verschließbaren Riegeln, Pilzkopfverschlägen und Alarmsensoren gesichert. Selbst wenn die Alarmanlage nicht eingeschaltet gewesen war, hätte niemand eines davon aushebeln oder von außen aufdrücken können. Die Kellertür, die zum hinteren Hof führte, war mit modernen Sicherheitsschlössern und einem Riegel gesichert, der die ganze Breite der Tür überspannte und an beiden Seiten in der Wand verankert war. Außerdem war die Außentreppe bis auf Straßenhöhe so zugeschneit, dass dort niemand hätte eindringen können, ohne vorher Massen von Schnee beiseite zu schaufeln. Und andere Möglichkeiten, ins Haus zu gelangen, gab es nicht. Nein, von außen war niemand ins Haus eingedrungen. Und das ließ nur einen Schluss zu.

„Mr Ramsey, hat Ihre Exfrau noch einen Schlüssel zum Haus?", fragte Rowan, nachdem sie ihre Inspektion beendet und sich wieder zu den Männern ins Wohnzimmer gesetzt hatte.

Ramsey schüttelte den Kopf. „Den habe ich ihr als Erstes abgenommen, als sie ausgezogen ist." Er runzelte die Stirn. „Ich habe aber keine Ahnung, ob sie sich nicht vorher noch einen Nachschlüssel hat machen lassen."

„Trauen Sie ihr das zu?"

Sie sah ihm an, dass er am liebsten Ja gesagt hätte, doch er entschied sich für die Wahrheit: „Eigentlich nicht. Aber ..." Er blickte Rowan in einer Weise an, die ihr sagte, dass er ahnte, welchen Verdacht sie hegte. „Sie glauben doch nicht ..."

„Gentlemen, ich werde mit Mrs Ramsey sprechen und auch mit Mr Saunders. Aber selbst ohne eingeschaltete Alarmanlage hätte nur jemand ins Haus eindringen können, indem er ein Fenster oder die Tür eingeschlagen oder einen Schlüssel benutzt hätte oder hereingelassen wurde."

„Ich habe niemanden reingelassen, das schwöre ich." Matt Ramsey hob die Hand. „Und ich schwöre bei meiner Ehre und bei meiner Seele, dass ich die Flasche nicht verkauft habe."

Rowan ließ das unkommentiert stehen. „Da Sie alle Zeugen waren, dass Mr Ramsey die Flasche am Dienstagabend in den Safe stellte und sie nach Ihrer Aussage, Mr Ramsey, am Mittwochabend daraus verschwunden war, kann sie nur jemand genommen haben, der erstens in der Zwischenzeit im Haus war und zweitens die Safekombination kennt." Sie blickte in die Runde. „Ist die jemandem von Ihnen bekannt?"

Es herrschte betroffenes Schweigen, das zunehmend in Misstrauen umschlug. Jeder blickte jeden in einer Weise an, dass Rowan keine Gedankenleserin sein musste, um zu wissen, was in den Köpfen der Männer vorging.

„Lassen Sie mich raten: Sie alle kennen sie. Und sie lautet entweder vier, zwölf, neunzehn, zweiundachtzig oder vier, zwölf, zweiundachtzig, eventuell auch zwölf, vier, zweiundachtzig oder zwölf, vier, neunzehn, zweiundachtzig. Welche ist es?"

Die Männer sahen sie verblüfft an, mit großen Augen, einige auch mit offenen Mündern.

„Woher wissen Sie das?", wollte Drew Stirling wissen.

Rowan zuckte mit den Schultern. „Der 4.12.1982 ist das Gründungsdatum Ihrer Band. Also würde jeder zuerst mit einer der genannten Kombinationen versuchen, den Safe zu öffnen. Danach würde ein Fan, der alles über Sie weiß, was das Internet hergibt, der Reihe nach Ihre Geburtsdaten eingeben, angefangen mit Ihrem, Mr Ramsey, da dies Ihr Haus ist." Sie verkniff sich den Hinweis, dass es mehr als leichtsinnig war, eine so leicht zu erratende Kombination für einen Safe zu benutzen, in dem das Heiligste aufbewahrt wurde, das die Band besaß.

„Verdammt, Matt, wer ist nach uns hier gewesen?", fragte Rob Leask aufgebracht.

„Zum letzten Mal: niemand!"

„Willst du etwa unterstellen, dass einer von uns ..."

„Gentlemen, bitte!", unterbrach Rowan zum wiederholten Mal die Diskussion. „Sie haben mich engagiert, um die Flasche zu finden. Lassen Sie mich meine Arbeit tun. Ich verspreche Ihnen, dass ich rausfinden werde, wie und durch wen die Flasche aus dem Haus gekommen ist." Falls sie tatsächlich aus dem Haus gebracht worden war. Dass sie nicht mehr im Safe stand, bedeutete nicht zwangsläufig, dass sie das Haus verlassen hatte. „Mr Ramsey, ich weiß, es ist eine Zumutung, aber würden Sie mir gestatten, mich im Rest des Hauses umzusehen?"

Er starrte sie an. Zunächst begriff er nicht, welchem Zweck das dienen sollte. Doch als er ihn erkannte, war er sichtbar empört. Dennoch nickte er.

„Kommen Sie! Ich zeige Ihnen alles, sogar den Inhalt meines Kleiderschranks. Ich habe die Flasche nicht. Aber wenn es hilft, endlich den Verdacht gegen mich zu beseitigen, dürfen Sie sogar in meinen Unterhosen schnüffeln."

Offenbar fiel ihm die Doppeldeutigkeit dieser Aussage nicht auf, seinen Freunden aber schon. Sie lachten, doch Ramsey ignorierte sie.

Bevor Rowan mit der Durchsuchung des Hauses begann, verteilte sie ihre Visitenkarten. „Ich wäre Ihnen sehr verbunden, wenn Sie in der Zwischenzeit Ihre Bankunterlagen holen und zu meinem Büro bringen würden. Falls ich noch nicht wieder zurück sein sollte, können Sie sie in der Kampfkunstschule abgeben, die sich im selben Haus befindet. Wären Sie so freundlich?"

Sie lächelte in die Runde, was seine Wirkung nicht verfehlte. Die Männer tranken den Rest ihres Dalmores aus und verabschiedeten sich. Falls einer ahnte, dass Rowan sie aus dem Weg haben wollte, ließ er es sich nicht anmerken. Theoretisch bestand immerhin die Möglichkeit, dass sich die Flasche zwar noch im Haus befand, aber nicht Matt Ramsey sie versteckt hatte. Derjenige, der sie aus dem Safe genommen hatte, könnte sie nun beiseiteschaffen, während Rowan in einem anderen Raum nach ihr suchte.

Ramsey brachte seine Freunde zur Tür, verriegelte diese und blickte Rowan leidvoll an. „Ganz ehrlich: Ich bin mir nicht mehr sicher, ob es eine so gute Idee war, Sie zu engagieren. Sie verdächtigen doch jeden von uns."

„Ja", gab Rowan unumwunden zu, „ebenso wie Ihre Exfrau und Mr Saunders, und zwar so lange, bis ich Sie hundertprozentig als Täter ausschließen kann. Vielleicht stoße ich im Rahmen meiner Ermittlungen auch noch auf weitere Verdächtige. Aber im Moment sieht es so aus, als könnte nur einer von Ihnen die Flasche entwendet haben."

Matt Ramsey seufzte und schüttelte den Kopf. „Der Gedanke ist entsetzlich. Ich kenne jeden von ihnen seit der Schulzeit. Ich vertraue ihnen. Habe ihnen vertraut."

Wieder konnte Rowan deutlich spüren, wie er von einer Welle von Schuldgefühlen übermannt wurde. Diesmal hatten sie jedoch nichts damit zu tun, dass er sich für das Verschwinden der Flasche schuldig fühlte. Da war noch etwas anderes.

Er schüttelte erneut den Kopf. „Ich kann und will nicht glauben, dass einer von ihnen uns dermaßen verraten hat. Aber da ich unschuldig bin ..." Er räusperte sich. „Also, kommen Sie. Durchsuchen Sie alles, was Sie wollen."

Zwei Stunden später stand für Rowan fest, dass sich die Dalmore-Flasche nicht in Matt Ramseys Haus befand. Außer in Schränke und andere übliche Verstecke – unters Bett, in irgendwelche Kisten sowie hinter Regale – hatte Rowan auch kurz in den Keller und auf den Dachboden geschaut. Doch diese Räume hatte sie nicht gründlicher durchsuchen müssen. In beiden lag eine so dicke

Staubschicht, dass die Spuren, die beim Verstecken der Flasche darin unweigerlich hinterlassen worden wären, ihr den Weg gewiesen hätten. Matt Ramsey war von dem Ergebnis trotzdem nicht allzu begeistert gewesen und hatte sich auch von Rowans Hinweis nicht trösten lassen, dass das noch lange nicht bewies, dass einer seiner Freunde der Dieb war. Er selbst kam natürlich trotzdem noch als Täter infrage.

Nachdem Rowan sich von ihm verabschiedet hatte, fuhr sie zum Edinburgh City Hotel, in dem Kyle Saunders abgestiegen war. Sie bat ihn durch den Concierge um ein Gespräch, doch er zögerte. Erst als sie ihm sagen ließ, dass sie mit ihm über die Gründungsflasche von Dalmore Jazz sprechen wollte, erklärte er sich zu einem Treffen bereit und bat sie, in der Lobby auf ihn zu warten.

Rowan setzte sich gegenüber dem Empfangsbereich in einen der dunkelbraunen Ledersessel. Mit seinen Seitenlehnen aus Rattan mit dem rechteckigen Muster in Beige, Hell- und Dunkelbraun erinnerte er sie an die Siebzigerjahre des vergangenen Jahrhunderts. Vor den Sesseln stand ein hölzerner Würfeltisch, auf dem verschiedene Zeitungen lagen. Doch bevor Rowan nach einer greifen konnte, betrat ein junger Mann die Lobby. Da sie die einzige wartende Frau war, kam er zielstrebig auf sie zu. Rowan erhob sich.

„Ms Lockhart? Kyle Saunders." Er reichte ihr die Hand und drückte ihre fest. „Sie sagten, Sie sind Privatermittlerin."

„Ja, Mr Saunders." Rowan reichte ihm ihre Visitenkarte.

Während er sich die aufmerksam durchlas, betrachtete sie ihn. Er war etwa Mitte zwanzig, hatte schwarzes, leicht gewelltes Haar, dunkle Augen und eine Hautfarbe, die darauf hindeutete, dass er sich viel im Freien aufhielt. Als er Rowan ansah, spürte sie sein Misstrauen.

„Mr Saunders, ich werde Sie nicht beschuldigen, etwas

mit dem Diebstahl der Gründungsflasche von Dalmore Jazz zu tun zu haben. Die Polizei hat Sie nach meinen Informationen dazu bereits befragt."

„Und festgestellt, dass ich die Flasche nicht habe." Er nickte nachdrücklich, deutete ihr mit einer Handbewegung an, Platz zu nehmen, und setzte sich ebenfalls. „Deshalb verstehe ich ehrlich gesagt nicht, was Sie sich von diesem Gespräch erhoffen."

Aber er versprach sich offenbar etwas davon, andernfalls wäre er nicht gekommen.

„Sie haben eindeutig ein besonderes Interesse an der Flasche, Sir. Und zwar eines, das meiner Meinung nach nichts mit dem Wunsch eines Künstlers nach dem Original als Modell zu tun hat. Erstens hätten Sie dazu auch ein vergrößertes Foto nehmen können. Zweitens hätten Sie in dem Fall nicht versucht, die Flasche zu kaufen. Und drittens wären Sie längst abgereist, nachdem sie verschwunden ist."

Kyle Saunders runzelte die Stirn, verengte die Augen und sah Rowan in einer Weise an, als wäre er sich nicht sicher, ob sie Freund oder Feind war. Offenbar hatten ihre Vermutungen ins Schwarze getroffen.

„Sie haben recht", gab er zu. „Ich bin aus einem sehr persönlichen Grund nach Edinburgh gekommen und habe natürlich als Fan von Dalmore Jazz das Jubiläumskonzert besucht. Und wie nahezu jeder echte Fan bin ich bereit, eine Menge Geld für die Flasche zu zahlen. Dass ich sie malen will, ist die Wahrheit. Aber das würde mir weitaus mehr Spaß machen, wenn sie mir gehörte. Ich weiß nicht, ob Sie das nachvollziehen können ..." Er blickte sie fragend an.

„Durchaus, Mr Saunders. Allerdings war Ihr, sagen wir mal, Bemühen, die Flasche zu erwerben, für den Geschmack der Bandmitglieder stark übertrieben. Sie sind ihnen sogar bis zu Mr Ramseys Haus gefolgt."

Kyle Saunders wiegte den Kopf. „Ich gebe zu, dass das tatsächlich etwas insistierend war. Aber diese Flasche ist eine Legende. Ich wollte nicht abreisen, ohne nicht wirklich alles versucht zu haben, sie doch noch zu erwerben." Er sah ihr in die Augen. „Erwerben – nicht stehlen."

Rowan war sich sicher, dass er die Wahrheit sagte. Ebenso sicher war sie sich, dass er ihr bei Weitem nicht alles sagte. Das hätte sie an seiner Stelle auch nicht getan. Da es nicht nur, aber gerade auch in den USA eine Menge Detektivromane gab, in denen die Privatermittler unseriös und oft hart an der Grenze der Legalität agierten, herrschten gewisse Vorurteile in der Bevölkerung. Und eine Frau, die mit diesem Job ihren Lebensunterhalt verdiente, war manchen Menschen doppelt suspekt.

„Ich habe den Artikel im ‚Scotsman' gelesen, Ms Lockhart", fuhr Kyle Saunders fort. „Die Andeutung, dass die Band die Flasche verkauft haben könnte, weil sie Geld braucht – was halten Sie davon?"

„Ich glaube nicht, dass die Band Geld für meine Dienste ausgeben würde, um die Flasche zu finden, wenn sie sie selbst verkauft hätte oder das planen würde. Die Gefahr, dass ich Erfolg habe und dann eben das herausfinde, wäre viel zu groß. Und wenn die Presse davon Wind bekäme, wäre die Band komplett erledigt, zumindest aber wäre ihre Glaubwürdigkeit dahin. Laut dem Bericht haben die Bandmitglieder seit der Gründung immer behauptet, dass sie die Flasche nie im Leben verkaufen würden. Hätten sie es jetzt trotzdem getan, noch dazu bevor sie irgendwas anderes verkauft haben, das sich auch zu gutem Geld machen ließe ..." Sie schüttelte den Kopf. „Eine Menge Fans würden ihnen das nicht verzeihen. Deshalb halte ich die Sache mit dem Verkauf für eher unwahrscheinlich." Sie beugte sich vor und sah ihm in die Augen. „Wenn Sie einen weiteren Grund wissen oder eine Idee haben, wohin oder weswegen die Flasche verschwunden sein könnte, wäre ich Ihnen für einen Hinweis sehr dankbar. Und die Band lässt sich hinsichtlich Ihres Interesses an der Flasche bestimmt zu Zugeständnissen bewegen, wenn Sie mir helfen, sie wiederzufinden."

Kyle Saunders wog das Argument sorgfältig ab, aber Rowan spürte, dass sie ihn nicht vollständig überzeugt hatte. Er wedelte mit ihrer Visitenkarte.

„Ich werde mir die Sache überlegen und Sie kontaktieren, wenn mir etwas einfällt." Er blickte auf die Karte. „Sucht Ihre Detektei eigentlich auch nach vermissten Personen?"

Rowan nickte. „Von ausgebüchsten Jugendlichen bis hin zu Alimenteflüchtlingen. Bisher habe ich alle gefunden, auch wenn es manchmal ein bisschen gedauert hat." Sie musste ihm ja nicht auf die Nase binden, dass sie erst fünf solcher Fälle bearbeitet hatte. „Vermissen Sie jemanden?"

Er spitzte die Lippen, ehe er den Kopf schüttelte.

Rowan wertete das als ein klares Ja. „Darf ich fragen, welche persönlichen Angelegenheiten Sie nach Edinburgh geführt haben, Sir? Und verzeihen Sie bitte meine Neugier. Sie ist eine furchtbare, leider nicht heilbare Berufskrankheit."

Er lachte und verzichtete darauf, ihr schroff zu sagen, dass sie das nichts anginge, wozu er bereits den Mund geöffnet hatte. „Ich habe angeblich schottische Vorfahren, die aus dieser Gegend stammen sollen", gab er zu. „Das ist aber bis jetzt nur ein unbewiesenes Gerücht." Er stand auf. „Ich melde mich, falls ich Ihre Dienste brauche. Guten Tag, Ms Lockhart." Und er verließ die Lobby.

Rowan sah ihm nach. Irgendetwas hatte er zu verbergen. Nur um Ahnenforschung zu betreiben, wäre er wohl kaum mitten im tiefsten Winter hergekommen. Allerdings passte dazu seine Aussage, dass er auch wegen des Jubiläumskonzerts in Edinburgh war. Aber sie würde schon noch herausfinden, was er ihr nicht gesagt hatte und was der wahre Grund seines Besuchs war.

Sie erhob sich, ging zum Tresen und lächelte dem Concierge zu. Mark Johnson hatte ihr schon einmal geholfen, einen Hotelgast zu überwachen. Sie nahm eine zusammengefaltete Fünfzig-Pfund-Note aus ihrer Tasche, verbarg sie in ihrer Hand und schob sie über den Tresen.

„Sagen Sie mir Bescheid, wenn Mr Saunders abreisen will?"

Johnson schielte nach links und rechts, ehe er seine Hand auf Rowans lege. Sie zog ihre weg, ließ den Geldschein aber liegen. Er wanderte unauffällig in die Hosentasche des Concierge.

„Mit Vergnügen, Ms Lockhart."

„Wissen Sie zufällig, wann er Dienstagabend ins Hotel zurückgekommen ist?"

„Nach Mitternacht. Ich hatte die Nachtschicht. Wenn ich mich recht erinnere, kam er kurz vor eins. Und er ist in der Nacht nicht noch mal weggegangen. Das hätte ich gemerkt, weil er an mir vorbei gemusst hätte. Und nein, ich habe meinen Platz bis zum Ende meiner Schicht um sechs Uhr morgens nicht mehr verlassen."

Demnach hatte Kyle Saunders, wie Rowan bereits vermutet hatte, ein Alibi. Die Band hatte bis etwa drei Uhr morgens in Matt Ramseys Haus gefeiert. Wenn Saunders bereits gegen eins im Hotel gewesen war und es nicht wieder verlassen hatte, konnte er zumindest in dieser Nacht nichts mit dem Verschwinden der Flasche zu tun gehabt haben.

„Danke, Mr Johnson. Cheerio."

„Cheerio, Ms Lockhart."

Rowan verließ das Hotel, brachte Michaels Scheck zur Bank und fuhr anschließend nach Hause, auch wenn das eher einem Kriechen glich. Einen so heftigen Winter waren die Edinburgher nicht gewohnt, weshalb einige vergessen zu haben schienen, wie man vernünftig Auto fuhr. In ihrem Bestreben, besonders vorsichtig zu sein, fuhren sie erheblich langsamer, als es notwendig gewesen wäre. Manche legten bei jeder auf die Fahrbahn ragenden Schneewehe eine Vollbremsung hin. Aber auch der längste Weg hatte einmal ein Ende.

Kyle Saunders kehrte in sein Zimmer zurück, setzte sich in einen Sessel und betrachtete nachdenklich die Visitenkarte der Privatermittlerin. Die Frau machte einen kompetenten Eindruck. Sollte er ihre Dienste ebenfalls nutzen? Mit ihrer Hilfe käme er garantiert schneller zum Ziel.

Er nahm seinen Laptop und gab die Webadresse von Rowan Lockharts Homepage ein. Dass die Frau einen Abschluss vom Scottish Police College hatte, sprach für ihre Seriosität. Und was er außerdem an Informationen über sie im Netz fand, bestärkte ihn in seinem Entschluss, sie zu engagieren. Auch ihre angegebenen Preise für die einzelnen Dienstleistungen waren erschwinglich. Nur falls sie länger als zehn Tage brauchte, würde die Sache relativ teuer für ihn. Obwohl er von seiner Kunst leben konnte, verdiente er noch nicht so viel, dass er sich größere Ausgaben leisten konnte. Er hatte immerhin für Frau und Kind zu sorgen. Und Schottland war ein relativ teures Pflaster, das ihn schon genug kostete, besonders da er nicht wusste, wie lange er noch würde bleiben müssen. Aber wenn die Detektivin Erfolg hatte, verkürzte das seinen Aufenthalt möglicherweise erheblich. Er begann, ihr eine E-Mail zu schreiben, aber nach kaum drei Sätzen klingelte sein Smartphone.

„Hallo?“

„Hallo Mr Saunders." Der Anrufer hielt sich nicht damit auf, seinen Namen zu nennen, aber sein schottischer Akzent verriet Kyle, mit wem er es zu tun hatte. Außerdem hörte er die Stimme nicht zum ersten Mal.

Auch Kyle hielt sich nicht mit einer Begrüßung auf. „Sie haben ihn gefunden?" Er wunderte sich, wie atemlos seine Stimme klang. Doch das war verständlich in Anbetracht dessen, was die Antwort auf seine Frage für ihn bedeutete.

„Ah, nein. Hören Sie, Mr Saunders, wie ich Ihnen schon sagte, gestaltet sich das Ganze etwas schwierig."

Kyle war enttäuscht. Aber was hatte er erwartet? Dass es nicht einfach werden würde, war ihm bewusst gewesen, bevor er nach Schottland gereist war. Wäre es einfach, hätte er die Reise, genau genommen, gar nicht zu unternehmen brauchen. Also Plan B.

„Das macht nichts. Ich habe beschlossen, eine Privatermittlerin zu beauftragen. Ich hätte die Suche von Anfang an einem Profi überlassen sollen, statt Sie zu belästigen. Haben Sie aber vielen Dank für Ihre Mühe. Wenn ich Ihnen etwas schuldig bin ..."

„Nein, nein, das habe ich gern getan. Aber ich rufe an, weil mir noch jemand eingefallen ist, der Ihnen vielleicht weiterhelfen kann. Wenn es klappt, können Sie sich die Detektivin sparen. Oder haben Sie sie schon beauftragt?"

„Nein."

„Gut. Treffen wir uns gleich am Hauptbahnhof, der Waverley Station. Ich warte dort auf Sie. Am besten bringen Sie ein bisschen Geld mit. Geld löst Zungen, wenn Sie verstehen, was ich meine."

Bevor Kyle etwas sagen konnte, hatte der Mann die Verbindung unterbrochen. Kyle verzichtete darauf, ihn zurückzurufen und nach dem Weg zum Bahnhof zu fragen. Den konnte ihm der Concierge garantiert beschreiben. Wie lange würde er bei diesem Wetter wohl bis dorthin brauchen? Er steckte Geld ein, zog seinen Mantel an und verließ das Zimmer. Am Empfang fragte er nach dem Weg zur Waverley Station. Der Concierge empfahl ihm, zu Fuß zu gehen, auch wenn es ungefähr eine Meile war. Denn ein Taxi zu finden würde bei dem Wetter wohl ewig dauern. Kyle machte sich also zu Fuß auf den Weg. Er wollte seinen freundlichen Helfer nicht unnötig warten lassen.

Als Rowan zu Hause ankam, war es bereits dunkel. Die Lampe am Eingang beleuchtete die drei neben der Eingangstür angebrachten Schilder. Auf der einen Seite prangte auf poliertem Metall: „Rowan Lockhart, Private Ermittlungen, Sicherheitskonzepte, Personenschutz“, zusammen mit ihren Telefon- und Smartphonenummern. Darunter hing ein kleineres Schild: „Eingang Lennox hinter dem Haus“. Ein Pfeil zeigte die Richtung an. Auf der anderen Seite der Tür stand auf einem großen Schild: „LL Dragon Dojo, Kampfkunst und Selbstverteidigung, tägliche Kurse sowie Stunden nach Vereinbarung – Eingang hinten“ sowie Lennox’ Smartphonenummer und die Nummer des kürzlich für die Schule eingerichteten Festnetzanschlusses. Die oberen zwei Drittel des Schildes wurden von einem Drachen in Schwarz, Rot und Gold dominiert, der in Form und Gestalt dem Nobushi-Drachen auf Rowans Rücken ähnelte. Die beiden L standen für Lockhart und Lennox.

Rowan fuhr den Wagen in die Garage und ging durch die Verbindungstür ins Haus. Auf dem Garderobentisch im Flur und neben ihm auf dem Boden stapelten sich Aktenordner, teilweise in Kartons. Die Dalmore Jazzers hatten Wort gehalten und ihre Bankunterlagen vorbeigebracht. Lennox hatte sie offenbar angenommen. Rowan fühlte seine Anwesenheit im Obergeschoss. Sie hatte ihn an diesem Tag noch nicht gesehen, was aber nicht ungewöhnlich war. Obwohl sie im selben Haus wohnten und Rowan ihm durch die Verbindungstür zum Treppenhaus jederzeit Zugang zu ihren Räumen gewährte – er besaß inzwischen sogar einen Schlüssel dafür –, zog er es oft vor, für sich zu bleiben, wenn sie nicht gerade zusammen trainierten oder die Kurse unterrichteten.

Er hatte sie offenbar kommen gehört und kam die Treppe herunter.

„Hi Lennox."

„Hi Lockhart."

Lennox hatte ein paar ungewöhnliche Prinzipien. Zu denen gehörte, dass er sich weigerte, Rowan mit ihrem Vornamen anzureden, obwohl sie ihm das angeboten hatte. Für ihn war es ein Zeichen des Respekts, ihren Nachnamen wie einen Vornamen zu benutzen. Sie erwies ihm denselben Respekt.

Er deutete auf die Ordner. „Wurde vor einer halben Stunde für dich abgegeben. Dafür haben alle Schüler fürs Wochenende und die nächste Woche ihre Teilnahme am Unterricht abgesagt. Bis auf Sammy und Tank. Die beiden sind unverwüstlich."

Samuel und Tankred Parker waren zwei farbige Jugendliche, sechzehn und siebzehn Jahre alt, die nicht nur von der Kampfkunst begeistert waren, sondern auch echtes Talent hatten. Sie sogen Rowans und Lennox' Unterweisungen förmlich auf. Sammy hätte sich am liebsten sofort als Hilfstrainer verdingt, um später hauptberuflich Kampfkunst zu unterrichten, aber er war noch lange nicht so weit, dass er unterrichten konnte. Tank, der im kommenden Jahr die Schule abschließen würde, liebäugelte mit einer Ausbildung bei der Polizei.

Seit Rowan und Lennox ihre Schule beim letzten Kampfkunstwettbewerb um die Stadtmeisterschaft dadurch bekannt gemacht hatten, dass sie mit Abstand als Sieger daraus hervorgegangen waren, hatte sie regen Zulauf. Eine kleine Demonstration zum Schluss, bei der sie gegeneinander angetreten waren und gezeigt hatten, was sie wirklich konnten, hatte ein Übriges getan. Inzwischen hatten sie zweiundfünfzig feste Schülerinnen und Schüler sowie sieben Einzelschüler, die individuellen Unterricht erhielten. Seit einem Monat warf die Schule endlich so viel ab, dass sie beide davon leben konnten, selbst wenn Rowan nicht noch nebenbei die Detektei betrieben hätte.

„Bei dem Wetter ist das kein Wunder. Da sind die Leute froh, zu Hause zu sein", sagte Rowan.

„Kommt mir sehr entgegen", meinte Lennox. „Wenn du Zeit hast, können wir beide mehr zusammen trainieren."

Sie nickte. Lennox hatte begonnen, Togakure-ryu von ihr zu lernen, und nahm den Unterricht sehr ernst. Da er bereits Nahkampferfahrungen hatte, machte er gute Fortschritte. Doch die Ausbildung der geistigen Fähigkeiten und die Schärfung der Sinne erforderten ein intensiveres Training als nur zwischendurch mal eine Stunde oder zwei.

„Wenn du willst, können wir in einer Viertelstunde anfangen", schlug sie vor. Sie hatte zwar noch nicht zu Abend gegessen, aber erstens trainierte es sich mit vollem Magen schlecht, und zweitens hatte sie ein besonderes Abendessen geplant. „Bevor ich es vergesse, Lennox: Herzlichen Glückwunsch zum Geburtstag."

Er sah sie verblüfft an. „Woher weißt du, dass ich Geburtstag habe?"

Sie lächelte. „Dein Geburtsdatum steht in unserem Partnerschaftsvertrag. Wenn du Lust hast, bist du nach dem Training zum Abendessen eingeladen. Ich gönne mir geschmortes Hühnerfleisch mit Reis und Gemüse.

Japanisches Rezept. Das Ganze reicht garantiert für zwei, wenn ich etwas mehr Reis koche. Also wenn du das magst ..."

Sie hatte das Angebot absichtlich so formuliert, dass er nicht den Eindruck bekam, sie würde seinetwegen etwas Besonderes kochen, obwohl sie das tat. Sie respektierte seine Zurückhaltung. Er sollte nicht das Gefühl haben, dass sie ihn vereinnahmen wollte, was sie sowieso nicht vorhatte.

Lennox zögerte, ein weiteres Zeichen dafür, dass er sich immer noch schwer damit tat, persönliche Kontakte neben den beruflichen zuzulassen. Sein Leben als Söldner hatte auch in diesem Punkt Spuren hinterlassen.

„Aye. Danke. Ich komme gern." Er nickte ihr zu und ging in seine Wohnung zurück.

Rowan stellte die Aktenordner, die sie von Matt Ramsey mitgenommen hatte, in ihr Büro und ging in ihr Schlafzimmer, um sich umzuziehen.

Sie trainierte manchmal noch in der Nacht, wenn sie am Tag keine Zeit dazu gehabt hatte, auch wenn es manchmal nur eine halbe Stunde dauerte. Aber das tägliche Training war eine Pflicht, die ihr in Fleisch und Blut übergegangen war. Ebenso wie Lennox begrüßte sie, dass das schlechte Wetter ihnen beiden mehr Zeit gab, sich in Topform zu halten und ihre Fähigkeiten zu verbessern. Gerade beim Togakure-ryu war das ganze Leben ein Lernprozess. Und wenn Körper und Geist eines Tages bestmöglich entwickelt waren, wurde es Zeit, die letzte Stufe in Angriff zu nehmen und die Erleuchtung anzustreben. Rowan war sich nicht sicher, ob sie diese Stufe erreichen wollte. Deshalb begnügte sie sich erst einmal damit, Körper und Geist zu trainieren.

Sie zog ihren Trainingsanzug an und ging in den Keller. Lennox war schon da und hatte mit den Aufwärmübungen begonnen. Sie tat es ihm gleich und stellte wieder einmal fest, wie sehr der Keller durch den Umbau gewonnen hatte. Die Wand zum Nebenkeller, den Rowan früher als Abstellraum benutzt hatte, war bis auf zwei Stützpfeiler herausgenommen worden, wodurch der Trainingsraum um die Hälfte größer geworden war. Alle Wände waren mit mannshohen Spiegeln verkleidet, der Boden mit Tatamis ausgelegt, zwei Inch dicken Binsenmatten von moderner Machart, die mit einem Schaumstoffkern statt mit Reisstroh ausgestattet waren. Die Tatamis gaben Rowan das Gefühl, zu Hause zu sein – in Japan, wo immer noch ein Teil ihres Herzens und ihrer Seele weilte.

Den zweiten Abstellraum hatten sie zu Umkleidekabinen umfunktioniert und zudem den Keller durch Ausschachten erweitert, sodass auch Sanitärräume und eine Sauna Platz fanden. Das alles hatte eine gewaltige Stange Geld gekostet, hatte aber durch Lennox' Beitrag, den er im Rahmen seiner Teilhaberschaft an der Schule eingebracht hatte, bewältigt werden können. Alles in allem hatte Rowan das beruhigende Gefühl, dass die Schule auf einem guten Weg war.

Sie trainierte mit Lennox anderthalb Stunden lang ein paar Grundtechniken des Tai jutsu, des unbewaffneten Kampfes. Wie immer fand sie es sehr angenehm, dass er sie bedingungslos als Lehrerin akzeptierte, obwohl er vier Jahre älter und zwanzig Jahre lang Soldat gewesen war und unzählige Kampfeinsätze hinter sich hatte. Dadurch und aufgrund seines Ehrgeizes, sein Bestes zu geben, erzielte er enorme Fortschritte. Rowan wünschte sich manchmal, sie könnte ihn Doro und Yoshio vorstellen. Die beiden hätten an ihm als Schüler ihre helle Freude gehabt.

Nach dem Training und der obligatorischen Dusche machte Rowan sich ans Zubereiten der Mahlzeit. Dabei hatte sie das Gefühl, ihre Schwiegermutter Akiko stünde neben ihr und gäbe ihr Anweisungen, wie man das japanische Gericht zubereitete. Rowan hatte ihre Art der

Unterweisung, bei der sie sie einen Handgriff oder das Zerteilen der Zutaten so lange hatte wiederholen lassen, bis sie es fehlerlos beherrscht hatte, anfangs als Ablehnung und ständiges Kritisieren empfunden, zu dem Zweck, sie zu demütigen. Später hatte sie begriffen, dass das nur die Art war, wie im Hause Nobushi Wissen und Können vermittelt wurden, und dass ihre Schwiegereltern sie aufrichtig liebten, weil Doro sie liebte und sie ihn. Sie hatte danach den Himmel auf Erden gehabt. Bis die Katastrophe von Fukushima sie eine Entscheidung hatte treffen lassen, die alles verändert hatte. Warum nur?

Wie immer, wenn sie daran dachte, kamen ihr die Tränen. Sie lenkte sich ab, indem sie sich auf ihren neuen Fall konzentrierte. Kyle Saunders schied als Dieb der Flasche aus. Matt Ramseys Exfrau war dagegen noch im Rennen. Doch bevor sie in diese Richtung ermittelte, musste sie erst mehr über die Band erfahren.

Rowan hatte den Tisch in der Essecke gedeckt und das Essen in dem Moment fertig, als Lennox in die Küche kam. Er legte die „Edinburgh Evening News" auf den Tisch, die er aus dem Zeitungskasten geholt hatte.

Sie lächelte ihm zu, schenkte ihm und sich Tee ein und füllte die Teller. „Lass es dir schmecken, Lennox."

„Danke. Und danke auch für die Einladung. Und dafür, dass du an meinen Geburtstag gedacht hast. Habe schon ewig nicht mehr Geburtstag gefeiert." Seinem Gesichtsausdruck nach zu urteilen, mit dem er erst Rowan und danach das Essen auf seinem Teller betrachtete, war ihm das keineswegs unangenehm.

„Ist mir ein Vergnügen. Und das meine ich wörtlich. Ich denke, das weißt du."

Er nickte und begann zu essen. Rowan fühlte, dass er ihre Gesellschaft genoss, ebenso wie sie die seine, obwohl sie sich nicht unterhielten und Lennox während des Essens die Zeitung las, die er anschließend an sie weiterreichte.

Sie hatte bewusst darauf verzichtet, ihm zur Feier des Tages eine Kerze hinzustellen und ihm ein Geschenk zu machen. Das hätte er als den subtilen Auftakt zu einer Form von Nähe missverstehen können, die Rowan nicht im Sinn hatte und für die er ohnehin nicht bereit war, wie sie aufgrund seiner bisherigen Zurückhaltung wusste. Die Art, wie er sie immer wieder ansah – leicht verwundert und als müsse er sich vergewissern, dass sie beide wirklich miteinander am Tisch saßen und Rowan an seinen Geburtstag gedacht hatte –, zeigte ihr wieder einmal, dass es für ihn noch lange nicht selbstverständlich war, wie vorbehaltlos sie ihn als Mitbewohner und Geschäftspartner akzeptierte.

Schon öfter hatte sie festgestellt, dass Lennox nach Akzeptanz hungerte. Aus einigen vagen Andeutungen, die er ab und zu hatte fallen lassen, wusste sie, dass die Kameradschaft, der bedingungslose Zusammenhalt und die gegenseitige Akzeptanz die für ihn wichtigsten Aspekte gewesen waren, weshalb er sich für den Militärberuf entschieden hatte. Sie waren offensichtlich elementare Faktoren für seine innere Stabilität. Rowan vermutete, dass er außerhalb seiner Truppe mehr als eine schmerzhafte Erfahrung gemacht hatte, die weit über das normale Maß an alltäglichen Zurückweisungen hinausging, mit der jeder Mensch ab und zu konfrontiert wurde. Zumindest benahm er sich oft so, als fürchtete er, auch Rowan würde ihn eines Tages ablehnen oder ihm sogar die Partnerschaft aufkündigen.

Nach dem Essen half Lennox ihr mit militärischer Akkuratesse beim Abwasch und Aufräumen der Küche. „Danke für das wunderbare Essen, Lockhart. Kannst echt gut kochen."

„Danke. Und bevor ich es vergesse: Hier." Sie reichte ihm ein schwarzes Notizbuch. „Das ist eine Einführung in die Techniken, mit denen du deine mentalen Fähigkeiten ausbilden und deine Sinne schärfen kannst. Ich habe sie aus dem Japanischen übersetzt. Das wird die Grundlage für dein weiteres Training sein. Bitte durcharbeiten und verinnerlichen. Du darfst es aber gern als Geburtstagsgeschenk betrachten, wenn du möchtest." Sie zwinkerte ihm zu.

Er lächelte. „Danke. Tue ich gern." Ein wenig blätterte er in dem Buch, ehe er es wie zum Salut hochhielt. „Werde mich gleich mal darin vertiefen. Man sieht sich, Lockhart."

„Bis dann, Lennox. Und wenn du Fragen hast ..." Sie deutete auf das Buch in seiner Hand. „Jederzeit."

Er nickte und ging nach oben. Rowan schleppte die Aktenordner mit den Bankunterlagen in ihr Arbeitszimmer und schob die vordere Tafel des Whiteboards, das fast die gesamte Länge der Wand gegenüber ihrem Schreibtisch einnahm, nach oben. Wenn ein Fall komplexer war, fertigte sie ein Schaubild an, schrieb alle Informationen darauf und markierte mit farbigen Stiften Zusammenhänge. Wenn der Fall abgeschlossen war, fotografierte sie das fertige Schaubild und heftete einen Ausdruck in die entsprechende Akte.

In die Mitte der Tafel schrieb sie „Gründungsflasche", links daneben die Namen aller Bandmitglieder und des Managers. „Kyle Saunders" und der Name von Matt Ramseys Exfrau kamen auf die rechte Seite. Neben Saunders' Namen notierte Rowan, was sie bereits über ihn wusste. Außerdem suchte sie den Artikel über den Diebstahl der Flasche aus der Ausgabe des „Scotsman" vom Vortag, schnitt ihn aus und klebte ihn daneben. Anschließend schaltete sie ihren Computer ein.

Obwohl Edinburgh eine Hochburg des Jazz war und alljährlich das Jazz-und-Blues-Festival ausrichtete, hatte Rowan sich bisher nicht allzu viel mit dieser Musikrichtung beschäftigt. In ihrer Kindheit und frühen Jugend hatte sie sich der traditionellen schottischen Musik verschrieben und ein paarmal mit Eileen an Gesangswettbewerben teilgenommen; einmal hatten sie sogar gewonnen. Und seit ihr Sandkastenfreund Bill Wallace ihr eine CD der Average White Band geschenkt hatte, der einzigen schottischen Soulband, war Rowan ebenso wie er ein Fan von Soul. Nun also Jazz; aber der kam in manchen seiner Stilrichtungen dem Soul recht nahe.

Rowan rief im Internet die Homepage von Dalmore Jazz auf. Die fünf Musiker lächelten sie vom Bildschirm in einer Weise an, die ihr vermittelte, dass sie es mit Männern zu tun hatte, die nicht nur die dicksten Freunde waren, sondern auch rundherum glücklich, weil erfolgreich. Sie klickte auf die Rubrik „Geschichte" und erhielt tabellarisch den gesamten Werdegang der Band eingeblendet, daneben zu jeder Station eine mehr oder weniger ausführliche Beschreibung.

Dalmore Jazz war am 4. Dezember 1982 von Charlie Grant, Rob Leask, Tom Maxwell, Matt Ramsey, Drew Stirling und Seymour Young gegründet worden – sechs Freunde, die schon seit ihrer Schulzeit gemeinsam Musik gemacht hatten. Detailliert wurde beschrieben, wie Seymour Young den anderen eines Abends ein selbstkomponiertes Stück auf der Gitarre vorgespielt und vorgesungen hatte, von dem seine Freunde begeistert gewesen waren. Spontan hatten sie es gemeinsam jazzmäßig improvisiert. Dadurch angeregt waren sie beim anschließenden Leeren einer Flasche Dalmore auf die Idee gekommen, eine Jazzband zu gründen und künftig eigene Songs vorzutragen, statt wie bis dahin nur ab und zu auf Veranstaltungen traditionelle Stücke zu spielen. Als Zeichen der Einigkeit und Einheit, die ihre Band begleiten sollte, bis ihre Mitglieder sich eines Tages in hoffentlich hohem Alter mit ihren Musikinstrumenten in der Hand von dieser Welt verabschieden würden, hatten sie eine Haarsträhne von jedem Mitglied an einen Faden gebunden, auf schmalen Papierstreifen ihre Namen daran gehängt und diese „Jakobsleiter" ein paar Tage später in der inzwischen leeren Dalmore-Flasche versenkt, da ihnen kein besserer und vor allem sichererer Aufbewahrungsort dafür eingefallen war.

Bereits das erste Demoband, das sie einem Musikproduzenten ein halbes Jahr später vorgelegt hatten, war zum Grundstein ihres Erfolges geworden und hatte Dalmore Jazz nicht nur in Edinburgh, sondern im ganzen Land berühmt gemacht. Keith Nicholson hatte 1984 das Management der Band übernommen und durch seine hervorragende Arbeit zu ihrem Erfolg beigetragen. Innerhalb kürzester Zeit war Dalmore Jazz auch auf dem Kontinent und in Übersee bekannt geworden.

Seymour Young hatte am laufenden Band neue Songs produziert und nicht nur mit den Melodien den Nerv der Hörer getroffen, sondern auch mit den Inhalten, die sich um menschliche Sehnsüchte drehten und sehr oft darum, wie sich jemand nach oben kämpfte und seine Träume verwirklichte. Die Botschaft „Du kannst es schaffen!" wirkte offenbar inspirierend. So mancher auszugsweise ins Netz gestellte Fanbrief bestätigte, dass über die Jahre hinweg etliche Menschen, meist junge Männer, aufgrund dieser Songs ihr Glück gewagt und gewonnen hatten.

Im Sommer 1988 hatte Seymour Young die Band verlassen. Interessanterweise gab es dazu vonseiten der Band keinen Kommentar, sondern lediglich die Information, dass er aus der Band ausgeschieden war. Rowan forschte im Internet nach und stieß auf alte Zeitungsberichte, in denen heftig darüber spekuliert wurde. Die Vermutungen reichten von einem persönlichen Zerwürfnis mit der Band über problematische Frauengeschichten bis hin zu den Möglichkeiten, dass Young dem Alkohol übermäßig zugesprochen hatte, wegen eines Verbrechens lebenslang hinter Gittern saß oder ausgewandert war. Ein berüchtigtes Boulevardblatt hatte sich sogar zu Verschwörungstheorien verstiegen, nach denen neidische Musiker anderer Bands Young entführt und/oder ermordet oder anderweitig mundtot gemacht hatten, um Dalmore Jazz den Todesstoß zu versetzen.

Für diese Theorie sprach zumindest, dass die Band nach Youngs Ausscheiden nicht mehr so erfolgreich gewesen war wie vorher. Matt Ramsey hatte das Komponieren neuer Songs übernommen, aber obwohl er sich die größte Mühe gab, konnte er Young nicht das Wasser reichen. Statt zweimal im Jahr eine neue CD herauszubringen, hatte Dalmore Jazz zunächst nur eine pro Jahr geschafft, dann eine in zwei Jahren. Seit der letzten Veröffentlichung vor fünf Jahren war gar nichts mehr erschienen. Die Band lebte nur noch von ihrem alten Repertoire, was sich auch in der abnehmenden Zahl ihrer Konzerte und deren Besucher ausdrückte. Alan Cunninghams Behauptung – und nicht nur seine –, dass der Stern von Dalmore Jazz am Sinken war, stimmte also.

Rowan nahm sich das Bilanzbuch der Band vor und warf einen Blick auf die jährlichen Erlöse. Die nahmen seit zwanzig Jahren stetig ab. Zunächst nur wenig, dann immer mehr. Was im letzten Jahr durch den weltweiten Verkauf von Fanartikeln sowie ein paar Auftritte eingenommen worden war, reichte zwar noch aus, um jedem Bandmitglied ein Jahreseinkommen zu sichern, von dem man leben konnte, aber es betrug nur noch ein Sechstel dessen, was die Band auf dem Höhepunkt ihrer Karriere verdient hatte. Je nachdem, ob die Männer ihren früheren Reichtum angelegt oder verprasst hatten, mochte der eine oder andere tatsächlich dadurch in Geldnöte geraten sein. Zum Beispiel Matt Ramsey durch seine Scheidung. Seine Bankunterlagen würde Rowan sich als Nächstes vornehmen.

Ein Schrei aus dem Obergeschoss, dem ein lautes Poltern folgte, ließ sie zusammenzucken. Lennox hatte offenbar wieder einmal einen Albtraum. Bei seinem letzten Einsatz in Afghanistan war er in die Gefangenschaft der Taliban geraten und gefoltert worden. Nur er und sechs seiner Kameraden hatten überlebt. Er war danach aus seiner Truppe ausgeschieden und in seine schottische Heimat zurückgekehrt, um hier den „hoffentlich ruhigen Rest" seines Lebens zu verbringen, wie er ihr gesagt hatte. Aber das Erlebte hatte tiefe Narben bei ihm hinterlassen, nicht nur am Körper. Seine Albträume waren manchmal sehr heftig.

Oben klappte die Zimmertür, gleich darauf die zum Badezimmer. Sekunden später hörte Rowan die Dusche laufen. Armer Kerl! Lennox ging zwar einmal die Woche zu einem Therapeuten, wie sie mitbekommen hatte, aber ein Posttraumatisches Belastungssyndrom und die seelischen Wunden, die ihm durch die Folter zugefügt worden waren, konnten nicht in ein paar Wochen oder Monaten geheilt werden. Vielleicht nie mehr, zumindest nicht vollständig.

Rowan warf einen Blick auf die Uhr: schon ein Uhr morgens. Sie hatte nicht gemerkt, wie viel Zeit seit dem Abendessen vergangen war. Also Schluss für heute. Morgen war auch noch ein Tag. Sie vergewisserte sich, dass die Alarmanlage eingeschaltet war, löschte das Licht und prüfte, ob die beiden Eingangstüren verschlossen waren. Oben klappte wieder eine Tür und sie hörte Lennox' barfüßige Schritte.

„Lennox?"

Er blickte über das Treppengeländer zu ihr herab. Um die Hüfte trug er nur ein Handtuch, wodurch der wohlproportionierte Rest seines Körpers mit den durchtrainierten Muskeln zur Geltung kam.

„Tut mir leid, dass ich dich wieder mal geweckt habe, Lockhart."

„Hast du nicht." Sie deutete an sich hinab, um ihn darauf aufmerksam zu machen, dass sie noch vollständig angezogen war. „Ich habe noch gearbeitet. Hast du Lust auf Gesellschaft?"

Er zögerte und sah sie eine Weile unverwandt an. Schließlich seufzte er. „Käme mir heute sehr entgegen. Wenn es dir nichts ausmacht."

„Das weißt du doch. Ich bin gleich bei dir."

Sie ging in ihr Schlafzimmer, zog sich bis auf Slip und T-Shirt aus, machte einen Abstecher ins Bad und ging anschließend nach oben.

Lennox hatte sich inzwischen Boxershorts angezogen.

Er hielt eine Pistole in der Hand.

Einen Moment lang sah er Rowan an, ehe er die Waffe in eine Stahlkassette einschloss und die in die hinterste Ecke des Schrankes stellte. Anschließend schlug er die Bettdecke auf und lud Rowan mit einer Handbewegung ein, sich hinzulegen. Sie folgte der Einladung, ohne zu zögern. Immerhin war es bereits das vierte Mal, dass sie bei ihm schlafen würde.

Das erste Mal hatte sie ein paar Tage nach seinem Einzug „Albtraumwächterin" gespielt, als er den bisher schlimmsten Albtraum unter ihrem Dach gehabt hatte, was wahrscheinlich daran gelegen hatte, dass er vorher ordentlich Guinness konsumiert hatte, weshalb die Nachwehen des Albtraums ihn hatten randalieren lassen. Er hatte sogar eine leere Flasche nach ihr geworfen. Jeder andere Vermieter hätte ihn spätestens danach fristlos vor die Tür gesetzt. Rowan musste zugeben, dass sie mit dem Gedanken gespielt hatte. Aber ihre Intuition hatte ihr gesagt, dass Lennox trotz seiner Probleme keine Gefahr für sie darstellte, unter anderem deshalb nicht, weil er sich seitdem nicht wieder derart betrunken hatte.

In jener Nacht hatte er ihr erzählt, was in Afghanistan passiert war. Sie hatte gespürt, dass er sich zutiefst nach Akzeptanz sehnte, dass er sich wünschte, man würde in ihm nicht den Söldner sehen, der für Geld getötet hatte, sondern den Menschen, der versuchte, sein Leben wieder auf die Reihe zu bekommen. So wie sie. Sie hatte seine Angst gespürt, wieder einzuschlafen und weitere Albträume zu haben, und ihm spontan angeboten, bei ihm zu bleiben. Zumindest seit er bei ihr wohnte, war das seine erste ruhige Nacht, oder besser: Restnacht, gewesen. Rowan hörte regelmäßig, wie er sich nachts im Bett wälzte, da sich sein Schlafzimmer über ihrem befand. Wenn sie neben ihm lag, schlief er ruhig.

Inzwischen musste sie sich auch nicht mehr fragen, warum sie ihm diesen Dienst erwies, wann immer er ihn brauchte. Sie waren beide einsam, und neben ihm zu schlafen, gab ihr ebenso ein Gefühl von Geborgenheit wie ihm. Gott, sie vermisste Doro so sehr. Statt sich daran zu gewöhnen, dass die zweite Hälfte ihres Bettes leer war und zumindest Doro nie wieder neben ihr schlafen würde, wurde ihr diese Leere immer unerträglicher.

Wenn sie neben Lennox schlief, spielte sich nichts weiter zwischen ihnen ab. Eines seiner Prinzipien, dessen Grund er allein kannte, war, dass er ausschließlich zu Prostituierten ging, wenn er Sex wollte. Deshalb war er auch in dieser Nacht sorgfältig darauf bedacht, ihr nicht ungebührlich nahe zu kommen, als er sich neben sie legte und die Nachttischlampe ausschaltete.

„Danke, Lockhart."

„Keine Ursache."

Er räusperte sich. „Die Pistole. Ich hatte nicht vor, sie zu benutzen. Habe sie vorhin nur gereinigt. Und sie auf den Nachttisch gelegt, weil ich mich dann wohler gefühlt habe."

„Du bist mir keine Rechenschaft schuldig. Und keine Sorge, ich habe keine Sekunde lang angenommen, dass du dich mit dem Ding umbringen wolltest. Dafür bist du zu stark. Und sowieso nicht der Typ. Aber würdest du mir einen Gefallen tun?"

„Aye.“

„Wenn du irgendwas brauchst, dann scheue dich bitte nicht, es mir zu sagen. Und wenn du eine Zeit lang jede Nacht meine Gesellschaft brauchst, um die Albträume zu vertreiben, dann bleibe ich gern bei dir. Kein Thema. Du bist mein Partner und mein Kamerad, und ich betrachte dich inzwischen auch als Freund. Ich bin immer für dich da.“

Er tat einen tiefen Atemzug, der sehr ergriffen klang. „Danke.“ Das klang noch ergriffener. „Komme drauf zurück, wenn es erforderlich sein sollte.“

Sie nahm seine Hand und drückte sie. „Gute Nacht, Lennox.“

„Nacht, Lockhart.“

Nun, da sie bei ihm war, schlief er schnell wieder ein. Rowan lag noch wach und grübelte über ihren neuen Fall, damit sie nicht in Versuchung geriet, über ihre persönlichen Probleme nachzudenken. Falls sich im Zuge der Ermittlungen nicht noch etwas anderes ergab, konnte nur eines der Bandmitglieder die Flasche gestohlen haben, sofern sie nicht alle unter einer Decke steckten. Doch das hielt Rowan für unwahrscheinlich, denn dann hätte Matt Ramsey sie nicht engagiert. Aber warum war die Flasche gestohlen worden? Zwar würde sie die Kontenbewegungen der Bandmitglieder akribisch überprüfen, nachdem die sie ihr so großzügig zur Verfügung gestellt hatten, aber sie würde darin wohl nichts finden, das ihr weiterhalf. Falls Geldprobleme tatsächlich der Grund für den Diebstahl gewesen wären, hätte der Schuldige sich geweigert, ihr Einblick in seine Finanzen zu gewähren. Welchen Grund könnte es noch geben?

Es war ein Rätsel. Und Rowan war entschlossen, es zu lösen.

DREI

Samstag, 8. Dezember 2012

Detective Inspector Bill Wallace fühlte sich beim Anblick der Leiche, die am Morgen auf der Damhead am Straßenrand vor dem Cameron Wood gefunden worden war, an ein männliches Schneewittchen erinnert: jungfräulicher weißer Schnee, getränkt mit rotem Blut, das aus einer Kopfwunde unter ebenholzschwarzem Haar gequollen war. Bill blickte sich um und fragte sich, was der Mann hier zu suchen gehabt hatte. Es gab weit und breit nichts außer der Straße, dem Waldstück auf der einen Seite und schneebedeckter Ackerfläche auf der anderen. Das nächste Haus war an die zweihundert Yards entfernt, und ein Auto oder anderes Transportmittel, mit dem der Tote hierher gelangt sein konnte, war ebenfalls nirgends zu sehen. Das sprach dafür, dass er an dieser Stelle abgelegt worden war.

Daran, dass der Mann ermordet worden war, bestand kein Zweifel, denn er hatte sich wohl kaum selbst den Hinterkopf eingeschlagen. Außerdem war weit und breit kein Gegenstand zu sehen, mit dem er das hätte bewerkstelligen können. Obwohl der Schnee die Leiche halb zugedeckt hatte, glaubte Bill nicht, dass irgendwo unter der Schneedecke die Mordwaffe zu finden war. So dumm waren die Mörder leider nur in schlechten Filmen und Romanen. Alles deutete darauf hin, dass es sich um einen Raubmord handelte. Dem Toten fehlten die Armbanduhr sowie die Brieftasche und ein Handy oder Smartphone.

Ungewöhnlich war nur, dass der oder die Täter sich bei diesem Wetter die Mühe gemacht hatten, ihn hierher zu schaffen. Die Damhead war eine schmale Straße jenseits des City By-Pass und selbst im Sommer kaum befahren. Bis auf wenige Ausnahmen nutzten nur die Bewohner der umliegenden paar Gehöfte diese Straße. Im Winter stand sie auf dem städtischen Räumungsplan irgendwo am Ende der Liste. Möglicherweise wohnte der Täter in der Nähe.

„Sir, das gibt Ärger." Detective Sergeant Annie Armstrong, die die Taschen des Toten durchsucht hatte, reichte Bill einen Pass.

Er sah auf den ersten Blick, dass es sich um einen US-amerikanischen handelte. Dass er dem Toten gehört hatte, bewies das darin enthaltene Lichtbild. Dem Pass nach hieß der Mann Kyle Saunders und kam aus New York. Bill war klar, was Armstrong mit „Ärger" gemeint hatte. Ein toter Amerikaner bedeutete immer eine Menge zusätzlichen Papierkram. Außerdem saß einem sofort der amerikanische Botschafter oder Konsul im Nacken und drängte auf schnellstmögliche lückenlose Aufklärung.

Bill überließ die Leiche und ihre unmittelbare Umgebung dem Team von der Spurensicherung und ging zu dem älteren Mann hinüber, der neben einem Pferdewagen stand und sich gegen den Rumpf eines der beiden gescheckten Irish Cobs gelehnt hatte, die vor den Wagen gespannt waren und ihren warmen Atem in weißen Wolken in die Kälte bliesen. John „Smitty" Macmillan war ein alter Bekannter. Er hatte bei Bills bisher spektakulärstem Fall entscheidend zur Lösung beigetragen. Seine Sippe lagerte den Winter über auf einer Weide am Rand des Cameron Wood. Macmillan hatte den Toten gefunden.

„Meine Leute haben nichts damit zu tun", versicherte er, bevor Bill etwas sagen konnte. „Naw, Sar, ganz sicher nicht. Hätte Sie wohl kaum angerufen, wenn es so wäre."

Bill hob abwehrend die Hände. „Und Sie hätten ganz sicher nicht einen Toten in der unmittelbaren Nähe Ihres Lagers liegen lassen. Das ist mir schon klar, Smitty."

Da Macmillan sich Leuten, die er noch nicht kannte,

grundsätzlich als John Smith vorstellte, war Smitty sein Spitzname geworden.

„Ich hoffe, Sie erinnern sich noch daran, dass ich nicht zu den Vertretern meiner Zunft gehöre, die Tinker und andere Traveller grundsätzlich für Verbrecher halten."

Macmillan verzog das Gesicht. „Bei euch Coppers weiß man nie."

Bill nahm die Bemerkung nicht persönlich. Nicht nur, weil Macmillan sie nicht beleidigend gemeint hatte, sondern weil dessen Misstrauen berechtigt war. Es gab tatsächlich etliche Polizisten und Kriminalbeamte, für die Tinker Menschen zweiter Klasse waren, die man wie Dreck behandeln, diskriminieren und reinlegen durfte. Da Macmillan Bill noch nicht allzu lange, geschweige denn gut kannte, hielt er sich daran, dass Vorsicht und gesundes Misstrauen besser waren als Nachsicht.

„Also, Sie haben den Toten gefunden, Sir." Bill rieb sich die Hände und zog die Schultern hoch, denn die Kälte drang durch die Handschuhe und seinen Mantel.

Macmillan klopfte neben sich gegen den Rumpf des Pferdes. „Lehnen Sie sich ruhig an. Mickey hat nichts dagegen, zwei zu wärmen."

Bill nahm das Angebot gern an, lehnte sich an das Pferd und klopfte ihm den Hals. Mickey und sein Gespanngefährte Mouse kannten ihn, denn sie hatten im Sommer den Rasen seiner guten Freundin Row Lockhart „gemäht". Bill hatte die Pferde ab und zu mit Äpfeln, Möhren oder Brotstücken verwöhnt, wenn er Row besucht hatte. Deshalb drehte Mickey nun erwartungsvoll den Kopf und schnupperte an Bills Manteltasche.

„Tut mir leid, mein Freund." Bill strich dem Pferd über die Nüstern. „Wenn ich gewusst hätte, dass ich euch zwei Schönen heute Morgen treffe, hätte ich Äpfel eingesteckt."

Mickey schnaubte enttäuscht und wandte den Kopf ab.

Bill konzentrierte sich wieder auf Macmillan. „Also, Smitty, erzählen Sie mal."

Der Mann schüttelte den Kopf. „Gibt nicht viel zu erzählen, laddie. Bin heute Morgen hier langgefahren und hab was im Schnee gesehen, das wie ein Mensch aussieht." Er deutete auf die Leiche. „Dachte, es ist Mr Boyd von der Farm." Er zeigte auf die Straße, in die andere Richtung als die, in die er hatte fahren wollen. „Trinkt manchmal gern einen über den Durst. Ich halte also an und geh rüber, um zu sehen, ob ich was für ihn tun kann. Da seh ich, dass es nicht Mr Boyd ist, und das ganze Blut, und hab euch gerufen. Und ich schwöre, dass ich und meine Leute den Typen nicht kennen und ganz sicher nichts mit seinem Tod zu tun haben. Naw, Sar, nicht wir." Er schüttelte heftig den Kopf.

„Keine Sorge, Smitty, ich glaube Ihnen. Haben Sie vielleicht in der Nacht irgendwas gehört? Einen Streit? Oder was anderes?" Bill lehnte sich enger an Mickeys Rumpf. Die Wärme des Pferdes drang durch den Mantel und tat gut.

Macmillan wiegte den Kopf. „Aye. Muss so gegen Mitternacht gewesen sein. Da kam ein Auto vorbei. Dachte, es ist Mr Boyd. Hat ungefähr auf der Höhe hier gestoppt, wenn ich schätzen sollte." Er nickte zur Leiche hinüber. „Dachte, er hat den Motor abgewürgt oder kommt nicht vorwärts. Die Straße ist ja kaum geräumt. Dann ging der Motor wieder an, der Wagen fuhr zum Hof, kam wieder zurück und verschwand Richtung Stadt. Hat mich gewundert, weil man ja auch in die andere Richtung zur Stadt kommt. Aber dann dachte ich, es ist einer, der sich verfahren hat. Bei dem Schnee überall kann man schon mal die Orientierung verlieren. Besonders wenn's dunkel ist." Er blickte Bill an. „Hat das arme Schwein noch gelebt, nachdem der Typ weg war? Ich meine, hätten wir was für ihn tun können, wenn wir nachgesehen hätten?"

Bill schüttelte den Kopf. „Ich kann Sie beruhigen. Egal ob der Mann hier getötet oder nur abgeladen wurde, er muss schon nach der ersten Verletzung, die man ihm zugefügt hat, tot gewesen sein. Sie hätten nichts mehr für ihn tun können."

„Hm." Macmillan blickte zu der Leiche hinüber. „Brauchen Sie mich noch? Muss Vorräte kaufen, damit wir und die Pferde was zu beißen haben."

Bill winkte ab. „Fahren Sie nur. Wenn ich noch Fragen habe, weiß ich ja, wo ich Sie finde."

Macmillan grunzte. „Leider."

Bill lachte, denn auch diese Bemerkung war nicht böse gemeint. Er klopfte Mickey noch einmal den Hals und trat zurück, als Macmillan den Bock erklomm, die Zügel ergriff und mit mehrfachem Zungenschnalzen seine Pferde aus ihrer beschaulichen Pause holte. Die Tiere setzten sich in Bewegung, und Bill kehrte seufzend zu seinen Kollegen zurück. Kaum wärmte ihm Mickey nicht mehr den Rücken, empfand er die Kälte doppelt intensiv.

Falls Macmillan sich nicht verhört hatte, was das nächtliche Auto betraf, und das tatsächlich vom Täter gefahren worden war, musste der, da er gewendet hatte, über die A702 aus der Stadt gekommen sein. Bill glaubte nicht, dass jemand in der Nacht den doch recht langen Weg von den weiter entfernt liegenden Ortschaften in Kauf genommen hatte, nur um eine Leiche zu entsorgen, erst recht nicht bei diesen Straßenverhältnissen. Falls es tatsächlich ein simpler Raubmord gewesen war, wie es aussah, und der Täter nicht so dumm sein sollte, Saunders' Kreditkarte zu benutzen, würde es sehr schwer, wenn nicht sogar unmöglich sein, den Täter zu finden. Und was das für Komplikationen nach sich ziehen würde, konnte sich Bill lebhaft vorstellen.

Da die Tatortermittler schon vor Ort waren – Bill beneidete sie nicht darum, dass sie in der Kälte arbeiten mussten –, musste er nicht länger dableiben.

„Kommen Sie, Armstrong. Fahren wir zum Revier zurück und erledigen die dankbare Aufgabe, die Botschaft zu informieren. Aber erst mal finden wir raus, in welchem Hotel Mr Saunders gewohnt hat."

Mit etwas Glück würden sie dort auch einen Hinweis darauf finden, wer ihn ermordet hatte und warum.

Zwei Stunden später wussten sie, dass Kyle Saunders im Edinburgh City Hotel abgestiegen war. Der Hotelmanager war bestürzt zu erfahren, dass einer seiner Gäste einem Gewaltverbrechen zum Opfer gefallen war, und ließ Bill und Sergeant Armstrong ohne Protest in dessen Zimmer, während er den Angestellten ausfindig machte, der Saunders vermutlich zuletzt gesehen hatte.

Das Zimmer verriet Bill auf den ersten Blick nichts über Kyle Saunders, das einen Hinweis auf ein Mordmotiv geliefert hätte. Er glaubte sowieso nicht daran, dass es etwas Persönliches gewesen sein konnte. Touristen wurden in der Stadt leider immer wieder mal überfallen und ausgeraubt. Besonders wenn sie leichtsinnig waren und mit ihrem Geld protzten.

Auf dem Schreibtisch stand ein aufgeklappter Laptop. Ein leuchtendes Lämpchen signalisierte, dass er sich im Standby-Modus befand. Daneben lag eine Visitenkarte. Bill fühlte sein Herz schneller schlagen, als er das Logo darauf erkannte – eine dreistängelige Distelblume auf einem Schild in den Farben und dem Muster der schottischen Flagge –, noch ehe er den Namen Rowan Lockhart las. Wieso hatte Saunders eine Privatermittlerin gebraucht? Dass seine Wahl auf Row gefallen war, wunderte Bill nicht, denn sie war seiner Meinung nach die beste Ermittlerin im ganzen County. Die Antwort auf seine Frage würde er bekommen, wenn er Row später aufsuchte. Sie würde ihm bereitwillig Auskunft geben und nicht wie jeder andere Privatermittler, den Bill kennengelernt hatte, gegenüber der Polizei auf sture Schweigsamkeit schalten.

Dass dieser Fall ihm einen Grund gab, sie noch vor dem Abend aufzusuchen, für den sie sowieso verabredet waren, freute ihn, denn er begrüßte jede Gelegenheit, mit ihr zusammen zu sein. Row und er waren Tür an Tür aufgewachsen und kannten einander buchstäblich seit ihrer Geburt. Sie waren gemeinsam zur Schule gegangen, hatten ihre Freizeit zusammen verbracht und gemeinsam das Scottish Police College abgeschlossen. Trotzdem hatte Bill zwanzig Jahre gebraucht, um zu begreifen, dass er Row liebte. Doch genau an dem Tag, an dem er sich dessen nach reiflicher Überlegung sicher gewesen war und er ihr seine Liebe hatte gestehen wollen, hatte er feststellen müssen, dass sie sich in Hidoro Nobushi verliebt hatte, der in ihrem letzten Ausbildungsjahr als Austauschstudent ans College gekommen war.

Bill hatte sich damit zu trösten versucht, dass das nur ein Strohfeuer sein würde, denn die beiden waren so verschieden wie Tag und Nacht, nicht nur wegen ihrer unterschiedlichen Herkunft. Doch das Gegenteil war der Fall gewesen, und Row war ihrer großen Liebe nach Japan gefolgt. Dass ihre Ehe inzwischen gescheitert war, tat Bill einerseits aufrichtig leid. Andererseits begrüßte er diesen Umstand, der ihm, wie er hoffte, eine zweite Chance bei ihr geben würde, sobald sie vollständig über Hidoro hinweg sein würde. Aber das würde noch eine Weile dauern.

Bill tippte auf die Entertaste des Laptops. Er hatte damit gerechnet, dass ein Passwort verlangt würde, doch auf dem Bildschirm tauchte nach ein paar Sekunden eine angefangene E-Mail auf. Offenbar war Saunders beim Schreiben unterbrochen worden.

Bill verspürte einen Adrenalinschub, als er die Empfängeradresse las: Sie gehörte Row.

„Liebe Ms. Lockhart, ich habe mich entschlossen, Ihre Dienste in Anspruch zu nehmen. Wie ich Ihnen in unserem Gespräch bereits andeutete, bin ich möglicherweise schottischer Abstammung. Mein Vater soll früher einmal in Edinburgh gewohnt haben. Zumindest behauptete das meine Mutter in einem Brief, den sie mir nach ihrem Tod hinterließ. Ihr Name ..."

„Mist!" Bill seufzte, denn an dieser Stelle brach die Mail ab. Immerhin erklärte sie den Grund für Kyle Saunders' Anwesenheit in der Stadt. Vielleicht konnte Row ihm mehr sagen. Er unterdrückte ein Lächeln, denn die Aussicht, sie bald zu sehen, erfüllte ihn mit jeder Minute mit größerer Freude.

„Sir?"

Ihm wurde bewusst, dass Annie Armstrong ihn schon zum zweiten Mal angesprochen hatte. „Sorry, Sergeant. Ich war in Gedanken. Was haben Sie gesagt?"

Sie hielt ihm einen Aktenordner hin, der mit „Dalmore Jazz" beschriftet war. „Wie es aussieht, war Mr Saunders ein Fan dieser Band. Auf der letzten Seite ist eine Eintrittskarte von deren Jubiläumskonzert am vergangenen Dienstag eingeklebt. Und da ist noch etwas, Sir." Sie reichte ihm ein Foto, auf dem eine blonde Frau mit einem dunkelhäutigen, etwa einjährigen Kind im Arm strahlend lächelte. „Mr Saunders hatte Familie."

Bill drehte das Foto um. „Amanda & Ruby, 4. Juli 2011" stand darauf. Kyle Saunders hatte offenbar mit seiner Frau ein farbiges Kind adoptiert. Bill seufzte. Da Saunders Amerikaner war, blieb es ihm erspart, der Familie die Todesnachricht zu überbringen. Das würde die US-Botschaft übernehmen. Aber der Gedanke, dass Amanda und Ruby Saunders das strahlende Lachen für die nächste Zeit gründlich vergehen würde, tat ihm in der

Seele weh; ebenso der, dass dieses süße Kind ohne Vater aufwachsen musste. Ein Grund mehr, alles daranzusetzen, den oder die Mörder von Kyle Saunders zu finden.

Bill legte das Foto auf den Schreibtisch neben Rows Visitenkarte und schaltete den Laptop aus. Den würde er mitnehmen, damit sich die Spezialisten im Präsidium damit beschäftigen konnten. Vielleicht gaben irgendwelche Dateien oder gespeicherten E-Mails einen Anhaltspunkt. Im Hotelzimmer war jedenfalls nichts Auffälliges zu finden.

Nachdem er Saunders' Zimmer versiegelt hatte, ging Bill mit Sergeant Armstrong in die Lobby hinunter. Der Manager erwartete ihn bereits und teilte ihm mit, dass der Concierge, der am Abend zuvor Dienst gehabt hatte, auf seinen Anruf wartete und bereit war, sofort ins Hotel oder aufs Präsidium zu kommen. Bill entschied, dass ein Anruf vorläufig genügte. Er wählte die Nummer, die der Manager ihm gab, und bekam einen Mark Johnson an den Apparat.

Der Manager hatte dem Concierge offenbar bereits mitgeteilt, worum es ging, denn Johnson begann sofort zu berichten, kaum dass Bill sich als Inspector vom CID vorgestellt hatte. Seiner Aussage nach hatte Saunders das Hotel gestern am frühen Abend verlassen, und zwar kurz vor halb sechs. Er hatte sich nach dem Weg zur Waverley Station erkundigt und war auf Johnsons Anraten hin zu Fuß gegangen. Nein, Mr Saunders hatte keinen Grund genannt, warum er zum Bahnhof wollte, aber er hatte erst eine knappe halbe Stunde zuvor mit einer Privatermittlerin, Ms Rowan Lockhart, in der Lobby ein Gespräch geführt. Nein, Johnson hatte nicht mitbekommen, worum es dabei gegangen war. Aber Mr Saunders hatte am Donnerstagmorgen Besuch von der Polizei bekommen. Nein, Johnson wusste nicht, was die Beamten von Saunders gewollt hatten.

Das herauszufinden würde nicht allzu schwer sein. Bill beauftragte Sergeant Armstrong damit und wies sie an, den Laptop ins Präsidium zu bringen, während er sich auf den Weg zu Row machte. Vielleicht hatte er Glück und konnte zusammen mit ihr zu Mittag essen.

Bill stellte seinen Wagen vor Rows Haus ab. Er hatte Glück, denn ein anderes Auto, das von seinem Besitzer vor dem Wegfahren offenbar freigeschaufelt worden war, hatte eine Parklücke in einer Schneewehe hinterlassen. Row war zu Hause, wie Bill an dem Licht erkannte, das in ihrem Büro brannte. Ihr Mieter Rory Lennox stand in der Auffahrt und schippte die Garagen frei. Er nickte Bill zu, als der über den schmalen Trampelpfad im Schnee zur Haustür ging. Bill nickte zurück. Er mochte den Kerl nicht. Was nicht nur daran lag, dass er grundsätzlich für Söldner nichts übrig hatte, die in seinen Augen nichts anderes waren als Auftragskiller in Uniform. Lennox war aber nicht nur Rows Mieter, sondern auch ihr Teilhaber in der Kampfkunstschule. Sie vertraute dem Kerl mehr, als gut für sie war. Und wenn der das eines Tages ausnutzte – nach Bills Überzeugung war das nur eine Frage der Zeit –, würde er Row verdammt wehtun.

Bill ging ins Haus. Die Tür war nicht abgeschlossen, damit Klienten jederzeit eintreten konnten. Er hörte Rows Stimme aus dem Büro. Sie telefonierte offenbar. Bill musste nicht lange raten, mit wem. Sie sprach Japanisch in einem so zärtlichen, liebevollen Tonfall, dass ihr Gesprächspartner nur Hidoro sein konnte. Bill blieb an der Tür zum Büro stehen und hob grüßend die Hand, um Row zu signalisieren, dass er da war. Danach wollte er auf einem der im Flur aufgestellten Stühle Platz nehmen, die den Wartebereich darstellten. Doch Row winkte ihn lächelnd herein. Da sie seinen Namen nannte, sagte sie Hidoro offenbar, dass Bill gekommen war.

Bill konnte nicht verhindern, dass sich sein Herz zusammenzog. Die Art, wie Row mit ihrem Exmann sprach, zeigte ihm deutlich, dass die beiden zwar seit über einem Jahr geschieden sein mochten, das ihrer Liebe aber offenbar keinen Abbruch getan hatte. In so einem Tonfall redete man nicht mit jemandem, der einem nichts mehr bedeutete.

Auf dem Schreibtisch vor Row lag auf einem Haufen von aufgeschlagenen Ordnern mit Bankunterlagen ein Brief, der mit japanischen Schriftzeichen bedeckt war. Offenbar war er am Morgen mit der Post gekommen, was Row zum Anlass genommen hatte, Hidoro anzurufen.

Sie reichte ihm das Telefon. „Doro möchte dir Hallo sagen."

Verblüfft nahm Bill es entgegen. „Hidoro? Hi. Wie geht es dir?"

„Hallo Bill. Danke, es geht mir gut. Dir hoffentlich auch?"

„Ja. Abgesehen davon, dass die ganze Stadt im Schneechaos versinkt."

„Davon hat Azarni mir schon berichtet. Seid froh, dass ihr keine Erdbeben und Tsunamis bei euch habt."

„Ja, sind wir." Azarni – Distelblume, der japanische Kosename, den Hidoro Row gegeben hatte, wie Bill sich erinnerte. Was wollte Hidoro von ihm? Ganz sicher nicht nur Smalltalk unter alten Freunden machen.

„Ich habe eine Bitte an dich, Bill."

„Ja?"

„Da du immer noch oder wieder Azarnis bester Freund bist, wie sie mir geschrieben hat: Würdest du auf sie achten? Du weißt, dass sie das Licht meines Lebens ist. Ich kann nicht mehr bei ihr sein, aber sie braucht einen Freund an ihrer Seite. In naher Zukunft noch mehr als jetzt."

„Kein Thema, Hidoro. Mache ich. Immer. Auf mein Wort." Verdammt, was hatte das zu bedeuten?

„Dann bin ich beruhigt. Danke, Bill. Gibst du mir Azarni noch einmal?"

„Ja. Cheerio, Hidoro." Bill reichte Row das Telefon zurück.

Sie sprach noch ein paar Worte mit Hidoro in dem zärtlichen Tonfall, lächelnd und mit jenem Schimmern in den Augen, das schon früher darin gewesen war, wenn sie mit Hidoro zusammen gewesen war oder über ihn gesprochen hatte. Nein, sie war noch lange nicht über ihn hinweg. Und wenn Bill sie tatsächlich erobern wollte, musste er mehr als nur ein paar Monate Geduld haben. Wie es aussah, würde es Jahre dauern, bis sie ihre Scheidung verarbeitet hatte. Wie sollte das auch gehen, wenn sie und Hidoro immer noch regelmäßig miteinander telefonierten, sich Briefe schrieben und ihre Liebe so lebendig hielten? Aber was hatte Hidoro damit gemeint, dass Row in naher Zukunft noch stärker einen Freund an ihrer Seite brauchte als bisher?

Row beendete das Gespräch. Als würde sie einen Teil von sich abschalten, während sie das Telefon in die Ladestation stellte, machte sie ein todtrauriges Gesicht. Und der Blick, mit dem sie ihn ansah, schnitt ihm ins Herz.

„Es geht ihm nicht gut." Sie schüttelte den Kopf. „Es geht ihm absolut nicht gut."

„Warum glaubst du das?", fragte er vorsichtig. „Ich hatte eben den Eindruck, dass mit ihm alles in Ordnung ist."

Sie schüttelte wieder den Kopf. „Ich kenne ihn, Bill. In- und auswendig. Ich habe es am Rhythmus seines Atems gehört, an der Kraft seiner Stimme – vielmehr an dem subtilen Mangel an Kraft, an der Art, wie er seine Sprechpausen gemacht hat." Tränen traten ihr in die Augen. „Er wird sterben, Bill. Er hat beim Aufräumen in Fukushima mitgeholfen und jetzt ist er verstrahlt und wird sterben. Und ich bin nicht an seiner Seite, wie ich sollte, weil ich zu feige war, um bis in den Tod bei ihm zu bleiben." Sie brach in Tränen aus.

Offenbar wusste auch Hidoro, dass er sterben würde, und hatte Bill deshalb gebeten, auf Row zu achten und als Freund an ihrer Seite zu stehen.

Bill zog Row vom Stuhl hoch, nahm sie in die Arme und streichelte tröstend ihren Kopf und ihren Rücken. „Das war doch nicht feige, Row. Das war – Selbsterhaltung."

„Das sagt mein Verstand mir auch", schluchzte sie. „Darum habe ich ja damals diese Entscheidung getroffen. Aber mein Gefühl sagt mir immer wieder, dass ich versagt habe, Doro nicht genug geliebt habe und einfach nur feige davongelaufen bin." Sie weinte heftiger.

So hatte Bill sie erst ein einziges Mal weinen sehen. Er und Row waren damals ungefähr acht Jahre alt gewesen und hatten im und ums Haus herum Verstecken gespielt. Ihre Mütter hatten auf dem Rasen vor dem Haus Wäsche aufgehängt und sich dabei unterhalten. Bill und Row hatten sich angeschlichen, um sie zu erschrecken, und dabei gehört, wie Mrs Lockhart Bills Mutter ihr Leid geklagt hatte, was für ein Satansbraten Row war, der nie gehorchte und nie das tat, was gute Kinder im Allgemeinen und brave Mädchen im Besonderen tun sollten. Der sehr lange Sermon, der eine Row porträtiert hatte, die Bill völlig unbekannt war, hatte mit dem inbrünstigen Wunsch geendet, dass Row am besten nie geboren worden wäre.

Bill war darüber ebenso entsetzt gewesen wie seine Mutter. Row war davongelaufen, hatte sich in ihr beider geheimes Versteck auf dem Dachboden geflüchtet und bitterlich geweint – eine der sehr seltenen Gelegenheiten, bei denen er sie jemals hatte weinen sehen. Es hatte ihn damals eine Menge tröstender Worte gekostet, bis sie sich wieder beruhigt hatte.

„Hey", sagte er sanft und strich ihr über das Gesicht, wischte mit dem Daumen die Tränen fort, die unaufhaltsam nachquollen und nicht zu stoppen waren. „Du kannst doch zurückkehren. Wie ich Doro kenne, wird er dich mit aller Liebe wieder aufnehmen. Er ... Er hat mir gerade gesagt, dass du für ihn immer noch das Licht seines Lebens bist."

Sie schüttelte den Kopf. „Ich kann nicht. Das heißt, ich darf nicht. Er will es nicht. Ich habe ihm gesagt, was für eine Idiotin ich war, was für ein Feigling, und habe ihn angefleht, mir zu verzeihen, damit ich wieder zurückkommen kann. Er will es nicht. Er hat gesagt, dass es nichts zu verzeihen gibt, weil er mich vollkommen versteht und meine Entscheidung billigt, und dass ich hier genau an dem Ort bin, an dem er mich haben will. Kann ich ihm nicht verdenken. Welcher Mann nimmt schon eine Frau zurück, die nicht den Mut hatte, bei ihm zu bleiben, bis dass der Tod uns scheidet?" Sie weinte herzzerreißend.

Bill hielt sie fest und hoffte, ihr wenigstens ein bisschen Trost geben zu können. Ihr Leid schnitt ihm so tief ins Herz, dass es ihm ebenfalls die Tränen in die Augen trieb. Er zwinkerte sie weg und konzentrierte sich auf Row. Sie im Arm zu halten und die alte Vertrautheit zwischen ihnen zu spüren, war ein wunderbares Gefühl, das aber durch ihr Leid erheblich getrübt wurde. Er wollte sie glücklich und unbeschwert sehen, lachen hören, wollte derjenige sein, der sie glücklich machte. Aber solange sie nicht über Hidoro hinweg war, würde sie nicht glücklich sein können. Und so lange hatte er keine Chance. Er musste Geduld haben, um ihretwillen. Denn wenn er ihr in diesem Moment oder in absehbarer Zeit offenbarte, dass er sie liebte, wäre ihr das nur eine zusätzliche Last.

„Hör mal, Row. Hörst du mir zu?"

Sie nickte.

„Du hast gesagt, dass Hidoro deine Entscheidung billigt und will, dass du hier bist."

„Hm, hm."

„Und er liebt dich immer noch."

„Hai." Da japanische Ja klang ungeheuer sehnsüchtig und traurig zugleich.

„Also, meiner unmaßgeblichen Meinung nach ist er der Einzige, der das Recht hätte, dir einen Vorwurf zu machen. Was er aber nicht tut, weil du seiner Meinung nach völlig richtig gehandelt hast. Stimmt's? Also solltest du verdammt noch mal aufhören, dir selbst Vorwürfe zu machen. Ich kenne dich, Row. Vielleicht sogar besser als Hidoro. Und ich weiß eines: Du hast deine Entscheidung ganz sicher nicht aus Feigheit getroffen, sondern weil sie absolut richtig war. Er sieht das auch so. Also", er nahm ihr Gesicht in beide Hände und zwang sie, ihm in die Augen zu sehen, „akzeptiere, dass du das Richtige getan hast." Sie wollte etwas sagen, aber er ließ sie nicht zu Wort kommen. „Du erinnerst dich doch bestimmt daran, was sie uns auf dem Police College beigebracht haben: dass wir gerade als Polizisten und Kriminalbeamte früher oder später in Situationen kommen, wo wir die absolut richtige Entscheidung treffen, aber trotzdem den Schaden nicht verhindern können."

Sie nickte. „Und das Einzige, was wir in solchen Situationen tun können, ist zu lernen, mit dem Ergebnis zu leben und es zu akzeptieren, damit es uns nicht für den Rest unseres Lebens oder doch für sehr lange Zeit negativ beeinflusst." Sie hauchte ihm einen Kuss auf die Wange. „Danke, Bill. Du bist der beste Freund, den man sich nur denken kann." Sie drückte ihn an sich, legte den Kopf auf seine Schulter und atmete ein paarmal tief ein.

Bill strich ihr über den Kopf und genoss es, sie zu

halten. Vor allem genoss er, dass es ihr besser ging und ihre Traurigkeit nachließ.

Schließlich löste sie sich von ihm und lächelte schief. „Bin gleich wieder da."

Sie verließ das Büro. Als sie fünf Minuten später zurückkam, hatte sie sich das Gesicht gewaschen, das am Haaransatz noch feucht glänzte, und sich wieder vollkommen gefangen. Zumindest äußerlich. Sie setzte sich an ihren Schreibtisch und blickte Bill, der inzwischen in einem der beiden Besuchersessel vor dem Tisch Platz genommen hatte, auffordernd an.

„Da du nicht gekommen bist, um dir mein Gejammer anzuhören, sag mir, was ich für dich tun kann."

„Geht es wirklich wieder?", vergewisserte er sich.

Sie nickte. „Es hat keinen Sinn zu weinen, denn Tränen ändern nichts. Alte Nobushi-Weisheit und nur allzu wahr."

„Tränen mögen nichts ändern, aber sie erleichtern ungemein."

Sie zuckte mit den Schultern. „Themenwechsel, bitte."

„Ich bin dienstlich hier. Du kennst einen Kyle Saunders?"

Sie nickte. „Meine Klienten, die Band Dalmore Jazz, haben mich beauftragt, ihre gestohlene Gründungsflasche zu finden. Saunders hatte noch am Abend vor ihrem Verschwinden hartnäckig versucht, sie zu kaufen, weshalb sie ihn in Verdacht hatten. Ich habe gestern Nachmittag mit ihm gesprochen, um mir ein Bild von ihm zu machen und sein Alibi zu überprüfen. Zur vermuteten Tatzeit war er laut Aussage des Concierge in seinem Hotel. Aber ich bin sowieso inzwischen zu dem Schluss gekommen, dass einer von Dalmore Jazz der Dieb sein muss, denn auch die zweite von ihnen verdächtigte Person hat ein Alibi. Habe es heute Morgen schon überprüft." Sie sah Bill aufmerksam an. „Was ist mit Saunders?"

Vermutlich war der Diebstahlverdacht auch der Anlass,

weshalb Bills uniformierte Kollegen Saunders aufgesucht hatten.

„Er wurde ermordet. Ich habe auf seinem Laptop eine an dich adressierte E-Mail gefunden, die er aber nicht vollendet hat."

„Oh." Sie nickte. „Er hat mich gefragt, ob ich auch nach vermissten Personen suche. Angeblich hat er schottische Vorfahren hier aus der Gegend, die er finden wollte. Hast du schon einen Hinweis auf den Täter?"

Bill schüttelte den Kopf. „Nicht den geringsten."

Sie blickte eine Weile nachdenklich auf die Tischplatte, ehe sie Bill ansah. „Möchtest du einen Tee? Oder einen Singleton?"

Er schnitt eine Grimasse. „Bin ich ein Säufer, der schon am Mittag seinen Whisky braucht?"

Row grinste. „Ich erinnere mich an verschiedene Gelegenheiten, bei denen wir zum Frühstück oder vielmehr als Frühstück die Reste der Flaschen vom Abendessen getrunken haben."

An diese Ereignisse aus ihrer gemeinsamen wilden Jugend erinnerte er sich auch, und zwar sehr gern. „Diese Zeiten sind vorbei, seit meine beste Freundin und Gefährtin dieser Gelage gen Asien entschwand. Inzwischen bin ich solide geworden – und außerdem im Dienst."

„Du und solide?" Sie prustete los.

Bill stimmte in ihr Lachen ein. Er fand es wunderbar, mit ihr zu lachen. Vor allem aber freute er sich, dass ihre Traurigkeit endgültig verflogen war.

„Doch, im Ernst, ich bin solide ..." Die Behauptung klang so unglaubwürdig, dass sie ihn erneut zum Lachen brachte und Row erst recht, weil sie obendrein scheinheilig klang. „Okay, du hast recht. Solide ist nichts für uns. Aber man kann es ja versuchen." Er wurde ernst. „Saunders hat seine Nachricht an dich mitten im Satz abgebrochen. Leider hatte er auch noch nicht viel geschrieben, nur dass er dich beauftragen wollte, seine schottischen Vorfahren zu finden. Von denen hatte er wohl erst durch einen Brief seiner Mutter erfahren, den er nach ihrem Tod erhalten hatte."

Sie runzelte die Stirn. „Mitten im Satz abgebrochen? Dann muss er von was Wichtigem gestört worden sein. Selbst wenn man das Schreiben einer Mail oder eines Briefes unterbricht, beendet man in der Regel immer noch den begonnenen Satz."

Bill nickte. Daran hatte er auch schon gedacht. „Laut Aussage des Concierge hat Saunders nur eine halbe Stunde, nachdem er mit dir gesprochen hatte, das Hotel verlassen. Er hatte nach dem Weg zur Waverley Station gefragt. Kannst du dir vorstellen, was er dort wollte? Außer eventuell mit einem Zug irgendwo hinfahren. Wir haben allerdings bei ihm kein Ticket gefunden, nur seinen Pass. Alles andere war weg: Geld, Uhr, Handy und was er wohl sonst noch an Wertsachen bei sich gehabt haben könnte. Es sieht so aus, als wäre er Opfer eines Raubmordes geworden. Man hat ihn übrigens in der Nähe des Camps deiner Freunde, der Tinker, beim Cameron Wood abgelegt."

Row runzelte die Stirn. Bill konnte förmlich sehen, wie ihr kriminalistischer Verstand dahinter arbeitete.

„Das ergibt keinen Sinn. Ich meine, dass der Pass zurückgelassen wurde. Überleg doch mal, was ein gültiger amerikanischer Pass auf dem Schwarzmarkt wert ist."

Sie grübelte weiter. Bill störte ihre Gedanken nicht. Von draußen klang in monotoner Gleichmäßigkeit das schabende Geräusch des Schneeschiebers von der Auffahrt herein. Bill wusste, was Row dachte: dass Saunders keinem Raubmord zum Opfer gefallen war, sondern der nur vorgetäuscht worden war. Und weil der Täter nicht gewusst hatte, wie viel Geld ein Pass auf dem Schwarzmarkt einbrachte, hatte er ihn zurückgelassen. Oder aber er hatte gewollt, dass der Tote schnell identifiziert werden konnte, denn andernfalls hätte er den Pass auch ohne Verkaufsabsichten mitgenommen, um der Polizei die Arbeit zu erschweren.

„Wie wurde er getötet?", fragte Row schließlich.

„Man hat ihm den Schädel eingeschlagen. Womit, ist noch unklar. Zurzeit wissen wir nur, dass es der berühmte ‚stumpfe Gegenstand' war. Und falls Smitty, der ihn übrigens gefunden hat, sich nicht geirrt hat, wurde Saunders gegen Mitternacht entweder dort abgeladen oder hingebracht und vor Ort ermordet. Um die Zeit will Smitty nämlich einen Wagen gehört haben, der dort anhielt. Das festzustellen ist bei dem Wetter allerdings nicht leicht. Es hat in der Nacht wieder geschneit. Alle möglichen Spuren sind unter Neuschnee begraben."

Row blickte nachdenklich auf das Whiteboard an der Wand, auf dem sie die bisherigen Fakten zu ihrem Fall zusammengetragen hatte. Viele waren es noch nicht.

„Ich frage mich, ob es einen Zusammenhang geben könnte. Das mag jetzt etwas weit hergeholt klingen, aber ich finde, es wäre ein wirklich seltsamer Zufall, dass jemand, der aufgrund schlüssiger Indizien verdächtigt wird, den Dalmore Jazzern ihre heilige Flasche gestohlen zu haben, nur ein paar Tage später ermordet wird."

Dieser Meinung war Bill ebenfalls. „Aber du sagtest doch, er hat für die Zeit des Diebstahls ein Alibi."

Row wischte den Einwand mit einer Handbewegung zur Seite. „Das will nichts heißen. Nehmen wir mal an, er hat sich entschieden, jemanden mit dem Diebstahl zu beauftragen, weil er die Flasche unbedingt haben wollte und genau wusste, dass der Verdacht sofort auf ihn fallen würde, nachdem er sich bei der Band mit seiner Hartnäckigkeit unbeliebt gemacht hatte. Der Komplize stiehlt die Flasche. Und ich bin der Überzeugung, dass das einer aus der Band sein muss, weil niemand sonst Zugang zu ihr hatte. Saunders wartet, bis die Polizei bei ihm nachgesehen hat und schließlich davon überzeugt ist, dass er die Flasche nicht hat. Danach vereinbart er mit seinem Komplizen die Übergabe. Aber etwas geht dabei schief. Wahrscheinlich konnten sie sich über den Kaufpreis nicht einigen. Ich habe inzwischen herausgefunden, dass ein Milliardär vor Jahren drei Millionen Dollar für das Ding geboten hat."

Bill pfiff durch die Zähne. „Stattliches Sümmchen. Was ist denn an der Flasche so besonders?"

„Neben dem darum gestrickten Mythos, dass der Konsum ihres Inhalts die Jungs überhaupt erst auf die Idee der Bandgründung und auf ihren Bandnamen gebracht hat, geht es vor allem um das kleine Accessoire, das sie enthält: eine Haarsträhne jedes ‚Gründervaters'. Damit ist sie das ultimative Objekt der Begierde jedes Hardcore-Fans, der schon immer mal je eine Locke seiner Idole besitzen wollte."

Bill fühlte sich in die Zeit zurückversetzt, in der er und Row gemeinsam am College studiert hatten. Zur Ausbildung hatte auch gehört, dass sie Übungsfälle lösten, die zwar irgendwann einmal real stattgefunden hatten, aber längst abgeschlossen waren. Row und er hatten sich mit der Diskussion dieser Fälle so manchen Abend und manche Nacht die Köpfe heißgeredet, aber sie hatten jeden Fall gelöst, manchmal als einziges Team unter ihren Kommilitonen. Bill war sich schon damals bewusst gewesen, dass Row der Grund für diesen Erfolg war. Sie nahm das Motto von Sherlock Holmes wörtlich, das sinngemäß lautete, dass auch unwahrscheinliche Dinge zur Lösung führen konnten. Deshalb scheute sie sich nicht, notfalls auch die absurdesten Theorien in Betracht zu ziehen und sie erst zu verwerfen, wenn sie bewiesen hatte, dass sie nicht zutreffen konnten.

Er nickte. „Saunders war ohne Zweifel ein Hardcore-Fan, denn wir haben in seinem Hotelzimmer einen ziemlich dicken Aktenordner gefunden, in dem er vermutlich jeden Schnipsel an Informationen und Fotos gesammelt hat, die je über Dalmore Jazz irgendwo veröffentlicht wurden. Es gibt aber noch eine andere Möglichkeit. Er schrieb in seiner unvollendeten Mail an dich, er habe durch einen Brief seiner verstorbenen Mutter von seiner schottischen Abstammung erfahren. Im Zusammenhang mit der Tatsache, dass er sich entschlossen hatte, deine Dienste in Anspruch zu nehmen, kombiniere ich, dass er dich damit beauftragen wollte, eventuell noch lebende schottische Verwandte zu finden."

„Sehe ich auch so. Und abgesehen davon, dass der Mord tatsächlich das sein könnte, wonach es aussieht, nämlich ein gewöhnlicher Raubmord, wäre seine Ahnenforschung ein weiteres mögliches Motiv. In dem Fall geht es möglicherweise um ein fettes Erbe, das der Mörder nicht mit dem plötzlich aufgetauchten Cousin oder Neffen aus Amerika teilen wollte."

„Leider hat Saunders keine Namen mehr nennen können", warf Bill ein.

Row sah ihn an. „Man müsste an den Brief seiner Mutter herankommen."

„Wir haben bei der bisherigen – zugegebenermaßen flüchtigen – Durchsicht seines Zimmers keinen Brief gefunden. Entweder hatte er ihn bei sich und er wurde ebenfalls gestohlen oder er hat ihn in New York zurückgelassen. Oder an einem Ort in seinem Zimmer versteckt, an dem wir noch nicht nachgesehen haben." Bill hob die Hand. „Aber deine Theorie hat einen kleinen Schönheitsfehler: Saunders wusste möglicherweise gar nicht, von welchem Clan er abstammte. Falls es ein Clan ist."

Row nickte. „Er erwähnte in unserem Gespräch, seine schottische Abstammung sei ein ‚unbewiesenes Gerücht'. Er muss aber gewisse Anhaltspunkte gehabt haben, andernfalls hätte er sich nicht die Mühe gemacht, den weiten Weg von Amerika hierher zu kommen, um vor Ort nachzuforschen. Nachdem das Jubiläumskonzert der Band vorbei und das Objekt seiner Begierde, die Gründungsflasche, verschwunden ist, war höchstwahrscheinlich die Ahnenforschung der einzige Grund, weshalb er nicht schon wieder abgereist war. Und bevor man einen Detektiv einschaltet, hat man die eigenen Möglichkeiten der Nachforschung ausgeschöpft. Denn mich oder einen meiner Kollegen hätte er auch aus den USA mit der Suche beauftragen können. Oder er hätte einen amerikanischen Detektiv hergeschickt. Das heißt, er hatte also höchstwahrscheinlich bereits selbst nachgeforscht – von zu Hause aus oder hier vor Ort – und dabei möglicherweise jemanden kontaktiert oder indirekt aufgescheucht, der kein Interesse daran hat, einen amerikanischen oder überhaupt weiteren Verwandten zu haben."

Diese Möglichkeit wies Bill keineswegs von der Hand. Aber das würde sich hoffentlich im Laufe der Ermittlungen eindeutig herausstellen.

Er lächelte. „Das Dienstliche ist hiermit beendet. Vorläufig jedenfalls. Du hast mir sehr weitergeholfen, Row. Tust du ja immer."

„Ist mir jedes Mal wieder ein Vergnügen. Schließlich profitieren wir beide, wenn wir zusammenarbeiten."

„Solange mein Vorgesetzter, Chief Inspector Rose, nichts davon mitbekommt. Er hält nichts von Privatermittlern. Was nur daran liegt, dass er dich nicht kennt."

„Schmeichler. Aber du kannst mich ihm jederzeit vorstellen."

Das würde Bill freiwillig ganz bestimmt nicht tun, denn er hegte die begründete Befürchtung, dass die Begegnung nicht gut ausgehen würde. „Eine Bitte, Row. Saunders hatte Frau und Kind. Wie ich dich kenne, planst du, seine Familie wegen des Briefes zu kontaktieren, falls wir den nicht noch finden."

Sie nickte.

„Warte damit, bis ich dir grünes Licht gebe. Erst soll die US-Botschaft ihnen die Todesnachricht übermitteln. Das dauert erfahrungsgemäß ein paar Tage.“

„Kein Problem. Und da wir das nun geklärt haben: Hast du noch ein bisschen Zeit? Oder musst du gleich wieder an die Arbeit? Wenn du Zeit hast, bist du zum Mittagessen eingeladen. Falls du dich mit Reis mit Hühnerfleisch und Gemüse anfreunden kannst.“

„Wenn du es kochst, in jedem Fall.“

Auf genau diese Einladung hatte er gehofft. Seit Row aus Japan zurück war, kochte sie nur noch Japanisch, wenn sie die Zeit hatte, selbst zu kochen. Was Bill bisher davon gekostet hatte, hatte ihm ausgezeichnet geschmeckt.

„Ich habe noch Zutaten von gestern übrig, die verbraucht werden müssen.“ Sie grinste flüchtig. „Ich hatte mal wieder zu viele Sonderangebote eingekauft. Deshalb gibt es bei mir jetzt drei Tage lang Huhn mit Reis und Gemüse.“

„Ich helfe dir.“

Gemeinsam Hausarbeiten zu verrichten, war ebenfalls eine alte Gewohnheit aus Kinder- und Jugendzeiten. Früher hatte er das als lästige Pflicht empfunden und sich ebenso wie Row davor zu drücken versucht, so oft es nur gegangen war. Doch nun genoss er es, weil es ihm die Gelegenheit gab, mit ihr zusammen zu sein. Darüber hinaus vermittelte ihm diese Tätigkeit das Gefühl, mit ihr einen gemeinsamen Alltag zu haben, als würden sie zusammenleben.

Er folgte ihr in die Küche. „Ich weiß nicht, ob ich heute Abend pünktlich zu unserem Treffen im Guildford kommen kann“, sagte er, als er begann, das Gemüse zu putzen, das Row ihm auf den Tisch legte. „Du weißt ja, wie das bei neuen Ermittlungen ist, besonders bei Mordfällen.“

Sie nickte und setzte den Reis auf. „Kein Problem. Wir können den Besuch auch verschieben und du kommst nach

Dienstschluss zu mir, wenn du magst. Unseren Singleton können wir auch hier trinken."

Und ob er mochte. „Gern." Vielleicht ergab es sich sogar, dass er bei ihr übernachten konnte. Nicht, dass sich zwischen ihnen irgendetwas abgespielt hätte, das über profane Nachtruhe hinausgegangen wäre, aber er kostete jede Minute, die er mit ihr verbringen konnte, bis zur Neige aus.

Doch so sehr er es auch zu schätzen wusste, bei ihr zu sein und mit ihr zu kochen, seine Gedanken kehrten immer wieder zu dem toten Kyle Saunders zurück. Was hatte ihn so abrupt zur Waverley Station getrieben, dass er sich nicht einmal die Zeit genommen hatte, seinen Laptop auszuschalten? Wenn es ihm gelang, diese Frage zu beantworten, erhielt er möglicherweise einen entscheidenden Hinweis auf das Motiv und mit etwas Glück auch einen auf den Täter. Allerdings würde er sich nicht auf sein Glück verlassen, sondern auf seine solide Ermittlungsarbeit. Und auf die von Row.

VIER

Sonntag, 9. Dezember 2012

Rowan hatte die Dalmore Jazzers gebeten, sich am Nachmittag in Matt Ramseys Haus zu versammeln, da sie ihnen allen einige Fragen stellen wollte und weder Zeit noch Lust hatte, jeden Einzelnen anzurufen. Außerdem wollte sie die Reaktionen der Bandmitglieder aufeinander sehen, wenn sie gewisse Dinge ansprach.

„Ich hoffe, Sie haben einen verdammt wichtigen Grund, uns am Sonntag hierher zu zitieren", brummte Charlie Grant ungehalten.

„Ja, ich habe ein paar dringende Fragen an Sie alle. Ich fasse mich so kurz wie möglich." Sie blickte in die Runde. „Als Erstes habe ich zwei wichtige Nachrichten."

„Sie haben die Flasche?" Drew Stirling beugte sich hoffnungsvoll vor. „Oder eine Spur?"

Rowan schüttelte den Kopf. „Leider nicht. Aber ich weiß, wer sie nicht hat." Sie nickte Matt Ramsey zu. „Ihre Exfrau scheidet als Diebin aus. Selbst wenn sie noch einen Schlüssel zu Ihrem Haus haben sollte, kann sie es nicht gewesen sein, denn sie ist seit vergangenem Montag bei ihrer Schwester in Ullapool und dort so eingeschneit, dass sie auf keinen Fall hätte zurückkommen können. Ich habe das überprüft. Und ein Motiv konnte ich bei ihr auch nicht finden, denn wie es aussieht, ist sie unter anderem dank Ihrer pünktlichen und großzügigen Unterhaltszahlungen nicht so knapp bei Kasse, dass sie einen Diebstahl begehen müsste, um schnell zu möglichst viel Geld zu kommen. Außerdem konnte sie mir glaubhaft versichern, dass sie Sie keinesfalls so sehr hasst, dass sie der Band die Flasche stehlen würde, um Ihnen eins auszuwischen."

„Sie haben mit ihr gesprochen?" Matt Ramseys Tonfall nach zu urteilen war er sich nicht sicher, ob er darüber froh oder pikiert sein sollte.

Rowan lächelte liebenswürdig. „Telefoniert. Solche Dinge gehören zu meinem Job, andernfalls könnte ich ihn nicht gut erledigen."

Ramsey atmete auf. „Danke. Wie lautet die zweite wichtige Neuigkeit?"

„Mr Saunders scheidet ebenfalls aus, zumindest als direkter Dieb. Er hat für die mutmaßliche Tatzeit ein Alibi. Außerdem wird er Sie nie wieder belästigen, denn er ist tot. Wie ich aus zuverlässiger Quelle vom CID weiß, wurde er gestern oder vielmehr in der Nacht zum Samstag ermordet."

„Ermordet?" Rob Leask klang entsetzt. „Mein Gott!" Er schüttelte den Kopf. „Das hat doch aber nichts mit unserer Flasche zu tun, oder?"

Interessant, dass er da einen Zusammenhang in Betracht zog.

„Wie kommen Sie darauf, Mr Leask?"

Er zuckte mit den Schultern. „Auch wenn er die Flasche nicht gestohlen hat, könnte es ja sein, dass er jemand anderen damit beauftragt hat und bei der Übergabe ..."

„Du siehst dir zu viele schlechte Kriminalfilme an, Rob", unterbrach ihn Charlie Grant. Er wirkte verärgert. „Ich darf dich mal daran erinnern, dass immer noch im Raum steht, dass einer von uns die Flasche genommen hat. Du unterstellst also damit, dass einer von uns ein M..." Er presste die Lippen zusammen, errötete und blickte zu Boden.

Auch die anderen wirkten peinlich berührt und vermieden es, einander oder Rowan anzusehen. Eine Wolke von Schuldgefühlen schien im Raum zu schweben und

Rowan fragte sich, was das zu bedeuten hatte. In jedem Fall war es mehr als interessant, dass Rob Leask denselben Zusammenhang zwischen dem Verschwinden der Flasche und Saunders' Ermordung hergestellt hatte wie sie und Bill. Entweder der Mann besaß einen ebenso scharfen analytischen Verstand wie sie beide oder er offenbarte damit Täterwissen. Sie würde ihn im Auge behalten.

„Mr Leasks Vermutung ist eine der Theorien, die auch das CID entworfen hat, und sie ist noch nicht vom Tisch, solange sich die Tat nicht zweifelsfrei als der Raubmord entpuppt, nach dem sie auf den ersten Blick aussieht. Die Polizei vermutet, dass man Mr Saunders an den Ort gelockt hat, wo er gefunden wurde, um ihn dort zu töten. Ob der Raub von Anfang an geplant war und keinen anderen Hintergrund hat als Geldbeschaffung, oder ob er der Verdeckung eines anderen Motivs gelten sollte, bleibt noch zu klären. Davon abgesehen", Rowan blickte in die Runde, „kann nach dem bisherigen Stand meiner Ermittlungen nur jemand die Flasche an sich genommen haben, der zur fraglichen Zeit hier im Haus war. Oder ..."

„Was bezwecken Sie eigentlich mit solchen Anschuldigungen, Ms Lockhart?", fuhr Charlie Grant auf. „Wollen Sie einen Keil zwischen uns treiben? Uns gegeneinander ausspielen? Die Band kaputt machen?"

Seine Wut war echt. Die Frage war nur, welchen Grund sie hatte.

„Ich bezwecke ausschließlich, den mir von Ihnen erteilten Auftrag auszuführen, Mr Grant, nämlich Ihre Flasche zu finden. Gentlemen, ich habe eine Ausbildung am Scottish Police College abgeschlossen und dort gelernt, wie man solide ermittelt. Ich folge den Spuren und den Beweisen. Bisher haben die mich immer zum Ziel geführt." Sie blickte die Männer der Reihe nach an. „Es gibt nach den bisherigen Fakten nur zwei Möglichkeiten: Entweder es existiert noch eine weitere Person, die das Haus betreten konnte, ohne einzubrechen, und die außerdem wusste, wo der Safe ist, und dessen Kombination kennt oder erraten konnte. Oder einer von Ihnen ist der Dieb."

Matt Ramsey schüttelte den Kopf. „Ich habe als Einziger einen Schlüssel zu diesem Haus, nachdem ich Jane ihren Schlüssel nach der Scheidung abgenommen habe."

„Wo bewahren Sie den Zweitschlüssel auf?"

Er deutete zum Flur. „Im Schlüsselkasten neben der Haustür." Nachdenklich blickte er seine Freunde an. „Aber in den sehe ich nicht jeden Tag hinein, weil ich meinen eigenen Schlüsselbund immer in der Hosentasche trage." Er klopfte sich auf die Gesäßtasche, ehe er aufstand, in den Flur ging und gleich darauf mit einem Schlüssel zurückkehrte, den er Rowan hinhielt. Er legte ihn auf den Tisch und schüttelte den Kopf. „Ms Lockhart, es muss jemand anderes gewesen sein. Niemand von uns würde die Flasche stehlen, geschweige denn verkaufen. Sie können vielleicht nicht nachvollziehen, was sie uns bedeutet, aber glauben Sie mir, jeder von uns würde im Fall von Geldproblemen lieber sein Haus verkaufen und nahezu alles andere, aber nicht unsere Gründungsflasche. Im Leben nicht." Erneut schüttelte er sehr nachdrücklich den Kopf.

Das taten auch die anderen.

„Nennen Sie uns abergläubisch", warf Tom Maxwell ein, „aber wir sind überzeugt davon, dass die Flasche uns Glück gebracht hat und weiterhin Glück bringt. Dass Dalmore Jazz bestehen bleiben wird, solange sie heil und unversehrt existiert." Er sah Rowan eindringlich an. „Was die schon alles unbeschadet überlebt hat, ist ein Wunder. Tausendmal runtergefallen und auf hartem Untergrund gelandet, und jedes Mal glaubten wir, das war es jetzt und sie zerspringt in tausend Scherben. Aber sie hat es immer überstanden. Für uns ist das ein göttliches Zeichen. Wenn einer von uns die Flasche verkaufen wollte, müsste er sich innerlich komplett von uns gelöst haben, von der

Band und von allem, was wir in dreißig Jahren gemeinsam erlebt und durchgestanden haben, die Erfolge ebenso wie die Probleme." Er sah Rowan in die Augen. „Wir sind wie Brüder, Ms Lockhart, und zwar im besten Sinne. Und deshalb muss jemand anderes die Flasche gestohlen haben. Geht gar nicht anders."

Wieder nickten alle in bester Einmütigkeit.

Rowan war jedoch noch nicht von der Unschuld der Männer überzeugt. Falls Matt Ramsey nicht der Dieb war, hätte einer der anderen jederzeit bei einem Besuch in seinem Haus den Zweitschlüssel mitgehen lassen, sich eine Kopie anfertigen und das Original ebenso unbemerkt wieder zurückbringen können. Da Ramsey nach eigenem Bekunden selten in seinen Schlüsselkasten schaute, hätte er das vorübergehende Verschwinden nur durch Zufall bemerkt. Vielleicht wäre es ihm aber gar nicht aufgefallen, da er den Zweitschlüssel nicht brauchte. Und derjenige, der in dem Fall den Schlüssel genommen hätte, müsste nicht einmal selbst der Dieb der Flasche sein, sondern könnte mit dem unter einer Decke stecken und den Schlüssel oder dessen Kopie an den wahren Täter weitergegeben haben.

Aber warum? Wenn die Flasche wirklich jedem der Musiker so viel bedeutete, dass sie sogar drei Millionen Dollar ausgeschlagen hatten, und sie obendrein eine Art Heiligtum war, welchen Grund könnte dann einer von ihnen haben, sie zu stehlen? Vielleicht lag die Antwort auf diese Frage in den Bankunterlagen, die Rowan noch nicht vollständig hatte durchsehen können. Bisher hatte sie nur die von Matt Ramsey komplett durchforstet und dabei festgestellt, dass seine Scheidung ihn nicht nur den größten Teil seiner Ersparnisse gekostet hatte, sondern auch weiterhin kostete, da der Unterhalt, den er seiner Frau und dem gemeinsamen Kind zahlen musste, recht hoch war. Was ihm übrig blieb, war wenig, aber genug zum Leben, wenn er nicht gerade Wert auf Luxus legte. Dafür hatte Rowan aber nirgends in seinem Haus Anzeichen gefunden; es war eher spartanisch eingerichtet.

Davon abgesehen war die Flasche momentan sowieso schwer zu verkaufen, nachdem ihr Diebstahl durch die nationale Presse gegangen war. Zumindest konnte keiner der Musiker das Geld aus dem Erlös auf sein Konto einzahlen. Und eine große Summe Bargeld im Haus zu verstecken, wäre zu riskant, da alle Dalmore Jazzers verheiratet waren. Bis auf Charlie Grant, der den Gerüchten nach schwul war, und Matt Ramsey aufgrund seiner Scheidung. Das Ganze war mehr als seltsam.

„Eine andere Frage, Gentlemen. Zu Ihrer Band gehörte vor Jahren noch Seymour Young."

Die Reaktion auf den Namen war erstaunlich. Die Männer machten in Mimik, Körperhaltung und auch in ihrer Ausstrahlung deutlich spürbar dicht, und zwar komplett.

„Den Namen erwähnen wir nicht, Ms Lockhart", wies Drew Stirling sie kalt zurecht.

Rowan ließ sich davon nicht beeindrucken und erst recht nicht einschüchtern. Sie lächelte liebenswürdig in die Runde.

„Ich habe ihn erwähnt, nicht Sie. Und wie es aussieht, könnte Mr Young mit dem Diebstahl der Flasche zu tun haben. Es sei denn, Sie können diesen Verdacht ausräumen. Deshalb würde ich gern wissen, warum er damals die Band verlassen hat und wohin er verschwunden ist."

„Das geht Sie nichts an", betonte Stirling und starrte sie drohend an.

Rowan ignorierte das. „Gentlemen, ich arbeite für Sie. Nicht nur deshalb können Sie sich meiner Diskretion absolut sicher sein. Aber wenn ich Erfolg haben soll, muss ich alle Hintergrundinformationen haben, die eventuell relevant sein könnten, um zum Beispiel Mr Young als potenziellen Dieb oder dessen Komplizen ausschließen zu können."

„Ms Lockhart, akzeptieren Sie es bitte, wenn wir sagen, dass Seymour damit nichts zu tun haben kann", verlangte Tom Maxwell.

Rowan sah ihm in die Augen. Sie betonte jede Silbe, als sie fragte: „Warum nicht? Und wenn Sie mir nicht antworten, breche ich die Arbeit für Sie an dieser Stelle ab. Dann können Sie sich jemand anderen suchen, der Ihre Flasche findet."

„Hat man Ihnen schon mal gesagt, dass Sie verdammt stur sind?", knurrte Charlie Grant.

Rowan strahlte ihn an. „Werfen Sie mich raus, und ich komme zur Hintertür wieder rein. Versperren Sie die Hintertür, komme ich durchs Fenster. Verbarrikadieren Sie die Fenster, klettere ich durch den Schornstein. Verstopfen Sie den, grabe ich mich durch den Keller rein. Und wenn Sie den versiegeln, sprenge ich ein Loch in die Wand oder reiße das Dach ab. Notfalls nehme ich das ganze Haus Stein für Stein auseinander, bis ich habe, was ich will. Also, Gentlemen, warum hat Mr Young Sie verlassen?"

Die Männer schüttelten den Kopf, blickten Rowan aber mit widerwilligem Respekt an.

„Wir reden nicht gern darüber", sagte Tom Maxwell schließlich, „weil das für uns eine schmerzliche und auch etwas peinliche Angelegenheit ist." Er sah Rowan mit einem Blick an, der sie dazu bewegen sollte, nicht auf einer näheren Ausführung zu bestehen, doch das nützte nichts.

„Keine Sorge, ich bin erwachsen." Sie lächelte.

Maxwell gab auf. „Wir hatten damals, wie wohl alle erfolgreichen Bands, eine Menge weiblicher Groupies. Seymour hatte sich in eine davon verliebt. Sie hieß Sheila und war eine Farbige."

„Was keinen von uns gestört hat", betonte Drew Stirling. Er warf einen Blick in die Runde, als ob er sich vergewissern müsste, dass er weitersprechen durfte. „Seymour war irgendwann vor lauter Turteln zu nichts mehr zu gebrauchen. Er schrieb keine Songs mehr, versäumte Proben und erschien eines Tages sogar zu spät bei einem Konzert, weil er nicht rechtzeitig aus Sheilas Bett rausgekommen war."

„Da hat es uns dann gereicht", nahm Rob Leask das Stichwort auf. Auch er blickte in die Runde, um sich zu vergewissern, dass niemand Einspruch dagegen erhob, dass er weiter berichtete. „Sheila war ein nettes Mädchen, aber sie pflegte einen lockeren Lebenswandel, wie man so schön sagt. Wir alle waren von Anfang an davon überzeugt, dass sie sich nur an uns und dann verstärkt an Seymour herangemacht hatte, um in die Band zu kommen und durch uns als Sängerin Karriere zu machen." Er wiegte den Kopf. „Wir sind nun mal nicht prüde und", er räusperte sich, „an einem whiskyseligen Abend waren wir alle mit ihr im Bett. Seymour war nicht dabei; er war an dem Abend krank. Wir haben ihm von der Sache natürlich nichts gesagt, zunächst jedenfalls nicht." Er seufzte. „Eben weil es uns peinlich war. Aber als er sich Sheilas wegen immer mehr zum Narren machte, haben wir ihm gesteckt, was an jenem Abend geschehen war."

„Er ist ausgerastet", warf Charlie Grant ein. „Hat uns der Lüge bezichtigt und eine Prügelei angezettelt."

Rowan bemerkte, dass Matt Ramsey den Kopf senkte und zur Seite blickte. Daraus schloss sie, dass Seymour Young sich hauptsächlich mit ihm geprügelt hatte. Und den Schuldgefühlen nach zu urteilen, die sie bei ihm spürte, fühlte er sich wohl dafür verantwortlich, dass es überhaupt so weit gekommen war oder dass Young deswegen die Band verlassen hatte.

„Dadurch war natürlich das Verhältnis zwischen Seymour und den anderen so sehr zerstört", meldete sich Keith Nicholson zu Wort, „dass eine weitere Zusammenarbeit nicht mehr möglich war. Gemäß dem Vertrag, den alle Bandmitglieder unterzeichnet hatten, rechtfertigte Seymours Fehlverhalten seinen Ausschluss aus der Band. Also die Sache mit den versäumten Proben und dass er keine Songs mehr lieferte, nicht die Prügelei. Er erhielt die für diesen Fall vorgesehene Abfindung, nahm sie und verschwand aus Edinburgh."

„Mit Sheila?", vermutete Rowan.

Drew Stirling schüttelte den Kopf. „Mit der hatte er gebrochen und sie zum Teufel gejagt. Keine Ahnung, was aus ihr geworden ist. Wir haben sie nie wieder gesehen. Und Seymour auch nicht." Er sah Rowan in die Augen. „Aber wenn er sich fast fünfundzwanzig Jahre lang nicht gemeldet hat, warum sollte er ausgerecht jetzt zurückkommen – mitten in diesem lausigen Winter – und sich nicht nur nicht bei uns melden, sondern uns auch noch die Flasche klauen?" Er schüttelte den Kopf. „Ausgeschlossen. Deshalb sind wir der Überzeugung, dass Seymour damit nichts zu tun haben kann."

Oberflächlich gesehen ergab das einen Sinn. Aber auch noch, wenn man etwas genauer hinschaute? Was wäre, wenn der alte Kumpel Seymour mit seiner Abfindung, deren Höhe sie über die Buchungsjournale der Band erfahren würde, schlecht gewirtschaftet hätte und kürzlich verarmt vor der Tür der Band gestanden und um Geld gebeten hätte? Rowan blickte Matt Ramsey an, der immer noch zu Boden starrte. Falls ihre Vermutung zutraf, hätte Seymour Young wohl nur vor dessen Tür gestanden. Das würde Ramseys massive Schuldgefühle erklären, denn in dem Fall hätte er die Flasche wohl selbst genommen und sie Young gegeben, damit der sie zu Geld machen konnte, weil seine eigenen Finanzmittel wegen seiner Unterhaltszahlungen nicht ausreichten. Danach hatte/hätte er die Flasche als gestohlen gemeldet, damit seine Kumpels nichts davon erfuhren.

„Mr Ramsey, möchten Sie noch etwas dazu sagen?"

Er sah sie finster an, ehe er den Kopf schüttelte. „Ich wüsste nicht, was. Glauben Sie uns etwa nicht?"

Rowan lächelte. „Vorläufig schon. Allerdings glaubt man gemäß guter Polizeiarbeit immer nur bewiesenen Fakten, niemals persönlichen Vermutungen oder das, was Zeugen einem erzählen. Menschen irren sich manchmal oder halten ihre eigenen Schlussfolgerungen für Fakten, die sich später als unzutreffend erweisen." Sie stand auf und blickte die Musiker der Reihe nach an. „Letzte Frage zu dem Thema: Hat niemand von Ihnen seit damals irgendetwas von Mr Young gehört? Hat er sich wirklich nicht gemeldet? Postkarte, Brief, Anruf?"

Rob Leask schnaubte. „Sie sind eine Frau, und Frauen sehen das vielleicht anders, beste Freundinnen und so, die irgendwann alles verzeihen. Aber glauben Sie mir, ein Mann wie Seymour wünscht garantiert nie wieder Kontakt mit ‚Freunden', die hinter seinem Rücken sein Mädchen gevögelt haben. Dass wir alle nicht unbedingt nüchtern waren, ist keine Entschuldigung. Suff oder nicht, Sheila hätte für uns tabu sein müssen. Egal wie sehr sie darauf aus war und egal wie verführerisch sie vor unser aller Nase buchstäblich herumgetanzt und sich ausgezogen hat. Was wir getan haben, darauf sind wir weiß Gott nicht stolz. Hat uns unterm Strich nicht nur unseren besten Freund gekostet, sondern auch unseren Erfolg. Wenn Seymour noch bei uns wäre ..." Er zuckte mit den Schultern und vermied es, Rowan anzusehen, so wie die anderen auch.

Das erklärte ihrer aller Schuldgefühle in dieser Hinsicht.

„Eine allerletzte Frage für heute, Gentlemen. Man hat auf Mr Saunders' Laptop den Beginn einer E-Mail an mich gefunden. Er wollte mich damit beauftragen, jemanden für ihn ausfindig zu machen." Sie sah Matt Ramsey an. „Sie haben doch mehrfach mit ihm gesprochen, Mr Ramsey, nicht wahr? Hat er Ihnen gegenüber angedeutet, dass er hier in Edinburgh jemanden suchte, und wenn ja, wen? Er war in seiner Mail über die Einleitung nicht hinausgekommen und hatte den Namen der gesuchten Person noch nicht genannt. Oder hat er gegenüber irgendjemandem von Ihnen etwas erwähnt?"

Allgemeines Kopfschütteln antwortete ihr.

„Das Einzige, worüber er mit mir gesprochen hat, war die Gründungsflasche. Seine Betteleien, ihm unser Baby zu verkaufen, waren schon ziemlich nervig", sagte Matt Ramsey. Er schüttelte wieder den Kopf. „Aber dass er ermordet wurde ... Also, ich habe ihn ja zum Teufel gewünscht, aber doch nicht so. Der arme Kerl." Er sah Rowan in die Augen. „Und ich schwöre Ihnen, dass von uns garantiert niemand was damit zu tun hat."

Rowan ging nicht darauf ein. „Gentlemen, Sie haben mir erst einmal weitergeholfen. Vielen Dank. Ich melde mich bei Ihnen, sobald es Neuigkeiten gibt oder sich noch Fragen ergeben."

Es würden sich garantiert noch eine Menge Fragen ergeben. Denn dass die Dalmore Jazzers ihr nicht alles gesagt hatten, davon war sie überzeugt. Ob diese Geheimnisse aber mit dem Verschwinden der Flasche zu tun hatten, würde sich zeigen. Sie verabschiedete sich und verließ das Haus. Matt Ramsey schloss die Tür betont nachdrücklich hinter ihr. Doch das machte ihr nichts aus, denn in ihrem Beruf setzte sie sich zwangsläufig bei jedem Fall bei irgendwem in die Nesseln.

Zur Abwechslung hatte es endlich einmal aufgehört zu schneien, aber der Himmel war nach wie vor grau. Rowan war harte Winter aus Japan gewohnt, weshalb sie mit diesem Wetter besser zurechtkam als viele Schotten. Mit einem Anflug von Wehmut erinnerte sie sich an die Ausflüge, die sie mit Doro bei Eis und Schnee zu den heißen Quellen gemacht hatte. Eine lag nicht allzu weit von Yamagata entfernt und war so klein, dass sich um sie herum noch kein offizieller Badebetrieb gebildet hatte. Deshalb hatten sie beide diese Quelle meist für sich gehabt und dort herrliche Stunden verbracht, eingetaucht in das heiße Wasser, während um sie herum Schnee lag und die dicken Flocken auf sie herabfielen. Und anschließend hatte es, wie nach der Sauna, ein Bad im Schnee als Kontrast gegeben.

Rowan verbot sich diese Gedanken, als sie merkte, dass sie wieder die altvertraute und höchst unangenehme Traurigkeit auslösten, die sie fast immer überfiel, wenn sie an Doro dachte. Und gerade nach ihrem letzten Telefonat mit ihm, das ihr gezeigt hatte, wie es um ihn bestellt war, ging es ihr damit noch schlechter als sonst. Sie zwang ihre Gedanken zurück zum Fall der verschwundenen Flasche. Im Gegensatz zu den Dalmore Jazzern war sie nicht davon überzeugt, dass Seymour Young wohin auch immer verschwunden war und nie wieder zurückkommen würde. Bevor sie ihn als Verdächtigen ausschloss, würde sie in dieser Richtung nachhaken.

Sie fuhr nach Hause. In ihrem Büro durchforstete sie, während sie ihre geliebte Soulmusik hörte und nebenbei einen Singleton trank, das Internet nach Seymour Young und Sheila, in der Hoffnung, irgendwo ihren Nachnamen zu erfahren. Doch zu deren Zeit mit der Band hatte es das World Wide Web noch nicht gegeben und erst recht keine Social Networks, sodass die einzigen Informationen, die sie fand, aus alten, nachträglich eingespeisten Zeitungsartikeln aus lokalen Blättern stammten. Sie fand auch nur ein einziges Foto, auf dem Sheila vermutlich abgebildet war. Es handelte sich um ein Gruppenfoto vom Januar 1988, das Dalmore Jazz anlässlich eines Konzertes mit sämtlichen Technikern, Beleuchtern, Bühnenbildnern, Caterern und sonstigen Helfern zeigte. Es trug die Unterschrift:

„Alle diese fleißigen Menschen tragen mit zu unserem Erfolg bei. Dalmore Jazz dankt!"

Neben Seymour Young – erkennbar an der Gitarre in seiner Hand – stand eine junge Farbige. Sie lächelte in die Kamera und hatte sich recht dicht an ihn gelehnt. Dass sie die einzige weibliche Farbige in der Gruppe war und Seymour sich ihr ebenfalls zugeneigt hatte, sprach sehr dafür, dass sie Sheila war. Leider gab es unter dem Foto keine Namensliste der darauf abgebildeten Personen. Der Artikel stammte allerdings aus dem „Scotsman".

Rowan griff zum Telefon und rief Alan Cunningham an. Obwohl es Sonntag war, nahm er es nicht krumm, wenn sie ihn anrief, denn sonntags saß er sowieso meistens zu Hause oder in der Redaktion im Barclay House in der Holyrood Road an seinem Schreibtisch und arbeitete. Schließlich mussten die Artikel für die Montagsausgabe geschrieben werden. Obwohl Alan für das Ressort Crime Report zuständig war, konnte er ihr bestimmt weiterhelfen.

„Hi Alan", begrüßte sie ihn, als er sich meldete. „Wie stehen die Prognosen der ‚Scotsman'-Wetterfrösche, dass der Schnee irgendwann wieder aufhört?"

„Gut. Die Wetterfrösche sind sich einig, dass zumindest ein Teil von 2013 schneefrei sein wird. Hi Rowan."

Sie lachte.

„Ich weiß, was du willst", fuhr er fort, ehe sie etwas sagen konnte. „Informationen. Andernfalls würdest du mich kaum am Sonntag anrufen."

„Ich wollte dich zum Essen einladen."

„Das bestätigt meinen Verdacht, da du mich immer nur zum Essen einlädst, wenn du Informationen brauchst."

Sie lachte wieder. „Erwischt. Aber ich gebe dir mein Wort, dass ich nächstes Mal, wenn ich dich zum Essen einlade, absolut nichts von dir will, außer ein wenig Zeit in deiner angenehmen Gesellschaft zu verbringen."

Er lachte ebenfalls. „Wer es glaubt."

„Glaube es. Und du weißt doch: Quid pro quo. Wenn deine Informationen mir weiterhelfen, ist eine Story für dich drin."

Er seufzte leidgeprüft. „Du weißt leider nur allzu gut, wie du mich ködern kannst. Also, worum geht es diesmal?"

Sie erklärte es ihm, und er war, wie sie erwartet hatte, sehr interessiert. Seit sie mit ihm bei dem Fall zusammengearbeitet hatte, der ihrer Detektei zum Durchbruch verholfen hatte, verband sie eine lockere Bekanntschaft, die durchaus das Zeug hatte, eines Tages eine solide Freundschaft zu werden. Alan half ihr ab und zu bei Recherchen, sie ihm ebenfalls. Sie hatten sogar schon halb im Scherz vereinbart, dass er in Rowans Detektei einsteigen würde, wenn er in ungefähr zehn Jahren in Rente ging, weil er sich dann mit Sicherheit noch viel zu fit fühlen würde, um tatsächlich in den Ruhestand zu gehen.

„Könntest du in eurem Archiv nachforschen, ob es irgendwo einen Hinweis gibt, wie diese Sheila mit Nachnamen hieß oder woher sie stammte?", bat Rowan. „Nach den mir vorliegenden Informationen hat sie sich wohl nur von 1987 bis '88 im Umfeld der Band aufgehalten. Danach soll sie sang- und klanglos verschwunden sein."

„Ein Mensch verschwindet nicht spurlos", war Alan überzeugt. „Es sei denn, er ist tot, und in dem Fall gibt es ein Grab. Ich setze meinen neuen Praktikanten darauf an. Statt mir den letzten Nerv zu rauben, indem er ständig fragt, wann er seinen ersten Artikel schreiben darf, kann er sich mal nützlich machen. Ich werde ihn morgen mit der rauen Wirklichkeit des Journalistenberufs bekannt machen, der zu mindestens achtzig Prozent aus Recherche besteht."

Rowan lachte, und Alan stimmte ein.

„Kannst du mir noch was zum Tod von Kyle Saunders sagen, Rowan?"

Sie schüttelte den Kopf, obwohl Alan das nicht sehen

konnte. „Bis jetzt noch nicht. Sicher weiß ich zurzeit eigentlich nur, dass er nicht der Dieb der Gründungsflasche der Dalmore Jazzers sein kann. Die Möglichkeit, dass er den Diebstahl in Auftrag gegeben hat, steht aber immer noch im Raum. Wie wahrscheinlich die ist, kann ich gegenwärtig nicht beurteilen. Ich treffe mich aber heute Abend mit meinem Informanten vom CID. Wenn ich was Konkretes erfahre, gebe ich dir Bescheid."

„Danke, Rowan. Gleichfalls. Bis dann."

Rowan verabschiedete sich und stellte das Telefon auf die Ladestation. Anschließend vertiefte sie sich in die Buchungsjournale der Band, die in drei Ordnern sorgfältig abgeheftet waren. Vom ersten Tag an war alles aufgelistet worden; jeder Ordner enthielt zehn Jahre der Finanzen. Als Erstes sah sie das Journal von 1988 durch, weil sie wissen wollte, wie viel Geld Seymour Young als Abfindung bekommen hatte. Doch in dem Jahr war keine größere Summe als Ausgabe verbucht worden. Zumindest keine, die als Abfindung deklariert worden war. Und andere größere Summen trugen keine Bezeichnungen, die darauf hindeuteten, dass sich dahinter eine Abfindung verbergen könnte. Abgesehen davon, dass sie Rowan dafür sowieso nicht hoch genug erschienen.

Nicht nur dieser Umstand bestärkte sie in ihrem Verdacht, dass die Dalmore Jazzers ihr nicht die Wahrheit gesagt hatten, zumindest nicht die ganze. Sie durchforstete das Journal vom folgenden Jahr, fand aber auch darin keine Abfindung verzeichnet. Auch nicht im nächsten Jahr. Entweder hatte die Band Seymour Young in anderer Weise ausgezahlt oder gar nicht. Doch bevor sie die Musiker mit dieser Behauptung konfrontierte, musste sie sich sicher sein.

Bill las sich Doc Campbells Obduktionsbericht von Kyle Saunders durch. Saunders war mit einem metallenen Gegenstand erschlagen worden. Der Form der Wunde und der Analyse der darin gefundenen Rückstände nach zu urteilen, war das Mordinstrument ein Kreuzschlüssel gewesen. Falls der Mörder nicht so dumm gewesen war, den zu behalten, sondern ihn klugerweise entsorgt hatte, konnte man ihn vermutlich nicht mit der Tat in Verbindung bringen. Außerdem hatte der heftige Schneefall in der Nacht zum Samstag leider auch alle Spuren beseitigt, sodass es weder Fußabdrücke noch verwertbare Reifenspuren gab.

Nachdenklich warf Bill einen Blick auf seinen Vorgesetzten, Detective Chief Inspector Duncan Rose, der ihm an seinem Schreibtisch gegenüber saß. Rose hatte alle verfügbaren Leute auf den Fall angesetzt, denn, wie Bill vermutet hatte, saß ihnen Detective Chief Superintendent Màire Murdoch im Genick, die wiederum Druck von ganz oben bekam, weil ein US-Bürger das Opfer war. Rose ließ seine Leute Sonderschichten schieben, weshalb Bill wie alle anderen am Sonntag arbeiten musste. Das machte ihm grundsätzlich nichts aus, denn zu Hause wartete keine Freundin und erst recht keine Ehefrau auf ihn. Und Row, sollte er sie tatsächlich – hoffentlich! – erobern können, würde sowieso nicht auf ihn „warten“; dazu war sie zu selbstständig. Nachher würde er sie mit etwas Glück im Guildford Arms treffen, denn zu ihrer Verabredung am Vorabend hatte er es leider nicht mehr geschafft.

„Ihre Einschätzung, Wallace?“, fragte Rose, der Bills Blick in seine Richtung bemerkt hatte.

„Meine Einschätzung ist, dass ich schwarzsehe für eine schnelle Aufklärung des Falls. Ehrlich gesagt zweifle ich daran, dass wir ihn überhaupt lösen werden, wenn sich nicht noch unerwartete Hinweise ergeben.“

„Haben Sie diese Tinkertruppe befragt?“

„Ja, Sir. Die haben nichts mit dem Fall zu tun, außer dass Mr Macmillan den Toten gefunden hat."

„Was bringt Sie zu diesem Schluss?"

„Ich kenne Macmillan. Der Mann ist sauber, und er sorgt auch dafür, dass seine Leute sauber bleiben. Wenn Sie mich fragen, Sir, hat man Saunders ganz bewusst beim Lager der Tinker umgebracht oder dort abgelegt, um den Verdacht auf sie zu lenken. Es ist ja kein Geheimnis, dass viele Kollegen ihnen gegenüber voreingenommen sind. Mal ganz abgesehen davon, dass jeder im Lager jedem für die Tatzeit ein Alibi gibt, hat Mr Macmillan mir sein Wort gegeben, dass seine Leute nichts mit dem Mord zu tun haben."

Rose zog die Augenbrauen in der ihm eigenen Art langsam hoch, womit er sowohl Skepsis wie auch Missbilligung ausdrückte. „Und Sie glauben dem Wort eines Tinkers?"

Bill seufzte lautlos. Sein Vorgesetzter gehörte leider zu den Beamten, die noch mit sämtlichen gängigen Vorurteilen aus der ersten Hälfte des letzten Jahrhunderts gegenüber ethnischen und sozialen Minderheiten sowie Einwanderern behaftet waren.

„Ja, Sir, dem Wort dieses Tinkers glaube ich. So sehr wie Ihrem."

Rose verengte die Augen. „Falls das witzig sein sollte, Wallace ..."

„Das ist die Wahrheit und meine ehrliche Überzeugung, Sir. Macmillan ist in Ordnung. Doch selbst wenn er oder einer seiner Leute etwas mit Saunders' Tod zu tun gehabt hätten, haben wir keine Handhabe für eine Durchsuchung ihrer Wagen, weil es keine Indizien gibt, die auf ihre Täterschaft hindeuten. Immerhin steht eines der Häuser an der Damhead erheblich näher am Fundort der Leiche als die Wagen der Traveller. Dessen Bewohner sind genauso verdächtig oder nicht verdächtig. Außerdem haben sie ebenfalls ausgesagt, dass sie in der Nacht einen Wagen gehört haben, und zwar zur selben Zeit wie Mr Macmillan. Das werte ich als ein klares Indiz dafür, dass er die Wahrheit gesagt hat."

Sein Vorgesetzter kam nicht mehr dazu zu antworten, denn Annie Armstrong steckte den Kopf zur Tür herein. „Sir, jemand hat versucht, mit Kyle Saunders' Kreditkarte Geld abzuheben – am Geldautomaten der Royal Bank of Scotland, Nicolson Street."

Rose lächelte zufrieden und machte eine scheuchende Handbewegung in Bills Richtung. „Schnappen Sie sich den Kerl! Und dann wollen wir mal hören, was er zu sagen hat."

„Den Kerl" zu schnappen, erwies sich als nicht schwer, denn er war einem ebenfalls am Bankautomaten stehenden anderen Kunden aufgefallen, weil er deutlich sichtbar zu den Leuten gehörte, die garantiert keine Kreditkarte besaßen, und außerdem randaliert hatte, als der Automat wegen falscher Eingabe der PIN die Auszahlung verweigert hatte. Der andere Kunde hatte daraufhin die Polizei gerufen, die schnell genug vor Ort gewesen war, um den Mann einzukassieren. Nun hockte er im Befragungsraum der St. Leonard's Police Station und klammerte sich an einem Becher heißen Tees fest, hielt ihn mit beiden Händen ausgestreckt auf dem Tisch vor sich, als könne er mit ihm Bill und Sergeant Armstrong abwehren oder vielmehr ihre Fragen.

Die Kollegen hatten inzwischen herausgefunden, dass er Peter Conrad hieß, neunzehn Jahre alt war, bei seiner Mutter am Ferniehill Drive wohnte und der Polizei kein

Unbekannter war. Er hatte bereits gut ein Drittel seines noch so jungen Lebens in Jugendstrafanstalten und Erziehungsheimen verbracht. Sein Strafregister war reichlich lang und listete neben Drogenbesitz und Körperverletzungen auch unzählige Diebstähle auf, die nicht nur der Drogenbeschaffung gedient hatten. Conrad finanzierte seinen gesamten Lebensunterhalt mit Diebstählen, da er die Schule abgebrochen, keinen Beruf erlernt und keinen einzigen Tag irgendwo gearbeitet hatte, nicht einmal als Hilfskraft. Das wunderte Bill nicht, denn falls Conrad sich jemals um eine Arbeit bemüht haben sollte und zum Vorstellungsgespräch, milde ausgedrückt, ähnlich nachlässig gekleidet erschienen war, wie er vor ihm saß, hätte kein Mensch ihn eingestellt.

Unter einer sichtbar von Motten zerfressenen Strickmütze quollen ungewaschene dunkelblonde Haare hervor, die bis zur Schulter reichten. Die wattierte Steppjacke war an den Achseln teilweise eingerissen, fleckig und müffelte nach kaltem Zigarettenrauch mit einer unverkennbaren Zusatznote von Marihuana. Die ehemals schwarzen, inzwischen ins Graue verwaschenen Jeans wurden von etlichen ausgefransten Löchern geziert, und die von Nässerändern gezeichneten Halbstiefel wirkten, als würden sie jeden Moment auseinanderfallen. Was Conrad unter der Jacke trug, war nicht zu sehen, da er sie trotz der Wärme im Raum bis oben geschlossen und den Kragen über das Kinn gezogen hatte, als wollte er darin verschwinden. Er starrte in den Teebecher und vermied es, Bill oder Annie Armstrong anzusehen.

„Also, Mr Conrad", eröffnete Bill das Interview, „die Kollegen haben Sie bereits gefragt, woher Sie die Brieftasche haben, aus der die Kreditkarte stammt, mit der Sie sich illegal Geld beschaffen wollten."

„Die hab ich gefunden. Hab ich doch schon tausend Mal gesagt."

„Wo?“

„Keine Ahnung. Irgendwo auf der Straße.“

„Auf welcher?“

„Hab nicht drauf geachtet.“

„Wie wäre es mit der Damhead?“

Conrad hob endlich den Blick. „Hä? Seid ihr Bullen jetzt total bescheuert? Was soll ich denn da hinten? Da ist nix los. Und Busse fahren da bei dem Wetter auch nicht hin.“

„Was Sie dort ‚sollen‘: zum Beispiel die Leiche des Mannes entsorgen, dem die Brieftasche gehörte, die bei Ihnen gefunden wurde.“ Bill deutete auf einen Asservatenbeutel, der zwischen ihm und Conrad auf dem Tisch lag und die Brieftasche enthielt. Sie hatte zweifellos Kyle Saunders gehört. Das bewiesen nicht nur die eingeprägten Initialen K und S. Auch Saunders' Führerschein steckte noch darin und ein Foto von seiner Frau und seiner Tochter.

Conrad wurde blass und starrte Bill mit offenem Mund mehrere Sekunden lang fassungslos an. „Was denn für 'ne Leiche? Ich hab das Ding gefunden, ich schwör's!“ Er deutete mit einer Hand auf die Brieftasche und hob die andere wie zum Schwur bei Gericht.

„Das hätte ich an Ihrer Stelle jetzt auch gesagt, Mr Conrad“, wandte Annie Armstrong ein. „Wenn zu all Ihren Vorstrafen jetzt auch noch Mord hinzukommt, dürften Sie lebenslänglich nach Saughton einfahren, sobald Sie einundzwanzig sind. Aber das hätten Sie sich vielleicht mal früher überlegen sollen.“

In der Stenhouse Road im Stadtteil Saughton war Her Majesty's Prison untergebracht, und es galt als der schlimmste Knast des ganzen Landes. Die Aussicht, dort einzufahren, hatte schon manch einen erheblich härteren Brocken als Peter Conrad weichgeklopft. Denn eine lebenslange Freiheitsstrafe oder überhaupt eine, die bei jungen Straftätern über den einundzwanzigsten Geburtstag hinausging, bedeutete, dass der Delinquent am Tag nach diesem Geburtstag von der Jugendstrafanstalt nach Saughton verlegt wurde.

„Mr Conrad", Bill ließ seine Stimme ruhig und gelassen klingen, „Sie sehen unser Problem?" Er deutete erneut auf die Brieftasche. „Der Eigentümer wurde tot am Rand der Damhead gefunden. Weggeworfen wie Müll. Nur einen Tag später versuchen Sie, mit seiner Kreditkarte Geld abzuheben, und wir finden sein Eigentum in Ihrer Jackentasche." Er beugte sich vor. „Was würden Sie an unserer Stelle denken? Welchen Schluss würden Sie daraus ziehen? Besonders in Anbetracht der Tatsache, dass der Mann, der die Brieftasche bei sich hatte", er deutete auf Conrad, „ein langes Vorstrafenregister mit zunehmend schwereren Straftaten hat. Es war doch sowieso nur noch eine Frage der Zeit, bis Sie die Grenze überschreiten und im Rahmen Ihrer Raubzüge jemanden umbringen." Bill ließ dem jungen Mann fünf Sekunden Zeit, um zu begreifen, was er gesagt hatte. „Also, Mr Conrad, entweder Sie erinnern sich wieder sehr genau daran, wo Sie diese Brieftasche gefunden haben und wann, und am besten auch lückenlos, wo Sie zwischen Freitagnachmittag und Ihrer Festnahme überall gewesen sind, oder Sie können sich auf eine Mordanklage einstellen."

Conrad schüttelte vehement den Kopf. „Ich hab niemanden umgebracht, ich schwör's! Ich hab das Ding gefunden! Bei meiner Seele!"

Er sprang auf und blickte sich gehetzt um. Bevor er auch nur einen Schritt machen konnte, hatten ihn die beiden Beamten, die zur Sicherheit mit im Raum wachten, gepackt und wieder auf den Stuhl gezwungen. Conrad brach in Tränen aus.

„Ich hab niemanden ermordet. Ehrlich nicht!" Er blickte Bill und Sergeant Armstrong verzweifelt an.

Bill erschien seine Verzweiflung echt. Für Conrads

Unschuld sprach sie aber nicht unbedingt. Erstens konnte er einen Komplizen gehabt haben, der den Mord begangen hatte. Zweitens konnte er mit Rauschgift so zugedröhnt gewesen sein, dass er sich tatsächlich nicht erinnerte. Doch das würde sich zeigen.

„Wo haben Sie die Brieftasche gefunden?", wiederholte Bill seine Frage.

„Auf der Captain's Road. Hab Freitagabend bei 'nem Freund übernachtet."

„Name? Adresse?", wollte Annie Armstrong wissen und hielt ihren Stift schreibbereit über ihren aufgeschlagenen Notizblock.

„Johnny Strutt, 65 Captain's Road. Wir waren ab Freitagmittag zusammen, bis ich Samstagmorgen wieder gegangen bin. Und da lag die Brieftasche auf der Straße."

„Wo genau?", fragte Bill.

„Na, in einem Schneehaufen am Straßenrand. Ist mir aufgefallen, weil da eine Vertiefung war, im Schnee meine ich, in der was Dunkles, Großes lag. Wollte eigentlich dran vorbeigehen. Aber das sah aus wie 'ne Brieftasche. Also hab ich nachgesehen, und es war eine. Ich dachte, ein Anwohner hätte das Ding verloren. Hab's eingesteckt und gemacht, dass ich wegkam. Das ist die Wahrheit, ich schwör's!"

Mit dem Schwören war Conrad offenbar besonders eifrig.

„Wann haben Sie Ihren Freund verlassen?"

Conrad dachte angestrengt nach. „Muss so gegen Mittag gewesen sein. Seine Mutter hat mich rausgeworfen. Die kann das bestätigen!"

Das würde zu prüfen sein.

„Und danach taten Sie – was?"

Conrad machte eine fahrige Handbewegung. „Hab ein bisschen einen draufgemacht. Das Geld ausgegeben, das in der Brieftasche war. Hab meine Freunde ins Gardeners

Arms in der Drum Street eingeladen. Danach sind wir zu mir gegangen. Kann meine Mutter bestätigen. Hab das Haus nicht verlassen, bis ich vorhin losgezogen bin, um Geld zu holen."

„Mit einer Kreditkarte, die einem Toten gehörte", brachte Bill es auf den Punkt und gab sich keine Mühe, anders als missbilligend zu klingen.

Conrad machte ein verkniffenes Gesicht. „Aber ich hab den nicht umgebracht, ich schwör's!"

Falls er die Wahrheit gesagt hatte und tatsächlich von Freitagmittag bis Samstagmorgen mit seinem Freund zusammen gewesen war, konnte er nicht der Mörder von Kyle Saunders sein. Der hatte die Brieftasche vermutlich in der Nacht beim Fahren durch die Captain's Road aus dem Fenster geworfen. Falls er nicht extra einen Umweg gemacht hatte und die Captain's Road tatsächlich auf seinem Heimweg lag, dann war er Richtung Danderhall gefahren. Sollte sich ein konkreter Verdacht gegen jemanden ergeben, der zwischen der Captain's Road und Danderhall oder an der Küste wohnte, wäre der Fundort der Brieftasche ein Indiz, das den Verdacht noch erhärten würde.

Dass noch Bargeld in der Brieftasche gewesen war, ebenso wie die Kreditkarte, bestätigte Bills Verdacht, dass der Raubmord nur vorgetäuscht worden war. Kyle Saunders war nicht wegen seiner Wertsachen ermordet worden. Die Tat musste einen anderen Hintergrund haben.

Bill beendete das Verhör. „Wir werden Ihre Angaben prüfen, Mr Conrad. Sollten sie der Wahrheit entsprechen, ist der Mordverdacht vom Tisch."

„Ich hab niemanden umgebracht, ich schwör's!", versicherte der junge Mann zum wiederholten Mal. „Ja, ich weiß, dass ich nix tauge, aber ich bin kein Mörder. Das müssen Sie mir glauben. Bitte!"

Bill glaubte ihm. Aber er hütete sich, das zuzugeben.

Sollte Conrad ruhig noch eine Weile im Saft seiner eigenen Angst schmoren, vielleicht doch wegen Mordes angeklagt zu werden. Möglicherweise war das endlich der Warnschuss vor den Bug, den er brauchte, um die Kurve zu kriegen und von der schiefen auf die gerade Bahn zu wechseln. Bill hielt das aber für nicht sehr wahrscheinlich. Doch das war nicht sein Problem. Er würde mit Sergeant Armstrong Conrads Angaben überprüfen. Danach konnte er hoffentlich Feierabend machen und sich auf sein Treffen mit Row vorbereiten.

Er sollte mehr Zeit mit ihr verbringen. Das würde ihm und seiner Meinung nach auch ihr guttun. Immerhin hatte Hidoro ihm aufgetragen, auf sie zu achten. Er nahm sein Versprechen sehr ernst. Auch wenn er das nicht ohne Hintergedanken tat.

Als Bill das Guildford Arms betrat, saß Row bereits an einem der runden Zweiertische auf der rechten Seite vor dem ersten Fenster und hatte ein Glas Singleton vor sich. Sie hob grüßend die Hand. Er winkte zurück, ging zur Bar, holte sich ebenfalls einen Whisky und setzte sich zu ihr an den Tisch.

„Hiya, Row."

„Hiya, Bill. Schön, dass du kommen konntest." Sie stieß mit ihm an.

Er trank einen Schluck und nickte. „Bei dem Wetter ein Wunder." Während er sie betrachtete, stellte er wieder einmal fest, dass er sich in ihrer Gegenwart glücklich fühlte. Einfach nur, weil sie da war.

„Was ist?", fragte sie, als er sie immer noch anblickte, ohne etwas zu sagen.

„Ich stelle gerade fest, wie schön ich es finde, dass wir wie früher miteinander abhängen und diskutieren und all die Dinge tun, die wir früher auch getan haben." Er grinste. „Natürlich ausgenommen solche interessanten Eskapaden, wie Mr MacCallum zu beklauen. Das lässt sich leider nicht mit meinem Job vereinbaren."

Sie lächelte. „Aber es war verdammt lustig. Und all die anderen Dinge. Weißt du noch, wie wir uns am College einen Spaß daraus gemacht haben, Mr Ross zu ärgern?"

Und ob er das noch wusste. Mr Ross, der Hausmeister des Colleges, war ein penibler, unleidiger Knochen, der in seinem Verhalten eine verdächtige Ähnlichkeit mit Argus Filch besaß, dem Hausmeister von Harry Potters Zauberschule. Zumindest in puncto Griesgrämigkeit stand er ihm in nichts nach. Obwohl sie beide schon längst erwachsen gewesen waren, hatten sie es sich manchmal nicht nehmen lassen, ihm eine lange Nase zu drehen, indem sie trotz Verbotsschilder vor seinen Augen über seine gepflegten Rasenflächen gerannt waren. Für Bill hatte der Reiz aber weniger darin gelegen, dass sie dadurch Mr Ross geärgert hatten, sondern weil es ihm wie früher das Gefühl vermittelt hatte, dass er und Row eine Einheit bildeten, die gegen den Rest der Welt zusammenstand.

Durch ihre Jahre in Japan war das verloren gegangen. Umso kostbarer waren ihm die Erinnerungen und Abende wie dieser, an denen er sie mit ihr teilen konnte. Allerdings war ein Schwelgen in der Vergangenheit nicht der richtige Weg, um Row für sich zu gewinnen und ihr zu zeigen, dass er nicht mehr ihr Kumpel sein wollte – nicht nur –, sondern der Mann, der sie liebte. Er fühlte aber, dass die gemeinsamen Erinnerungen ihr halfen, in Edinburgh wieder heimisch zu werden.

Nachdem sie noch ein wenig mehr über die Vergangenheit gesprochen und sich ihr zweites Glas Singleton geholt hatten, blickte Row ihn in der ihr typischen Art an, die ihm zeigte, dass nun die Diskussion über den aktuellen Fall begann.

„Habt ihr schon eine Spur im Saunders-Fall?"

Er schüttelte den Kopf. „Seine Brieftasche ist aufgetaucht, aber der Typ, der sie bei sich hatte, konnte glaubhaft versichern, dass er sie gefunden hat. Außerdem hat er ein wasserdichtes Alibi für die Zeit des Mordes."

„Komplizen?"

Erneut schüttelte er den Kopf. „Sein Freund, mit dem er abgehangen hat, dessen Mutter, seine Mutter sowie andere Freunde geben ihm ein Alibi. Auch wenn wir das unter Berücksichtigung von Verwandtschaft und Freundschaft nur bedingt glauben können, erscheint es mir doch glaubhaft. Außerdem ist der Mann nicht der Typ, der einen kaltblütigen Mord begeht. Davon abgesehen haben mehrere Zeugen zu dem Zeitpunkt, an dem Saunders wahrscheinlich ermordet wurde, ein Auto auf der Damhead gehört. Bei dem Wetter, in Anbetracht der Tatsache, dass die Straße im Gegensatz zur Innenstadt nicht geräumt ist, und der nachtschlafenden Zeit ist das ungewöhnlich. Deshalb gehen wir davon aus, dass darin der oder die Mörder saßen. Der Verdächtige besitzt aber weder Führerschein noch Auto. Seine Kumpels auch nicht. Deshalb können wir ihn mit größter Wahrscheinlichkeit ausschließen." Er trank einen Schluck Singleton.

Row tat es ihm gleich. „Ich habe überlegt, wo ich ansetzen könnte, um Saunders' mögliche schottische Vorfahren ausfindig zu machen."

„Er hatte dir den Auftrag aber noch nicht erteilt", erinnerte Bill sie, obwohl er ihre Antwort darauf schon im Voraus kannte.

„Nein, aber er wollte es. Und auch wenn mich niemand mehr dafür bezahlt, werde ich trotzdem nachforschen. Du sagtest, er hatte Familie. Möglicherweise ist es für sie wichtig, die schottische Verwandtschaft zu finden. Wir hatten ja schon mal die Möglichkeit angedacht, dass es dabei um ein Erbe gehen könnte. Falls dem so ist, steht es nach Saunders' Tod seiner Familie zu. Vielleicht braucht sie es dringend. Ich werde jedenfalls auch ohne Auftrag und Honorar weiterforschen. Da Saunders, wie du sagtest, in seiner unvollendeten Mail an mich geschrieben hat, dass er von seinen Verwandten erst durch einen Brief seiner Mutter erfahren hat, brauche ich ihren Namen, besonders ihren Mädchennamen." Sie sah Bill in die Augen. „Hat die US-Botschaft die Angehörigen schon benachrichtigt?"

Er zuckte mit den Schultern. „Chief Superintendent Murdoch hat die Botschaft gestern am frühen Nachmittag verständigt. Ich gehe davon aus, dass sie Saunders' Familie spätestens heute über seinen Tod informiert hat. Wenn du ihnen ein paar Tage Zeit lässt ..."

Row nickte. „Klar. Meine Suche nach der Gründungsflasche der Dalmore Jazzers hat ohnehin Vorrang. Da Saunders mir aber quasi den Suchauftrag erteilt hat, habe ich einen guten Grund, mich bei seiner Familie zu melden und nach Details zu fragen. Seine Frau wird mir bestimmt sagen können, wie die Mutter ihres Mannes hieß. Besonders wenn ich den Hinweis fallen lasse, dass sein Tod vielleicht etwas mit der Suche nach seinen schottischen Ahnen zu tun haben könnte." Wieder sah sie Bill in die Augen. „Wie wahrscheinlich ist ein Raubmord?"

Er schüttelte den Kopf. „Wenn ich alle Umstände berücksichtige, bin ich geneigt, den auszuschließen, nachdem unser Verdächtiger, der Saunders' Brieftasche hatte, als Mordverdächtiger außen vor ist. In der Brieftasche waren noch Geld und Kreditkarte, als er sie gefunden hat. Die übrigen Gegenstände, die Saunders gestohlen wurden – Uhr und Handy –, haben wir nicht bei ihm gefunden, auch zu Hause nicht." Das hatten die Kollegen im Zuge der Überprüfung von Conrads Alibi festgestellt. „Mehrere

Ohrenzeugen haben ausgesagt, in der Nähe des Fundortes, der der Menge des gefundenen Bluts nach zu urteilen höchstwahrscheinlich auch der Tatort ist, zur mutmaßlichen Tatzeit einen Wagen gehört zu haben. Zwei Zeugen haben gehört, dass der Wagen gewendet hat und zurückgefahren ist, also dahin, woher er möglicherweise kam, statt die Damhead weiter runter zu fahren Richtung Straiton Mains. Das lässt darauf schließen, dass Saunders gezielt dorthin gebracht wurde, um ihn zu töten. Um Mitternacht auf einer nicht geräumten Straße konnte der Mörder sicher sein, dass es schon mit dem Teufel hätte zugehen müssen, wenn ihn dabei jemand gesehen hätte."

Row nickte langsam und blickte in ihr Glas. „Wenn wir mal annehmen, dass Saunders' Gang zur Waverley und der Mord direkt zusammenhängen, dann stellt sich die Frage, wo er in der Zwischenzeit war. Der Concierge hat ihn eine halbe Stunde nach seinem Gespräch mit mir weggehen sehen, da wollte er zur Waverley Station. Ich habe um kurz vor fünf mit ihm gesprochen. Er hat also gegen halb sechs das Hotel verlassen. Nehmen wir an, er wurde tatsächlich dort ermordet, wo man ihn gefunden hat, was, wie du sagtest, gegen Mitternacht der Fall gewesen sein könnte." Sie sah ihn bedeutsam an. „Wo war er in den sechs Stunden dazwischen?"

Diese Frage hatte sich Bill auch schon gestellt und keine Antwort darauf gefunden. „Was schließt du daraus?"

Sie zuckte mit den Schultern. „Entweder die beiden Ereignisse hängen gar nicht zusammen oder Saunders kannte seinen Mörder und hat ihm genug vertraut, um sechs Stunden in seiner Gesellschaft zu verbringen. Wahrscheinlich hat er nicht mal Verdacht geschöpft, als der mit ihm um Mitternacht in die Pampa zur Damhead fuhr, wofür er ihm einen verdammt guten Grund genannt haben muss. Und wenn du mich fragst, hat das nichts damit zu tun, dass er sich mit jemandem getroffen hat, der in seinem Auftrag die heilige Flasche der Dalmore Jazzers gestohlen hat. Die hätten sich kaum sechs Stunden lang über den Kaufpreis gestritten, was vielleicht zu dem Mord geführt haben könnte. Erst recht wäre Saunders nach so einem Streit nicht zu dem Mann ins Auto gestiegen und mit ihm zur Damhead gefahren. Wobei ich davon ausgehe, dass Saunders nicht wusste, wohin ihn sein Begleiter bringt. Also nicht, was die Gegend betrifft. Saunders hat sich hier wahrscheinlich ohne Stadtplan nicht zurechtgefunden."

Bill überdachte das. Wie immer hatten Rows Schlussfolgerungen Hand und Fuß. Er konnte aber noch nicht erkennen, wohin sie führten.

„Wo hat der Typ, der Saunders' Brieftasche hatte, sie angeblich gefunden?"

„In der Captain's Road."

Row runzelte die Stirn. „Dann wohnt der Mörder definitiv nicht im östlichen oder nördlichen Teil der Stadt und höchstwahrscheinlich auch nicht in der City, sondern im Westen, vielleicht auch Süd- oder Nordwesten."

Bill sah sie verblüfft an. „Wie kommst du darauf?"

Row nahm ihr Smartphone, rief etwas auf und bedeutete Bill, sich zu ihr auf die Bank zu setzen, was er nur zu gern tat. Auf diese Weise konnte er sich dicht zur ihr hinüberbeugen unter dem Vorwand, so besser sehen zu können.

Sie hatte einen Stadtplan aufgerufen und deutete darauf. „Hier ist die Damhead. Wenn der Mörder von der Biggar Road, also der A702 gekommen ist ..." Sie sah ihn fragend an. Ihr Gesicht war seinem so nah, dass er ihren Atem spürte.

Er schluckte und nickte. „Wenn die Zeugen, die den Wagen gehört haben, sich nicht geirrt haben und es tatsächlich der war, in dem Saunders und sein Mörder saßen, kam er von da."

„Gut." Sie schob den Stadtplan ein Stück weiter nach links. „Wenn du die Damhead geradeaus weiterfährst, kommst du auf die A701, die Straiton Road. Die führt geradewegs in die City hinein und", sie sah Bill tief in die Augen, „direkt an der Captain's Road vorbei." Mit dem Finger fuhr sie auf dem Display die Straße entlang bis zu der Stelle, wo die Captain's Road abzweigte. „Wenn die Damhead in die Richtung also in der Nacht zum Samstag passierbar war ..." Wieder sah sie ihn fragend an.

Bill nickte. „War sie. Das haben wir überprüft. Nicht geräumt, aber passierbar. Und ich sehe, worauf du hinauswillst."

Sie nickte ebenfalls. „Dann hätte der Mörder, wenn er tatsächlich in der City, im Osten oder Norden der Stadt wohnen würde, nicht umdrehen und auf die Biggar zurückfahren müssen, um die Brieftasche in der Captain's Road zu entsorgen, sondern hätte den direkten und erheblich kürzeren Weg nehmen können, statt diesen Umweg zu fahren. Ich vermute, der Mörder wollte nach der Tat schnellstens nach Hause und ist deshalb umgedreht. Auf dem Heimweg ist ihm eingefallen, dass er die Dinge, die er Saunders abgenommen hat, um einen Raubmord vorzutäuschen, unbedingt loswerden muss, weil es nicht gerade klug wäre, sie in der eigenen Mülltonne zu entsorgen. Also ist er, schon halb zu Hause, wieder umgekehrt und hat die Sachen in irgendeiner Straße – zum Beispiel der Captain's Road, die weit genug weg von seiner Wohnung liegt – während der Fahrt aus dem Fenster geworfen." Sie wiegte den Kopf. „Die andere Möglichkeit wäre natürlich, dass es zwei oder drei Täter sind, und der Fahrer des Wagens hat erst seine Komplizen nach Hause gebracht, ehe er zu sich gefahren ist. In dem Fall könnte er im östlichen Teil der Stadt wohnen. Aber das halte ich für nicht sehr wahrscheinlich." Sie schloss den Stadtplan und legte das Smartphone zur Seite.

„Warum?" Bill hätte wieder auf seinen Hocker ihr gegenüber wechseln können, aber er blieb an ihrer Seite sitzen.

Sie wiegte erneut den Kopf. „Mord ist ein Verbrechen, das niemand leicht begeht, zumindest nicht beim ersten Mal. Und die meisten Menschen würden nicht freiwillig bei einem mitmachen oder auch nur zuschauen, wenn ein Freund oder Bekannter dabei wäre, einen zu begehen. Unser Mörder war kaltblütig genug, Saunders zur Damhead zu locken, in deren Nähe er garantiert nicht wohnt, um ihn dort umzubringen. Das war meiner Einschätzung nach ein von Anfang an geplanter Mord. Der Täter war auch kaltblütig genug, einen Raubmord vorzutäuschen und die gestohlenen Gegenstände zu entsorgen. Gerade bei einer so kaltblütigen Vorgehensweise kann er sich keine Zeugen leisten, die ihm eventuell in die Parade fahren, weshalb er von Anfang an dafür gesorgt haben wird, dass er mit seinem Opfer allein ist. Das Risiko, dass einer der Zeugen so von seinem schlechten Gewissen geplagt wird, dass er zur Polizei geht, wäre viel zu groß. Ich bin mir deshalb sehr sicher, dass der Mörder ein Einzeltäter ist."

Bill überdachte das und genoss in der Zwischenzeit, dass sein Arm und seine Schulter Rows berührten. Gern hätte er den Arm um sie gelegt. Da er das aber niemals getan hatte, wenn sie früher ihre Fälle diskutiert hatten, hätte das Row irritiert. Und es hätte ihr zu viel von seinen Gefühlen für sie verraten. Leider war er nicht betrunken, sodass er das als Entschuldigung für diese „Anwandlung" hätte ins Feld führen können.

„Das würde aber bedeuten, dass er bereits entschlossen war, Saunders zu töten, als er sich mit ihm traf", sagte er, nachdem es ihm gelungen war, sich wieder auf den Fall zu konzentrieren.

Row nickte. „Davon gehe ich aus. Es gibt natürlich noch

andere Möglichkeiten, aber diese erscheint mir die wahrscheinlichste."

Sie ergab zumindest am meisten Sinn. Und sie lieferte Bill einen Ansatz, wo er nachhaken konnte.

Er stieß mit Row an. „Cheers."

„Cheers." Sie genoss den Singleton, indem sie ihn im Mund rollte, bevor sie ihn hinunterschluckte. Anschließend betrachtete sie den Rest der Flüssigkeit in ihrem Glas. „Ich gestehe, ich habe den Singleton in Japan vermisst."

Bill nickte lächelnd. „Das glaube ich gern. Aber du hättest dir Singleton von hier schicken lassen können."

Row nickte und starrte wieder in ihr Glas. „Das hätte es mir aber erschwert, mich so vollständig auf Japan einzulassen, wie ich das wollte." Sie sah ihm in die Augen. „Du weißt ja, dass ich nicht vorhatte, jemals zurückzukommen. Erst wenn ich vollständig in Japan verwurzelt gewesen wäre, hätte ich Singleton und andere schottische Dinge wieder benutzen können, ohne Gefahr zu laufen, dadurch zwischen zwei Welten zerrissen zu werden. Wenn du verstehst, was ich meine."

Er nickte. Er verstand sie wirklich. Wenn man Radfahren gelernt hatte und sicher auf dem Fahrrad saß, kippte man auch nicht um, wenn einem ein Sturm ins Gesicht oder in die Seite blies. War man aber noch unsicher, genügte eine vergleichsweise geringe Irritation, um das Gleichgewicht zu verlieren. Solange sie nicht in ihrem Herzen Japanerin geworden war, hätte alles, was sie an Schottland erinnert hätte, ihren Integrationsprozess erschwert und sie daran gehindert, ihr inneres Gleichgewicht zu finden. Inzwischen war sie so sehr Japanerin geworden, dass die Zerrissenheit, die sie durch die Anpassung an Japan hatte vermeiden wollen, sie nun in Schottland in vollem Umfang erwischt hatte.

Er legte ihr die Hand auf den Arm und streichelte ihn.

„Lass dir Zeit, Row. Du wirst auch innerlich wieder nach Hause kommen. Das dauert nur noch eine Weile."

Sie sah ihn traurig an. „Du ahnst nicht, wie fremd ich mich hier fühle. Umso froher bin ich, dass du da bist und immer noch mein Freund. Ich glaube, ohne dich würde ich mich noch verlorener fühlen."

„Ich bleibe dein Freund, Row, solange du nur willst." Er legte nun doch den Arm um ihre Schultern und lächelte. „Habe ich neulich Hidoro versprochen."

Sie schmunzelte. „Hört, hört! Und du bleibst natürlich nur wegen dieses Versprechens mein Freund. Armer Bill! Muss ein furchtbares Opfer für dich sein."

„Ein ganz entsetzliches", bestätigte er, woraufhin sie beide lachten. Er drückte sie an sich und freute sich, dass sie sich an ihn lehnte. Er hatte auch nichts dagegen, dass sie ihren Kopf an seine Schulter legte, ehe sie ihn nachdenklich anschaute. Fragend sah er sie an. „Was ist?"

Sie lächelte. „Ich habe das Gefühl, dass ich dich ganz neu kennenlerne. Während meiner Zeit in Japan hatte ich dich immer noch als den Jungen in Erinnerung, mit dem ich aufgewachsen bin, den Kumpel, mit dem ich das College absolviert habe und der mein bester Freund ist." Ihr Lächeln wurde breiter. „Mein bester Freund bist du ja immer noch, aber nicht mehr der Junge von damals."

Auch er lächelte und fürchtete, dass es ein bisschen gezwungen wirkte. Hatte er also damals richtig gelegen mit seiner Befürchtung, dass Row in ihm nur einen Kumpel und eine Art Bruder gesehen hatte. Wahrscheinlich hätte er deshalb auch keine Chance bei ihr gehabt, wenn sie Hidoro nicht begegnet wäre. Hatte er sie diesmal?

„Stimmt", bestätigte er. „Ich bin erwachsen geworden. So wie du."

Sie nickte und betrachtete ihn nachdenklich. „Deshalb lerne ich dich jetzt als den Mann kennen, der du bist."

Er wusste nicht, wie er darauf reagieren sollte, weil er

nicht zu hoffen wagte, dass sie damit meinen könnte, was er sich so sehr wünschte. „Ich hoffe, mein neues Ich gefällt dir."

Sie lachte. „Na klar. In deinen Grundzügen bist du ja immer noch ‚Billy Braveheart'. Wie könnte mir das nicht gefallen? Ich finde es schön, dass unsere Freundschaft die Jahre überdauert hat."

Er legte ihr die Hand auf den Arm. „Ich auch, Row. Ich auch."

Sie legte ihre Hand über seine. „Du bist für mich Schottland, Bill. Durch dich lerne ich meine – Heimat wieder kennen. Und mit etwas Glück wird auch mein Herz eines Tages wieder hierher zurückkommen."

„Ganz bestimmt sogar", bekräftigte er und drückte ermutigend ihren Arm. „Du musst dir nur Zeit dafür lassen."

Aber ein Teil von ihr würde für immer in Japan bleiben. Denn ein Teil von ihr war so vollständig japanisch geworden, dass sie nie mehr die Scottish lass sein konnte, die sie früher gewesen war. Aber das musste nicht unbedingt das Schlechteste sein.

Als Rowan nach einer Stunde und einem weiteren Singleton nach Hause fuhr, fühlte sie sich wohl. Diese Wirkung hatten die Treffen mit Bill meistens. Das lag nicht nur an seiner angenehmen und geistig anregenden Gesellschaft, er gab ihr allein durch seine Anwesenheit ein Gefühl von Stabilität. Leider zeigte ihr das, wie stark sie immer noch innerlich destabilisiert war. Sie hatte durch ihre Kampfkunstausbildung gelernt, ihr seelisches Gleichgewicht ausschließlich aus sich selbst heraus aufzubauen. Und nun brauchte sie eine äußere Stütze. Verdammt! Das hätte ihr nicht passieren dürfen. Yoshio, ihr Schwiegervater, hätte ihr, wenn er das wüsste, sicherlich geraten, den Teil ihrer Ausbildung noch einmal von Grund auf zu beginnen, mit dem sie damals ihr Gleichgewicht erworben hatte. Mühsam und in hartem Training, aber es hatte sich gelohnt. Sie hatte sich niemals zuvor so vollkommen ganz und mit allem eins gefühlt wie von dem Tag an, an dem sie das Training abgeschlossen hatte. Bis ...

Sie seufzte. Absolutes inneres Gleichgewicht, ein himmlischer Zustand, den sie herbeisehnte wie gegenwärtig nichts anderes, Doro ausgenommen. Aber es gab kein Zurück mehr für sie. Deshalb musste sie allein klarkommen. Sie würde es schaffen, keine Frage, aber der Weg würde hart sein, solange sie Doro nicht loslassen konnte, nicht loslassen wollte.

Nachdem sie den Wagen in die Garage gefahren hatte, ging sie nicht durch die Verbindungstür ins Haus, sondern außen herum, um wie jeden Abend noch einmal zu kontrollieren, ob in ihrer Abwesenheit jemand eine Nachricht in den Briefkasten geworfen hatte. Ein dicker Umschlag lag darin, der nur einen gedruckten Aufkleber mit der Aufschrift „Rowan Lockhart persönlich!" trug. Als sie ihn herausnahm, ahnte sie aufgrund dessen, wie er sich anfühlte, was darin war.

In ihrem Büro öffnete sie ihn und fand ihre Vermutung bestätigt. Neben einem computergeschriebenen Zettel ohne Absender oder Unterschrift enthielt der Umschlag ein Bündel Hundertpfundnoten: dreißig Stück. Jemand schickte ihr anonym dreitausend Pfund und wünschte dafür das, was auf dem Zettel stand: „Wir haben erfahren, dass Sie nach der verschwundenen Flasche von Dalmore Jazz suchen. Stellen Sie Ihre Ermittlungen unverzüglich ein und sagen Sie der Band in ein paar Tagen, dass Sie die Flasche nicht finden können. Sobald wir uns davon überzeugen konnten, dass Sie nicht mehr danach suchen, erhalten Sie weitere 2.000 Pfund. 5.000 sollten für kaum eine Woche Arbeit und Ihr Schweigen genügen."

„Falsch gedacht", knurrte Rowan. „Jetzt erst recht."

Sie ging nach oben zu Lennox' Wohnung und klopfte an die Tür, hinter der sie die Geräusche eines Actionfilms hörte, den sie nur allzu gut kannte.

„Komm rein", forderte Lennox sie auf und drückte auf die Pausentaste, als Rowan eintrat. Auf dem Bildschirm erstarrte Uma Thurman mitten in der Bewegung, als sie Lucy Liu alias O-Ren Ishii den Garaus machen wollte. Lennox blickte Rowan erwartungsvoll entgegen.

„Ich habe nur eine Frage und will dich nicht lange stören, Lennox. Hast du zufällig jemanden gesehen, der einen Umschlag in den Briefkasten gesteckt hat, als ich weg war?"

Er schüttelte den Kopf und sah sie aufmerksam an. „Stimmt was nicht?"

Sie lächelte grimmig. „Wie man's nimmt. Ich habe bei meinem neuen Fall offenbar jemanden aufgescheucht. Man versucht anonym, mich mit fünftausend Pfund zu bestechen, damit ich meine Nachforschungen einstelle."

Lennox lachte leise. „Offenbar jemand, der dich nicht kennt, andernfalls würde er nicht auf so eine idiotische Idee kommen. Schätze, du wirst deine Nachforschungen intensivieren."

Rowan nickte und grinste breit. „Worauf du wetten kannst. Immerhin hat mir die Aktion gezeigt, dass ich auf der richtigen Spur bin."

Denn außer den Dalmore Jazzern und Leuten, denen die eventuell erzählt hatten, dass Rowan ihre Flasche suchte, konnte niemand diesen Bestechungsversuch unternommen haben. Die Frage war nur, warum die Flasche nicht gefunden werden sollte. Doch das würde sie erfahren, sobald sie herausgefunden hatte, wer der Dieb war.

Sie deutete auf den Fernseher. „Viel Spaß bei den letzten Minuten."

„Danke." Lennox zeigte auf den Sessel neben sich. „Magst du die mit mir anschauen?"

Sie zögerte nicht. „Gern. ‚Kill Bill' ist einer meiner Lieblingsfilme. Aber keineswegs, weil der Schurke Bill heißt. Regisseur Tarantino in Bestform. Kennst du den zweiten Teil? Wenn nicht, leihe ich ihn dir. Oder wenn du ihn noch mal sehen willst." Sie setzte sich.

Danach teilten sie den Spaß der letzten paar Filmminuten, der noch dadurch erhöht wurde, dass sie beide den Film auswendig kannten und die Dialoge gemeinsam mitsprachen.

Rowan wünschte Lennox anschließend eine gute Nacht und kehrte in ihr Büro zurück. Sie kopierte den anonymen Brief, ehe sie ihn zusammen mit dem Umschlag in eine Klarsichthülle steckte. Sie würde ihn Bill übergeben. Vielleicht fand er darauf außer ihren eigenen noch andere Fingerabdrücke und möglicherweise weitere Spuren, die später helfen konnten, den Dieb zu überführen. Und gleich morgen würde sie die Dalmore Jazzers mit dem Ding konfrontieren. Sie war gespannt, was die zu sagen hatten.

FÜNF

Montag, 10. Dezember 2012

Rowan machte eine Show daraus, die dreitausend Pfund schwungvoll vor den Dalmore Jazzern auf den Tisch zu werfen, als sie sich am Vormittag wieder in Matt Ramseys Haus mit ihnen traf. Die Geldscheine verstreuten sich auf dem gesamten Tisch, ein paar fielen zu Boden. Das Begleitschreiben knallte sie anschließend darauf und hielt es für ein paar Sekunden mit der Faust auf dem Tisch fest. Dabei blickte sie jedem der Männer einzeln hart in die Augen.

„Gentlemen, wer auch immer mir das in den Briefkasten gesteckt hat, hat mit dieser Aktion das genaue Gegenteil erreicht. Ich werde nun erst recht nicht lockerlassen und nicht eher ruhen, bis ich die Flasche gefunden habe."

Die Männer starrten auf das Geld, dann auf Rowan. Rob Leask nahm als Erster das Begleitschreiben zur Hand, während die anderen ihm über die Schultern sahen, soweit sie es von ihren Plätzen aus tun konnten. Leask las es deshalb laut vor. Rowan beobachtete die Reaktionen der Männer genau. Sie wollte wissen, ob einer von ihnen sich durch eine Geste verriet, zum Beispiel indem er nicht neugierig auf den Zettel starrte, um zu sehen, was darauf stand, weil er das bereits wusste. Doch niemand verriet sich auf diese Weise. Sie alle waren angespannt, aber das war in dieser Situation normal.

Tom Maxwell blickte sie anklagend an. „Sie glauben ernsthaft, dass einer von uns dafür verantwortlich ist?" Er schüttelte den Kopf. „Das Schreiben spricht eine ganz andere Sprache. Außerdem beweist es, dass es sich um mehrere Täter handelt."

Rowan schüttelt ebenfalls den Kopf. War Maxwell wirklich so naiv?

„Das ist ein beliebter Trick, den auch Erpresser gern anwenden, um zu verschleiern, dass es sich nur um einen einzigen Täter handelt. Aber ja, ich bin der Überzeugung, dass der Dieb und Absender dieses Schreibens einer von Ihnen ist. Und glauben Sie mir: Ich finde raus, wer es war."

Drew Stirling sprang aus seinem Sessel und baute sich drohend vor Rowan auf. Er blickte auf sie herab – immerhin war er über sechs Fuß groß – und funkelte sie zornig an. „Ms Lockhart, es reicht mit Ihren Anschuldigungen. Wir alle wollen unser Baby zurückhaben, jeder Einzelne von uns. Und ganz sicher stammt der Dieb nicht aus unserer Mitte." Er machte einen weiteren Schritt auf sie zu, sodass er nur noch eine Handbreite von ihr entfernt war. „Also passen Sie verdammt noch mal auf, was Sie sagen!" Er ballte die Fäuste.

„Nehmen Sie wieder Platz, Mr Stirling." Sie sprach bewusst so kalt, wie sie konnte. „Sonst helfe ich nach." Dabei starrte sie ihm ebenso aggressiv in die Augen wie er ihr, jedoch mit einer gehörigen Portion ten-chi-jin dahinter, der Kunst, das bestehende Verhältnis der Dinge geistig zu beeinflussen und zu ihren Gunsten zu verändern. Sie ließ Stirlings Aggression ihr gegenüber ins Leere laufen. Dafür nahm sie die Angst, die dieser Aggression zugrunde lag, und wandelte sie um in eine subtile Angst vor ihr, Rowan. „Hinsetzen!", verlangte sie nachdrücklich, als sie fühlte, dass Stirling die Wirkung ihrer Beeinflussung spürte.

Er machte zwei Schritte rückwärts und setzte sich, sichtbar unsicher und verwirrt über seine eigene Reaktion.

Rowan deutete auf das Geld auf dem Tisch. „Gentlemen,

falls Sie nicht mit der Tatsache hausieren gegangen sind, dass Sie mich engagiert haben, um die Flasche zu finden, dürfte es kaum jemanden außer Ihnen geben, der davon weiß. Also muss zwangsläufig einer von Ihnen der Spender dieser milden Gabe sein. Und in dem Fall liegt der Verdacht mehr als nahe, dass derjenige auch der Dieb ist und eine Scheißangst davor hat, dass ich ihn entlarven werde." Sie blickte in die Runde. „Also, Gentlemen, wem haben Sie davon erzählt. Mr Ramsey?"

Matt Ramsey zuckte zusammen, schüttelte aber den Kopf. „Niemandem. Ich schwöre es. Sie selbst haben ja wohl Jane darüber informiert, meine Exfrau, und gemeint, dass die nicht die Diebin gewesen sein kann. Ansonsten weiß von meiner Seite aus wirklich niemand davon."

Rowan blickte Tom Maxwell an, der neben Matt Ramsey saß. „Mr Maxwell?"

Er zuckte mit den Schultern. „Meiner Frau. Und meine Kinder haben es auch gehört. Aber ich glaube kaum, dass einer von ihnen etwas damit zu tun hat."

Rowan schüttelte den Kopf. „Gerade Familienangehörige haben, wenn sie von der Täterschaft eines geliebten Menschen wissen, jeden erdenklichen Grund zu verhindern, dass dessen Schuld bewiesen wird. In einem solchen Fall ist schon so manche Ehefrau auf den Gedanken gekommen zu versuchen, die Ermittler – private oder behördliche – auf eine falsche Fährte zu locken oder durch Bestechung ganz von dem Fall abzubringen."

Tom Maxwell schüttelte den Kopf. „Sie sind verrückt! Das ist ja Wahnsinn."

Drew Stirling nickte. „Hören Sie auf zu suchen, Ms Lockhart. Nein, das Geld kommt ganz sicher nicht von mir, aber die ganze Sache macht unsere Band kaputt."

Rob Leask lachte bitter. „Falls du es noch nicht gemerkt haben solltest, Drew: Unsere Band ist schon kaputt, seit ..." Er biss sich auf die Lippen.

„Seit Mr Young sie verlassen hat", ergänzte Rowan. „Warum auch immer er das getan hat. Ich habe mir Ihre Bilanzen angesehen, Gentlemen. Seit damals gehen Ihre Einnahmen immer mehr zurück." Wieder spürte sie die massiven Schuldgefühle, die jeder der Männer ausstrahlte. Kalt sprach sie weiter: „Sie haben mich übrigens belogen. Sie haben behauptet, dass Sie Mr Young eine Abfindung gezahlt hätten. In Ihren Bankunterlagen ist aber keine Abfindung verbucht. Weder in dem Jahr, in dem Mr Young die Band verlassen hat, noch im folgenden oder im übernächsten Jahr. Gar keine, nirgends. Also haben Sie Mr Young entweder auf andere Weise ‚ausgezahlt' oder er hat von Ihnen keinen Penny Abfindung erhalten. So oder so frage ich mich natürlich, warum Sie mich angelogen haben." Sie blickte auffordernd in die Runde.

Drew Stirling starrte sie finster an. „Das ist unsere Sache und geht Sie nichts an. Und es hat auch nichts mit unserer gestohlenen Flasche zu tun."

Matt Ramsey nickte. „Drew hat recht, Ms Lockhart. Wir ziehen unseren Auftrag an Sie hiermit zurück. Hören Sie auf zu suchen. Schicken Sie uns die Rechnung für Ihre bisherige Arbeit, und damit ist es dann gut."

Der Vorschlag fand allgemeine Billigung, was Rowan daran merkte, dass jeder sich erleichtert fühlte, die einen mehr, die anderen weniger. Das bestätigte ihr zusätzlich, dass mindestens einer der Dalmore Jazzers mit dem Verschwinden der Flasche zu tun hatte.

Sie stand auf. „In Ordnung, Gentlemen. Ich stelle meine Arbeit für Sie ein, aber nicht die Suche nach der Flasche." Sie deutete auf das Geld auf dem Tisch und fuhr fort, ehe die verblüfften Männer etwas sagen konnten. „Diese Aktion und Ihre Reaktion darauf haben mir gezeigt, dass einer von Ihnen definitiv die Flasche gestohlen hat und Sie alle etwas zu verbergen haben. Und zwar etwas, das möglicherweise die Polizei wissen sollte. Gut, ich arbeite nicht mehr für Sie, sondern ab sofort für die Polizei, auch wenn die noch gar nichts von ihrem Glück weiß. Ich werde jedoch sämtliche Ergebnisse meiner Nachforschungen der Polizei zukommen lassen, sofern das, was ich herausfinde, in Zusammenhang mit einer Straftat steht oder eine darstellt."

Drew Stirling sprang erneut auf. „Verdammt, Ms Lockhart, was müssen wir tun, damit Sie aufhören zu schnüffeln? Ihnen eine Million zahlen?"

Sie reckte das Kinn vor und starrte ihm in die Augen. „Töten Sie mich, Mr Stirling. Das ist die einzige Möglichkeit, wie Sie mich jetzt noch daran hindern können, die Wahrheit herauszufinden. Denn ich werde nicht eher ruhen, bis ich sie gefunden habe, nicht mal, wenn Sie mir hundert Millionen zahlen. Ich wünsche Ihnen einen guten Tag, Gentlemen." Sie wandte sich zur Tür.

„Warten Sie!", hielt Matt Ramsey sie zurück.

Rowan blickte ihn abwartend an.

Er schüttelte den Kopf. „Verdammt, das ..." Er seufzte und sah seine Freunde der Reihe nach an. „Ich will die Wahrheit wissen. Egal was am Ende dabei herauskommt."

„Bist du wahnsinnig?", fuhr Drew Stirling ihn an.

„Was zum Teufel soll das?", schlug Charlie Grant in dieselbe Kerbe. „Willst du etwa, dass sie ..."

Im nächsten Moment redeten alle durcheinander. Rowan lächelte zufrieden. Ihr Stich hatte wie beabsichtigt genau in die Mitte des Wespennestes getroffen und sie aufgescheucht. Auch das war eine Methode des ten-chi-jin. Ihre Aufforderung an Drew Stirling, sie zu töten, um sie an weiteren Nachforschungen zu hindern, würde hoffentlich ebenfalls ihre Wirkung nicht verfehlen. Vielleicht würde sie den Dieb nicht unbedingt zu einem Mordversuch verlocken, aber doch dazu, sie massiv einzuschüchtern, indem er sie entweder selbst überfiel, einen Brandsatz in ihr Haus oder ihr Auto warf oder ihr ein paar Schläger auf den Hals hetzte – die beliebteste Methode in solchen Fällen. Sollte Letzteres der Fall sein, würde sie sich einen von denen greifen und aus ihm herausbringen, wer ihn beauftragt hatte. So oder so, eine solche Aktion würde ihr den Täter offenbaren.

Eines fiel ihr bei der hitzigen Diskussion der Männer auf: Sie sprachen in Halbsätzen, wann immer es darum ging, dass Rowan noch etwas anderes herausfinden könnte, als nur den Dieb der Gründungsflasche zu ermitteln. Rowan müsste sich schwer täuschen, wenn dieses große Geheimnis nicht Seymour Youngs Verbleib wäre. Verdammt, was hatten die Jungs zu verbergen?

„Schluss jetzt!", verlangte Matt Ramsey nachdrücklich, als die Diskussion aus dem Ruder zu laufen begann und immer lauter wurde. „Wir stimmen ab. Ich für meinen Teil will unbedingt wissen, wer unsere Flasche gestohlen hat. Sonst, da stimme ich dir zu, Drew, ist unsere Band tatsächlich kaputt. Ich kann nicht mehr mit euch zusammenarbeiten, solange der Verdacht besteht, dass einer von euch uns so sehr verraten hat. Und egal wer der Schuldige ist und was am Ende sonst noch dabei herauskommt, ich will die Wahrheit wissen. Vor allem will ich unsere Flasche zurück." Er blickte in die Runde. „Also, wer dafür ist, dass Ms Lockhart weiter in unserem Auftrag nach der Flasche sucht, hebt die Hand." Er hob sie als Erster.

Keith Nicholson schloss sich ihm an, Tom Maxwell und Rob Leask nach kurzem Zögern ebenfalls. Schließlich folgte auch Charlie Grant. Rowan war sich nicht sicher, ob es eine besondere Bedeutung hatte, dass Drew Stirling sich als Letzter meldete und sich, seinem Gesichtsausdruck nach zu urteilen, damit nur der Mehrheit beugte. Schließlich hätte es auf seine Freunde wie ein Schuldeingeständnis gewirkt, wenn er als Einziger dagegen gestimmt hätte. Vielleicht lag seine Ablehnung aber auch nur in dem Geheimnis begründet, von dem alle fürchteten, dass Rowan es aufdecken könnte. Das sie aufdecken würde; dazu war sie fest entschlossen.

Mit einem Seitenblick auf sie meinte Drew Stirling: „Ich hoffe, wir wissen alle, was wir tun."

Die anderen ignorierten ihn. Aber die Bemerkung bestätigte Rowan seine Befürchtung, dass sie das Geheimnis der Dalmore Jazzers aufdecken könnte.

Matt Ramsey wandte sich zu ihr. „Also, Ms Lockhart, ermitteln Sie weiter. Für uns. Und entschuldigen Sie unsere Unentschlossenheit und Ablehnung und das ganze Chaos. Der Fall geht uns an die Nieren, in mehr als einer Hinsicht. Aber die Wahrheit zu kennen, ist besser, als in Ungewissheit zu leben."

Rowan lächelte. „Danke, Gentlemen. Ich versichere Ihnen, dass ich alles, was ich rausfinde, ausschließlich Ihnen berichte – sofern es sich nicht um Dinge handelt, die der Polizei mitzuteilen ich verpflichtet bin."

Matt Ramsey nickte. „Das ist in Ordnung. Finden Sie nur unsere Flasche." Er sah seine Freunde an. „Oder besitzt der Dieb genug Anstand, um zuzugeben, dass er es war?" Die anderen schwiegen und Ramsey nickte wieder. „Wie derjenige will. Ich will jedenfalls nicht mit einem Dieb und offensichtlichen Feigling befreundet sein. Also, Ms Lockhart, finden Sie raus, wer es war."

„Darauf gebe ich Ihnen mein Wort. Egal wie lange es dauert, ich werde es herausfinden."

Matt Ramsey sammelte das Geld ein, das sie auf den Tisch geworfen hatte, einschließlich der heruntergefallenen Scheine, und hielt es ihr hin. „Betrachten Sie das als Bonus. Oder als was auch immer."

Rowan zögerte. „In einem Punkt möchte ich mich noch einmal ganz klar ausdrücken, damit es keine Missverständnisse gibt." Sie warf einen Blick in die Runde, ehe sie Ramsey in die Augen sah. „Ich konzentriere mich zwar auf die Suche nach der Flasche, aber dabei werde ich jeder Spur nachgehen, die damit zu tun haben könnte, auch wenn sie in die Vergangenheit führen sollte. Und wie ich schon sagte: Davon wird mich auch die größte Summe Geld nicht abbringen."

Ramsey nickte und hielt ihr das Geld noch näher hin. „Da die Vergangenheit – da Seymour nichts mit dem Verschwinden der Flasche zu tun haben kann, ist das zumindest in meinem Sinn."

„In meinem auch", stimmte Rob Leask zu.

„In unser aller", bekräftigte Keith Nicholson, und die anderen nickten.

Einer von ihnen hatte gelogen, da war sich Rowan sicher. Aber sie sah sich außerstande zu erkennen, wer.

„In Ordnung, Gentlemen. Dann wird es Ihnen bestimmt nichts ausmachen, mir zu sagen, wohin Mr Young verschwunden ist und warum er keine Abfindung erhalten hat."

Das folgende Schweigen war für Rowan so greifbar, dass es auf sie wie eine Mauer wirkte.

„Er hat uns im Unfrieden verlassen, wie wir schon gesagt haben", erklärte Drew Stirling schließlich und blickte sie finster an. „Und zwar buchstäblich sang- und klanglos. Wir konnten ihm seine Abfindung nicht mehr zahlen, weil wir nie wieder etwas von ihm gehört haben. Und mehr müssen Sie wirklich nicht darüber wissen."

Das klang zwar plausibel und passte zu dem, was die Männer ihr bisher erzählt hatten, aber nachdem die Dalmore Jazzers sie schon in mehr als einem Punkt belogen hatten, glaubte sie es nur bedingt. Sie nahm das Geld, das Matt Ramsey ihr immer noch hinhielt.

„Wir werden sehen." Sie nickte den Männern zu und verließ das Haus.

Hinter ihr brandete erneut ein lautstarker Streit auf. Rowan hätte zu gern gelauscht, doch das war leider nicht möglich, da Matt Ramsey am Fenster stand und beobachtete, ob sie tatsächlich sein Grundstück verließ. Möglicherweise ahnte er, dass sie sonst weiter zugehört hätte. Aber das machte nichts. Es gab andere Methoden, das Geheimnis der Dalmore Jazzers zu lüften. Falls es mit der verschwundenen Flasche in Zusammenhang stand, würde sie es herausfinden, egal wie tief sie dafür graben musste.

Rowan kehrte nach Hause zurück. Bevor sie sich an die weitere Arbeit machen würde, brauchte sie etwas frische Luft. Es schneite zwar nicht mehr, aber der Himmel war grau, und es war nur eine Frage der Zeit, wann es wieder losgehen würde. Sie stapfte durch den Schnee die Blackford Avenue hinunter in Richtung Craigmillar Park, neben dem sich die King's Buildings der Universität befanden. Auf der Eisenbahnbrücke blieb sie eine Weile stehen und blickte auf die Gleise, die sich deutlich vom Weiß des sie umgebenden Schnees abhoben. Ein Stück neben den Gleisen floss der Jordan Burn, ein kleiner Bach, der aber im Bereich der Brücke unterirdisch verlief. Da allerdings nur die Gleise freigeräumt waren, damit die Züge fahren konnten, und daneben alles dick mit Schnee bedeckt war, wäre von ihm sowieso nichts zu sehen gewesen.

Was hatte Kyle Saunders bei der Waverley Station gewollt? Mark Johnson, ihr Informant im City Hotel, hatte gesagt, dass Saunders keine Anrufe erhalten hatte, zumindest nicht über die Hotelleitung. Saunders selbst hatte auch keine getätigt. Das wunderte sie nicht, denn es besaß doch fast jeder ein Handy oder Smartphone und man brauchte das Hoteltelefon nur noch für Bestellungen beim Zimmerservice. Mark Johnson hatte ihr aber auch bestätigt, dass Saunders ihn nicht – und seines Wissens auch keinen seiner Kollegen – nach etwas gefragt hatte, was darauf schließen ließ, dass er auf der Suche nach einem schottischen Zweig seiner Familie war. Er hatte sich ein paar Mal ein Taxi heranwinken lassen, unter anderem, um am Dienstagabend zum Konzert von Dalmore Jazz zu fahren. Ansonsten hatte Johnson aber nicht gewusst, wohin ihn seine Wege geführt hatten.

Hatte Saunders mit der verschwundenen Flasche zu tun oder nicht? Falls ja, konnte der Mord an ihm damit in Zusammenhang stehen? Aber bis auf die Tatsache, dass der Mann ermordet worden war, kurz nachdem die Flasche verschwunden war, die er so heiß begehrt hatte, sprach nichts für einen Zusammenhang. Und im Leben gab es die unglaublichsten Zufälle. Rowan würde jedoch erst an einen Zufall glauben, wenn sie den Fall der Flasche gelöst und sich dabei herausgestellt hatte, dass Saunders' Tod nichts mit ihrem Verschwinden zu tun hatte.

Rowan ging weiter und folgte dem Verlauf der Straße. Die Blackford Avenue ging in die West Mains Road über. Kurz darauf kam sie vorbei an den King's Buildings, in denen das College of Science & Engineering untergebracht war. Die Bäume, die den größten Teil des Grundstückes zur Straße hin säumten, trugen schwer an der Last des Schnees. Ihre Zweige bogen sich tief, und hier und da war einer abgebrochen oder abgeknickt. Auf der anderen Straßenseite befand sich das Edinburgh Harley Davidson Centre. Doch wo im Sommer in stolzer Reihe die chromglänzenden, auf Hochglanz polierten Motorräder standen, um Käufer anzulocken, lag der große Parkplatz vor dem Geschäft nun verlassen da. Nur der Schnee türmte sich brusthoch.

Obwohl Rowan ihre Kindheit und Jugend in einem anderen Teil der Stadt verbracht hatte, vermittelte ihr diese Umgebung ein Gefühl von Vertrautheit. Dennoch war sie ihr zugleich schmerzlich fremd – in doppelter Hinsicht. Die Loaning Crescent, in der sie und Bill als Kinder gewohnt hatten, lag in Craigentinny im Norden der Stadt, in der Nähe der Docks, und bestand aus einer Reihe trister dreistöckiger Mietshäuser. Als Rowan fünfzehn geworden war, hatten ihre Eltern ein kleines Haus am Ende der Hamilton Park gekauft, die zu Duddingston gehörte, aber an Craigentinny und Portobello grenzte. Trotzdem war es eine ganz andere Gegend. Eine bessere Gegend mit schmucken Einfamilienhäusern. Blackford, wo sie inzwischen lebte, war wieder ein anderes Viertel, entsprach in seinem Ambiente aber einer Mischung aus Craigentinny und Duddingston. Vielleicht hatte sie sich deshalb hier ein Haus gekauft, weil es in gewisser Weise den vertrauten Gegenden ihrer Vor-Japan-Zeit ähnelte.

Während sie weiterging, nahm sie das Bild der Straße und der Häuser in sich auf. Edinburgh – Edinborough. In Japan hatte sie sich angewöhnt, an ihre Heimatstadt mit dem offiziellen Namen Edinburgh zu denken und sie so zu nennen. Doch je länger sie wieder zurück war, desto mehr drängte sich ihr die einheimische Form wieder auf.

„Edinbraa", sagte sie leise. Die schottische Aussprache mit dem gerollten R klang so vertraut und doch fremd.

Sie bog nach rechts in die Mayfield Road ein, die zur Liberton Brae und dem hinteren Teil des Craigmillar Park Golf Course führte. Dann ging sie bis zur Abzweigung der Blackford Glen Road. Dort blieb sie eine Weile stehen und blickte auf die Liberton Brae, auf der die Autos im Schritttempo fuhren und Menschen sich mit hochgezogenen Schultern ihren Weg durch den Schnee zur nächsten Bushaltestelle oder zu ihrem Zuhause kämpften.

Edinborough, ihre Heimatstadt. In der ein Mord geschehen war und jemand den Dalmore Jazzern ihre

Gründungsflasche gestohlen hatte. Die zu finden sie ihnen versprochen hatte. Sie ging den Weg zurück, den sie gekommen war, und freute sich, als sie eine knappe Stunde später ihr Haus betrat, dessen Wärme sie umfing wie ein Umarmung, die sie willkommen hieß.

Ihr Magen knurrte. Da sie keine Lust hatte, etwas zu kochen, lud sie sich drei Reiskuchen auf einen Teller, die sie fast immer vorrätig hatte, weil sie einfach nicht ohne sie leben konnte. Sie aß sie, während sie in ihrem Büro den Anrufbeantworter und ihre E-Mails checkte und anschließend die Post durchsah.

Ihr Smartphone klingelte. Laut der Nummer im Display war der Anrufer Alan Cunningham.

„Hi Alan. Wohin darf ich dich einladen?" Da er sie nicht anrufen würde, wenn er keine Informationen für sie hätte – solche Botschaften übermittelte er ausschließlich per E-Mail –, wusste sie, dass er etwas herausgefunden hatte.

„Ins Grain Store, bitte. Aber erst, wenn das Wetter ein bisschen besser ist und nicht jeden Gang außer Haus zu einer Qual macht. Ich werde dann den Heilbutt mit Brokkoli und Knoblauchcreme nehmen."

„Okay, ich zahle wie versprochen."

Das Grain Store war ein alteingesessenes Restaurant in der Victoria Street mit einem gediegenen Ambiente, ebenso gediegenen Gerichten und exquisiten Weinen. Den Heilbutt mit Brokkoli hatte Rowan dort auch schon gegessen; sie fand ihn sehr delikat.

„Was hast du für mich, Alan?"

„Einen Namen. Mein Praktikant hat besagte Dame als Sheila Harris aus New Orleans identifiziert. Sie war ein Jahr lang Austauschstudentin hier an der Universität und studierte Kunst. Nach dem Sommersemester 1988 ist sie wieder in die USA zurückgekehrt. Mein Kontakt an der Uni hat mir ihre Daten durchgegeben. Ich maile sie dir.

Bei deinen Fähigkeiten werden sie dir helfen, Ms Harris zu finden, wo immer sie steckt."

„Worauf du wetten kannst. Da aber dein Praktikant den wichtigsten Teil der Arbeit erledigt hat, sollte ich vielleicht ihn statt deiner zum Essen einladen."

„Gute Idee. Wir werden beide deine Einladung annehmen."

„Keine Einwände", versicherte Rowan, obwohl sie wusste, dass er gescherzt hatte. „Bring ihn mit. Dann kann er gleich lernen, wie wichtig gute Kontakte sind. Danke, Alan. Sobald ich was weiß, melde ich mich."

Sie unterbrach die Verbindung und erhielt fünf Minuten später Alans angekündigte E-Mail. Dieser war ein Foto aus dem Uni-Jahrbuch von 1988 angehängt. Die junge Frau darauf war definitiv dieselbe wie die auf dem Zeitungsfoto neben Seymour Young. Rowan konnte verstehen, dass nicht nur er, sondern auch seine Freunde von ihr angetan gewesen waren, denn sie war ausgesprochen schön. Alan hatte ihr Geburtsdatum und ihre damalige Adresse, vielmehr die ihrer Eltern, Gideon und Ethel Harris, in New Orleans mitgeschickt.

Rowan begann sofort, im Internet nach Informationen über Sheila Harris zu suchen. Falls sie es schaffte, sie ausfindig zu machen, könnte sie ihr vielleicht einen Anhaltspunkt liefern, wo Seymour Young steckte. Allerdings machte sie sich keine allzu großen Hoffnungen. Wenn er damals wirklich mit Sheila gebrochen hatte, war sie wohl die letzte Person, der er gesagt hatte, wohin er gehen würde. Trotzdem musste sie es versuchen.

Die Dalmore Jazzers mochten das Gegenteil behaupten, aber Rowan würde erst glauben, dass Young nichts mit dem Diebstahl der Gründungsflasche zu tun hatte, wenn ihre Ermittlungen das bestätigt hatten. Schließlich hatte die Band ihn nie ausgezahlt und er somit ein verdammt gutes Motiv, sich die Flasche anzueignen – oder einen seiner alten Bandkumpels dazu zu veranlassen, sie ihm zu besorgen. Bis zum Beweis des Gegenteils war Seymour Young also ein Verdächtiger, auch als „Spender" der dreitausend Pfund. Denn falls er tatsächlich etwas mit dem Verschwinden der Flasche zu tun haben sollte, hätte er ein mehr als gutes Motiv, dafür zu sorgen, dass Rowan die Suche nach ihr aufgab.

Unter der angegebenen Adresse in New Orleans wohnte keine Familie Harris mehr. Das Haus hatte sich im Ninth Ward befunden, einem der Stadtteile, die 2005 vom Hurrikan Katrina teilweise zerstört worden waren. Falls die Familie bis dahin noch dort gewohnt haben sollte, war sie danach gezwungenermaßen weggezogen. Da es in den USA keine Meldepflicht gab, konnte Rowan nur anhand von Telefonbucheintragungen versuchen, eine Spur von Sheila Harris zu finden. Leider gab es Hunderte von Frauen mit dem Namen Sheila Harris, die in verschiedenen Städten wohnten. Außerdem lag der Verdacht nahe, dass sie inzwischen nicht mehr Harris hieß, weil sie geheiratet hatte. Seit ihrer Rückkehr in die Staaten waren immerhin vierundzwanzig Jahre vergangen.

Rowan versuchte, sie über die Kunstszene zu finden, und googelte nach allen US-Künstlerinnen mit dem Vornamen Sheila, die seit 1988 ausgestellt hatten. Sie erhielt über fünf Millionen Treffer, die sich durch Sheilas Geburtsdatum auf sechsundfünfzig einschränken ließen. Von denen konnte sie vierundvierzig aussortieren, weil sie Kaukasierinnen, Asiatinnen, Latinas, indischer oder pakistanischer Abstammung waren. Nur zwölf waren Farbige, aber keine von ihnen war die gesuchte Sheila Harris.

Entweder hatte sie aus irgendwelchen Gründen ihre Künstlerkarriere aufgegeben oder sie war relativ kurz nach ihrer Rückkehr in die USA verstorben. Sie ausfindig zu machen, würde der Suche nach einem ganz bestimmten

Sandkorn in der Sahara gleichen. Leider kannte Rowan niemanden in den USA, den sie um Unterstützung hätte bitten können. Sie konnte natürlich ihrerseits eine US-Detektei mit der Suche nach Sheila Harris beauftragen. Aber das würde unter Umständen teuer werden. Wenn sie recht behielt und Seymour Young etwas mit dem Diebstahl der Gründungsflasche zu tun hatte, könnte sie die Kosten den Dalmore Jazzern zwar als Spesen berechnen, aber wenn nicht, blieb sie darauf sitzen. Das konnte sie sich trotz des Dreitausend-Pfund-Bonus nicht leisten.

Also würde sie versuchen, den Verbleib von Sheila Harris und damit möglicherweise auch von Seymour Young auf andere Weise zu klären. Und bei nächster Gelegenheit würde sie sich mindestens einen Kontakt in den USA suchen, mit dem sie Gefallen austauschen konnte wie den, eine gesuchte Person ausfindig zu machen, ohne dass es sie Geld kostete. Es gab aber noch eine andere Möglichkeit.

Sie griff zum Telefon und rief Bill an. An dem Tonfall, mit dem er sich meldete, erkannte sie, dass er frustriert war.

„Hiya Bill. Was kann ich tun, um deine Laune zu heben?"

„Küss mich."

Sie lachte. „Wenn es hilft, tue ich auch das. Da ich zu dem Zweck aber erst zu dir kommen müsste, würde ich im Moment eine andere Möglichkeit vorziehen."

Sie hörte das Grinsen in seiner Stimme, als er sagte: „Danke für das Angebot, aber ich fürchte, mir ist momentan nicht anders zu helfen." Er wurde ernst. „Der Fall Saunders entwickelt sich zu einem Desaster, weil es keine einzige Spur gibt. Etliche Kollegen suchen nach seinem Handy oder Smartphone, aber die berühmte Nadel im Heuhaufen ließe sich leichter finden. Vor allem wenn das Ding inzwischen einem unehrlichen Finder in die Hände gefallen ist, der es behalten und nur die SIM-Karte ausgetauscht hat. Solange wir nicht einmal wissen, wie seine Nummer lautet, können wir auch keinen Provider in den Staaten kontaktieren. Du hast nicht zufällig eine deiner fantastischen Ideen, wo wir sonst noch ansetzen könnten?"

Sie schüttelte den Kopf, auch wenn er das nicht sehen konnte. „Außer denen, die ich dir schon genannt habe, keine. Habt ihr inzwischen den Brief seiner Mutter gefunden?"

„Nein. Und wir haben sein Hotelzimmer auf den Kopf gestellt. Wahrscheinlich hat er ihn zu Hause gelassen. Aber du rufst bestimmt nicht an, um dir meinen Frust anzuhören. Was kann ich für dich tun?"

„Du kennst doch jemanden bei der ‚Washington Post', nicht wahr?"

„Aye."

„Würdest du ihn fragen, ob er mir helfen kann, jemanden in den USA zu finden? Sag ihm, dass möglicherweise eine Story für ihn drin ist. Das zieht bei Journalisten immer."

Bill lachte. „Ich habe mir doch gedacht, dass das der Köder ist, mit dem du Alan Cunningham für deine Zwecke einspannst. Aber ich werde sehen, was ich tun kann."

„Danke, Bill."

Sie hörte, dass in seinem Büro eine Tür geöffnet wurde, woraufhin er sich hastig mit einem „Danke für Ihren Anruf, Madam" verabschiedete. Offenbar war sein Vorgesetzter gekommen, der nicht unbedingt mitbekommen musste, dass Bill während der Dienstzeit Privatgespräche führte.

Rowan legte das Telefon zur Seite und nahm sich noch einmal die Ordner mit den Buchungsjournalen der Band und die Belege der Musiker vor. Wenn sie Glück hatte, fand sie irgendwo darin eine Abhebung oder Überweisung, die ihr einen Hinweis gab, dass jemand – und wenn ja, wer – noch mit Seymour Young in Verbindung stand. Aber das würde eine Weile dauern.

Rowan rieb sich die Augen und massierte sich erst die linke, dann die rechte Schulter, ehe sie einen Schluck Tee trank. Wie immer beruhigte sie das Getränk. Wenn sie die Augen schloss und sich nicht nur auf den Geschmack konzentrierte, sondern auch auf das Gefühl, das er ihr vermittelte, sah sie vor ihrem geistigen Auge den Steingarten hinter dem Haus der Nobushis mit den in den Kies geharkten Linien, die in perfekter Harmonie um den großen Findling verliefen. Sie fühlte die Ruhe, die diese Linien ausstrahlten, eine Ruhe, die zur Klarheit des Geistes beitrug.

Und die brauchte sie, denn sie hatte etwas gefunden, das sie für eine Bestätigung dafür hielt, dass die Band sehr genau wusste, wo Seymour Young steckte. Sie würde der Spur des Geldes folgen und war gespannt, wohin die sie führen würde.

Sie hörte leise Schritte im Flur und stellte den Teebecher zur Seite. „Komm rein, Lennox."

Der Ex-Söldner blieb an der Tür stehen und lehnte sich mit der Schulter gegen den Rahmen, die Daumen in die Taschen seiner Jeans gehakt. „Wie ich sehe, bist du noch am Arbeiten."

„Noch?" Rowan warf einen Blick auf die Uhr, die gegenüber ihrem Schreibtisch an der Wand hing. „Oh." Es war bereits kurz nach Mitternacht. „Ja. Ich brüte noch über meinem Fall." Sie deutete auf die Bankbelege, die über den

Tisch verstreut waren, und anschließend auf den Sessel vor dem Tisch.

Lennox nahm Platz. „Ich habe die Einnahmen aus der Kasse der Schule verbucht. Irgendwie habe ich mich ständig verzählt."

Rowan lächelte. „Ich habe schon überlegt, eine Sekretärin einzustellen. Und einen Assistenten brauche ich auch. Nachdem die Aufträge nicht mehr kleckerweise kommen, sondern unter anderem durch meinen künftigen Schwager immer mehr werden, kann ich die Arbeit nicht mehr allein bewältigen. Und die Sekretärin könnte die Buchhaltung für die Schule gleich mit übernehmen." Sie sah ihn verschmitzt an. „In der Stellenausschreibung würde ich sowieso nur die Schule erwähnen, sonst kann ich mich vor Bewerbungen von Möchtegern-Miss-Marples nicht retten."

Lennox lachte leise. „Wahrscheinlich." Er nickte. „Ich plädiere für die Sekretärin. Verwaltungskram und Buchhaltung sind definitiv nicht meine Lieblingsbeschäftigungen, obwohl ich sie aus meiner Jugend noch gewohnt bin und ganz gut kann. – Kaufmannssohn", erklärte er auf ihren fragenden Blick.

Lennox war ein Kaufmannssohn? „Hast du zufällig etwas mit Lennox Grocery in der Raeburn Place zu tun?" Dort hatte Matt Ramsey vor dreißig Jahren die Dalmore-Flasche gekauft.

Lennox nickte. „Das war unser Laden. Nach dem Tod meines Vaters vor ein paar Jahren habe ich ihn verkauft. Der neue Besitzer hat einen Buchladen daraus gemacht. Das hätte meinem Dad gefallen. Er hat gern gelesen."

Das hatte wohl auf Lennox abgefärbt, denn die Sammlung seiner Bücher im Regal wuchs wöchentlich.

„Sag mal, Lennox, was hältst du von folgendem Sachverhalt: Ein Mann, Songschreiber einer erfolgreichen Musikband, verschwindet. Das war vor vierundzwanzig

Jahren. Angeblich wurde er aus der Band geworfen, weil er wegen einer Frauengeschichte nicht mehr tragfähig war. Seitdem hat man nichts mehr von ihm gehört, wirklich gar nichts mehr. Kein Brief, kein Telefonat, erst recht kein öffentlicher Auftritt – absolut nichts." Sie blickte Lennox erwartungsvoll an.

Er wiegte den Kopf. „Spontan würde ich sagen, dass er entweder tot oder ausgewandert ist oder so stinksauer auf seine Kumpels war, dass er sie komplett aus seinem Gedächtnis und seinem Leben gestrichen hat. Und wenn er als Musiker tatsächlich wegen eines gebrochenen Herzens gescheitert ist, wird er vermutlich auch anderswo keine Karriere mehr in dem Job gemacht haben, was den Mangel an öffentlichen Auftritten erklärt."

Sie nickte. „Das dachte ich zuerst auch. Aber dann habe ich festgestellt, dass besagte Band nur wenige Monate später begonnen hat, jeden Monat tausend Pfund in bar von ihrem Konto abzuheben. Immer am Anfang eines Monats, und zwar bis Sommer 2010. Verbucht wurde das jedes Mal als ‚Handgeld' für Hilfskräfte."

Lennox verengte die Augen und überschlug offensichtlich die Rechnung im Kopf. „Vom Betrag her käme das hin, wenn man entsprechend viele Hilfskräfte beschäftigt oder ein paar in größerem Umfang. Besonders bei Auftritten gibt es immer viel zu tun."

„Der Gedanke kam mir auch. Aber Fakt ist: Die Band hat und hatte auch in der Vergangenheit nicht jeden Monat einen Auftritt, und wenn es einen gab, lag der nicht jedes Mal am Monatsanfang. Und Fakt ist ebenfalls", sie blickte ihn bedeutsam an, „dass die tausend Pfund nie auf dem Gegenkonto der Bargeldkasse verbucht wurden, wie es hätte sein müssen. Sämtliche dort durch Quittungen belegte Auszahlungen an Hilfskräfte korrespondieren mit anderen Beträgen, die entweder durch Einnahmen, also direkt aus der Kasse, oder durch Barauszahlungen vom Konto beglichen wurden. Aber diese monatlich abgehobenen tausend Pfund tauchen nirgends auf. Sie sind verschwunden. So wie das besagte Bandmitglied."

Lennox lehnte sich zurück. „Hm, das Geld könnte natürlich illegal vom Buchhalter beiseite geschafft worden sein. In diesem Fall hätte er aber die Abhebungen nicht verbucht, das wäre aufgefallen. Also liegt der Verdacht nahe, dass es heimlich an den verlorenen Sohn der Band gezahlt wurde. Wobei sich mir die Frage stellt: Warum diese Heimlichkeit?"

Rowan nickte. „Genau das ist der Punkt. Hinzu kommt, dass das Abzweigen der tausend Pfund, wie du schon sagtest, nicht ohne Wissen des Buchhalters gehen kann. Wenn der nicht wüsste, wohin es verschwindet, und ebenfalls Stillschweigen darüber bewahrt, würde er doch darauf bestehen, für jeden Penny einen Beleg zu bekommen." Sie seufzte. „Ich werde mir die Jungs morgen noch mal zur Brust nehmen und wegen dieser Diskrepanz befragen. Bin gespannt, was sie mir als Begründung dafür nennen."

„Wie passt die verschwundene Flasche da rein?"

Sie wiegte den Kopf. „Nehmen wir an, die Band hat die tausend Pfund tatsächlich an den verlorenen Sohn gezahlt und die Zahlungen vor zwei Jahren eingestellt, weil sie sich diese Apanage wegen sinkender Einnahmen nicht mehr leisten konnte. Hätte sie zwar immer noch gekonnt, aber tausend Pfund sind kein Pappenstiel. Der verlorene Sohn hat vielleicht nicht gut gewirtschaftet oder kein anderes Einkommen und will weiterhin Geld sehen. Er bekommt keins und kommt persönlich her, um es einzutreiben. Die Flasche hat er dann entweder gestohlen, um sie als Druckmittel zu benutzen und Geld zu erpressen, oder ein Bandmitglied hat sie ohne Wissen der anderen an sich gebracht, um sie zu verkaufen und den verlorenen Sohn mit dem Erlös auszuzahlen. Oder hat ihm das Ding gegeben, damit er es verkaufen kann." Sie runzelte die Stirn. „Aber so oder so, irgendwas passt da nicht zusammen." Gedankenverloren massierte sie wieder ihren Nacken und die Schultern, die vom langen Sitzen verspannt waren, und blickte Lennox an. „Aber du bist nicht gekommen, um mir beim Rätselraten zu helfen. Was kann ich für dich tun?"

„Nichts. Auf meinem Weg nach oben habe ich gesehen, dass hier noch Licht brennt und du arbeitest. Da dachte ich mir, ich komme vorbei und wünsche dir eine gute Nacht."

Sie lächelte. „Das ist nett vor dir. Danke." Doch sie ahnte, dass das nicht der einzige Grund war. „Hast du noch ein bisschen Lust auf Gesellschaft?"

Er zuckte mit den Schultern und lächelte. „Auf deine immer."

„Ich fühle mich geschmeichelt."

„Ich schmeichele nicht." Er sah ihr ernst in die Augen.

„Ich weiß. Und gerade deshalb ist das für mich ein schönes Kompliment."

Sie sah ihn nachdenklich an. In der kurzen Zeit, die er bei ihr wohnte, war er ihr sehr vertraut geworden, obwohl sie sich dafür, dass sie gemeinsam eine Kampfkunstschule betrieben, zusammen trainierten und unter einem Dach lebten, vergleichsweise wenig sahen. Dennoch hatte sie ihn gerade durch ihr gemeinsames Training sehr gut kennengelernt. Nicht nur deshalb war es Zeit für eine Abbitte, die längst überfällig war. Und der Zeitpunkt war dafür perfekt.

„Lennox, ich habe dir gegenüber mal eine ziemlich idiotische Bemerkung gemacht."

Er zog die Augenbrauen hoch. „Ist mir nicht aufgefallen."

„Ist schon eine Weile her. Damals, in der Nacht, als ich das erste Mal bei dir geblieben bin als Albtraumwächterin. Vielleicht hast du es nicht mitbekommen." Immerhin war er reichlich betrunken gewesen. „Aber ich hätte es trotzdem nicht sagen sollen."

„Nämlich was?“

„Dass du dich jahrelang dafür hast bezahlen lassen, im Auftrag anderer Menschen zu töten.“

Er zuckte mit den Schultern. „Das ist Fakt. Also kein Problem.“

Sie nickte. „Aber so, wie ich dich inzwischen kenne, hattest du mit Sicherheit einen verdammt guten Grund, dich für diesen Weg zu entscheiden, der nichts mit ... na, ich sage mal, blutrünstigen Anwandlungen zu tun hat. Ich wollte dir das auch damals nicht unterstellen, aber man könnte es so interpretieren. In jedem Fall stand es mir nicht zu, das zu sagen. Deshalb bitte ich für diese saudämliche Bemerkung nachträglich um Entschuldigung.“

„Ist wirklich kein Problem. Und ich habe das auch nicht als besagte Unterstellung aufgefasst.“ Er blickte sie nachdenklich an. „Gibt aber nicht viele Menschen, die sich überhaupt dafür entschuldigt hätten.“

Sie wiegte verlegen den Kopf und massierte wieder ihre Schultern. „Das hätte ich schon viel früher tun sollen.“

Er lächelte. „Das hast du, in gewisser Weise. Immerhin hast du mich nur einen Tag später als deinen Partner in der Kampfkunstschule akzeptiert. Das hat mir deutlich zu verstehen gegeben, was du wirklich von mir hältst. Und“, er räusperte sich, „das hat mir eine Menge bedeutet. Tut es noch.“

Sie lächelte ebenfalls. „Mir auch.“

„Ich war zuerst beim regulären Militär. Royal Regiment of Scotland.“

„Du bist mir keine Rechenschaft schuldig.“

„Aber du bist meine Partnerin und meine Kameradin. Ist nur fair, wenn du Bescheid weißt. Wir haben 2001 Rebellen in Sierra Leone bekämpft, direkt an der Grenze zu Guinea. Die haben sich dann jenseits der Grenze in Sicherheit gebracht. Und weil wir ausschließlich britische Interessen zu vertreten hatten beziehungsweise die der

UN, in deren Auftrag wir dort waren, durften wir sie nicht verfolgen. Die Befugnisse der UN endeten nämlich an der Grenze. So haben wir hautnah miterleben müssen, wie sie täglich die Dörfer auf der anderen Seite terrorisiert haben, direkt unter unseren Augen. Wir haben mitbekommen, wie sie die Männer abgeschlachtet und die Frauen vergewaltigt haben und sich auch an Kindern vergriffen haben. Die haben sich einen Spaß daraus gemacht, das in unserer Sichtweite zu tun. Und wir durften nicht eingreifen, weil wir zur britischen Armee gehörten und uns an Völkerrecht und Landesgrenzen halten mussten." Er ballte die Faust, beherrschte sich aber sofort wieder.

Rowan spürte, dass ihm die Ohnmacht von damals immer noch zu schaffen machte.

„Die Snipers Special Forces waren an keine Landesgrenze gebunden. Man hatte sie angeheuert, um die Rebellen nachhaltig auszuschalten, nachdem uns die Hände gebunden waren." Er atmete tief durch und sah Rowan in die Augen. „Ich wollte nie wieder hilflos zusehen müssen, wie Menschen so was angetan wird, und nicht eingreifen dürfen, weil ich zur Armee Ihrer Majestät gehöre. Da ich wusste, dass die Snipers Specials sich niemals von der falschen Seite kaufen lassen, habe ich die Army verlassen und bei ihnen als Söldner angeheuert. Und ich habe diese Entscheidung keine Sekunde lang bereut, bis heute nicht."

Rowan lächelte. „Ich hätte an deiner Stelle mit größter Wahrscheinlichkeit dasselbe getan. Ich wollte ursprünglich Polizistin werden, um Menschen zu beschützen. Mit meinem Security-Unternehmen in Japan konnte ich das dann sehr viel besser tun, als wenn ich hier eine Polizistin unter vielen geworden wäre. Und mit meiner Tätigkeit als Privatermittlerin tue ich das in gewisser Weise auch. Nur anders."

„Aye." Lennox nickte. „Und wie ich das so mitbekomme, machst du einen verdammt tollen Job."

Sein Lob machte sie verlegen. Sie zuckte mit den Schultern. „Ich kann nicht anders, als mein Bestes zu geben. Oder es wenigstens zu versuchen."

Er lächelte. „Da haben wir was gemeinsam."

Wieder massierte sie ihre Schultern. Die Verspannung wollte einfach nicht weichen und war richtig unangenehm.

Lennox hob die Hände und machte knetende Bewegungen mit den Fingern. „Soll ich helfen?"

„Würdest du? Oh ja, bitte."

Sie kam um den Tisch herum und stellte sich mit dem Rücken zu ihm. Er stand auf, legte die Hände auf ihre Schultern und knetete mit den Daumen die Nackenmuskeln. Rowan seufzte wohlig, als Lennox zielsicher eine Verspannung fand und mit einem kräftigen Daumendruck löste.

„Aaah."

Er lachte leise. „Du weißt schon, wie sich das anhört?"

„Hmmm", antwortete sie genießerisch. „Wie toller Sex. Wie Orgasmus pur. Genau so fühlt es sich auch an."

Er lachte wieder. „Wenn sich das tatsächlich so für dich anfühlt, dann muss dein Intimleben beklagenswert sein."

„Schlimmer: Es existiert nicht, seit ich aus Japan zurück bin. – Oh ja, genau da! Fester!"

Lennox löste lachend auch diese Verspannung, ehe er ernst wurde. „Kann ich nicht verstehen. Eine Frau wie du ..."

„Hm – tiefer bitte."

Die Doppeldeutigkeit dieser Aufforderung ließ ihn wieder leise lachen. Er massierte Rowan zwischen den Schulterblättern.

Sie schloss die Augen. „Ich habe zwar absolut nichts dagegen, mit einem sympathischen Mann ins Bett zu gehen, den ich gerade erst kennengelernt habe, aber wenn ich die Wahl habe, ziehe ich einen Mann vor, den ich schon länger kenne. Das Problem ist: Ich kenne einfach zu wenige ungebundene Männer. Und Klienten sind tabu." Sie seufzte wieder, als Lennox unterhalb ihrer Schulterblätter den nächsten Knoten wegmassierte.

„Was ist mit deinem Freund, Inspector Wallace?"

„Bill ist zwar mein bester Freund, aber ein Paar waren wir nie. Wir kennen uns seit unserer Geburt. Bis zu unserem Abschluss auf dem Police College haben wir nahezu alles gemeinsam gemacht, aber Sex hat sich nie ergeben. Du ahnst nicht, wie viele Nächte wir früher zusammen verbracht haben – teilweise im selben Bett –, aber außer Schlafen ist nie was passiert."

Rowan hatte sich Bill nie als ihren Lover vorgestellt und auch nie davon geträumt. Bill war eben Bill und etwas ganz Besonderes. Dabei musste er nach dem, was sie damals in der Schule und auf dem College von den Mädchen gehört hatte, die ihn sich geangelt hatten, der Traum aller Frauen sein.

Lennox' Hände auf ihrem Rücken fühlten sich gut an. Es war sehr angenehm, endlich mal wieder die Berührungen eines Mannes zu spüren, die nichts mit Training zu tun hatten. Wenn er auch anderweitig so zärtlich war, wie die Art vermuten ließ, mit der er sich sanft zum nächsten verhärteten Muskel vortastete, dann war es eine elende Verschwendung, dass er für Sex ausschließlich zu Prostituierten ging. Aber er hatte wenigstens Sex.

Rowan wurde erst in diesem Moment bewusst, dass ihr auf dem Gebiet gravierend etwas fehlte. Auch wenn sie und Doro geschieden waren, hatte sie bisher immer noch keinen anderen Mann gewollt als ihn. Aber zu einem gesunden Geist in einem gesunden Körper und einer ebenso gesunden Seele gehörte auch sexuelle Entspannung. Und ja, ihr gegenwärtiges inneres Ungleichgewicht war unter anderem auch auf diesen Mangel zurückzuführen. Aber war sie schon so weit, sich auf Sex mit einem anderen Mann einzulassen? Mal ganz abgesehen davon, dass garantiert keiner Doro das Wasser reichen konnte.

Ihr Körper beantwortete diese Frage für sie. Als Lennox ihre Rückenmuskeln im Taillenbereich massierte, verspürte sie ein erregendes Kribbeln in einer ganz anderen Region, das ihr eine angenehme Gänsehaut verursachte. Als er auch noch die Hände auf ihre Hüften legte, um besser mit den Daumen agieren zu können, nahm das Kribbeln zu. Es zeigte ihr deutlich, was sie brauchte, was sie sich wünschte. Auch wenn der Mann nicht Doro war.

„Was ist mit dir, Lennox?"

„Was meinst du?"

Sie drehte sich zu ihm um. „Du bist auch mit niemandem zusammen."

Er zuckte mit den Schultern. „Habe gewisse Prinzipien, wie du weißt."

„Zu denen auch gehört, niemals mit einer Kameradin zu schlafen." Sie legte ihm die Hand auf den Arm. „Im Moment habe ich aber überhaupt keine Lust, deine geschlechtsneutrale Kameradin zu sein."

Überrascht zog er die Augenbrauen hoch.

Sie sah ihm ernst in die Augen. „Glaubst du, du könntest die Kameradschaft mal für eine oder zwei Stunden vergessen?"

Nachdenklich blickte er sie an, dann lächelte er. „Aye. Kommt mir sehr entgegen." Er nickte. „Bin gleich wieder da."

„Du weißt ja, wo du mich findest." Sie deutete mit dem Daumen zum Wohnzimmer und ging hinein, nachdem sie das Licht im Büro ausgeschaltet hatte. Sie war sich nicht völlig sicher, ob es wirklich eine so gute Idee war, mit Lennox zu schlafen. Aber, verdammt, sie war in der Stimmung und sie hatte den Eindruck, dass es mit ihm gut und unkompliziert werden würde.

Sie holte ein Kondom aus dem Schrank und dimmte das Licht im Schlafzimmerbereich. Lennox kam in dem Moment zurück, als sie das Licht im Wohnzimmer ausschalten wollte. Er hielt die Hand hoch. Zwischen Zeige- und Mittelfinger klemmte ein Kondom. Sie hielt ihres auf dieselbe Weise hoch.

Er grinste. „Dann kann ja nichts schiefgehen."

Ohne etwas zu erwidern, löschte sie das Licht, nahm seine Hand und ging mit ihm ins Schlafzimmer, das zwei Schränke, die links und rechts als Raumteiler standen, vom Wohnzimmer trennten. Vor der Öffnung, die die Schränke ließen, fungierte ein Vorhang als Tür.

„Nett hier", sagte er, als er das Kondom neben ihres auf den Nachttisch legte. Er war zwar schon öfter im Wohnzimmer gewesen, da Rowan aber meistens den Vorhang vor dem Schlafzimmerbereich zugezogen ließ, sah er ihn zum ersten Mal. Da gab es auch nichts Besonderes zu sehen: Einzelbett, Nachttisch, Kleiderschrank, kleines Bücherregal, Sessel, Stuhl und zwei japanische Rollbilder an den Wänden.

Erstaunlicherweise spürte Rowan eine starke Unsicherheit bei Lennox.

„Also, wenn ich es nicht besser wüsste, wäre ich versucht zu glauben, dass dies dein erstes Mal ist", neckte sie ihn.

Er sah sie ernst an. „Aye. Mit einer Frau, die ich nicht dafür bezahle, ist es tatsächlich das erste Mal."

„Das empfinde ich als ein großes Kompliment."

Und es erklärte seine Unsicherheit. Den Prostituierten sagte er, was er wollte, und sie taten es, weil er sie dafür bezahlte. Auf die Bedürfnisse und Wünsche einer Partnerin einzugehen, war wahrscheinlich völlig neues Terrain für ihn.

Sie legte die Hand an seine Wange. „Sei einfach du selbst. Ich glaube, das wird mir gefallen."

„Ich ..." Er räusperte sich. „Ich möchte dich gern überall streicheln. Jeden Inch von dir. Wäre dir das recht?"

Sie lächelte. „Sehr sogar."

Der Art nach zu urteilen, wie er sie ansah, glaubte er ihr nicht.

„Und wehe, du lässt einen Inch aus."

Das brachte ihn zum Lachen. „Keine Chance."

Sie legte die Arme um ihn und näherte ihr Gesicht seinem. Er strich ihr eine Haarsträhne hinters Ohr, legte die Hand an ihre Wange und gab ihr einen sanften Kuss, ehe er die Arme um sie legte, ohne den Kuss zu unterbrechen, und sie fest an sich drückte. Rowan zog ihn zum Bett. Er hinderte sie daran, sich auszuziehen, sondern begann selbst, sie langsam zu entkleiden. Dabei streichelte er sie immer wieder.

Es fühlte sich unglaublich gut an. Rowan seufzte genießerisch. Auch Doro hatte sich immer viel Zeit gelassen und einen großen Teil seiner Befriedigung aus dem intensiven Vorspiel gewonnen. Allerdings hatte er es ganz anders gestaltet als Lennox. Der interpretierte ihr Seufzen wohl als Enttäuschung.

„Ich mag es ruhig", erklärte er. „Wenn es hektisch wird, habe ich keinen Spaß." Es klang entschuldigend.

Sie lächelte. „Ich mag es auch ruhig, weil das den Spaß verlängert." Sofort spürte sie seine Erleichterung.

„Aye."

Er fuhr damit fort, Rowan Stück für Stück auszuziehen, und genoss es sichtlich. Sie fand, dass er wundervolle Hände hatte. Schlank, stark, warm. Und sie dufteten nach Sandelholzseife. Sie hatte ihm nicht zugetraut, dass er so unendlich zärtlich sein konnte. Die Art, wie er sie zuvor massiert hatte, hatte ihr zwar verraten, dass in ihm auch eine gewisse Sanftheit steckte, aber mit einer so ausgiebigen Zärtlichkeit hatte sie nicht gerechnet. Es fühlte sich wunderbar an. Sie blendete alle Gedanken aus, gab

Lennox jeden Kuss und jede Berührung mit gleicher Intensität zurück und genoss, was sie so lange vermisst hatte.

Rowan legte sich entspannt zurück und lächelte.

Lennox schob seinen Arm unter ihren Kopf und strich mit einem Finger über ihr Gesicht, während er sie unverwandt ansah. Sie streichelte seine Wange.

„Magst du noch eine Weile bleiben?“, fragte sie leise.

„Aye“, antwortete er, ohne zu zögern. Einen Moment später fügte er hinzu: „Gerne.“

Sie zog die Decke über sie beide und legte den Kopf auf seine Schulter. „Danke, Lennox. Es war wunderschön.“

Er gab ihr einen Kuss auf die Stirn. „Gleichfalls.“

Sie genoss seine Nähe und die Wärme seines Körpers und fühlte sich seit einer Ewigkeit wieder geborgen – eine Illusion, das war ihr bewusst. Aber für den Moment genügte sie ihr. Als sie einige Zeit später in den Schlaf hinüberglitt, war Lennox immer noch da.

SECHS

Dienstag, 11. Dezember 2012

Als Rowan erwachte und die Augen aufschlug, blickte sie in Lennox' graue Augen. Er war wohl schon eine Weile wach, hatte den Kopf in die Hand gestützt und betrachtete sie. Die Sonne schien durch die Lamellen der Jalousie.

Rowan lächelte. „Guten Morgen, Lennox."

Er lächelte zurück. „Guten Morgen, Lockhart."

Es fühlte sich immer noch gut an, dass er da war. Sie bereute die Liebesnacht mit ihm keine Sekunde lang. Im Gegenteil. Sie legte die Arme um ihn und freute sich, dass er sie ebenfalls umarmte. Er rieb seine Nase an ihrer und gab ihr einen sanften Kuss, zögernd, als wäre er sich nicht sicher, ob ihr ein Kuss am Morgen ebenso angenehm war wie in der Nacht.

„Du bist zum Frühstück eingeladen, wenn du magst."

Er nickte. „Aye. Danke." Vorsichtig strich er ihr über die Wange. „Dann gehe ich mal duschen. Bis gleich."

Er schwang sich aus dem Bett, sammelte seine Kleidung ein und ging, nackt wie er war, nach oben. Ein Kraftpaket mit wohlproportionierten, starken Muskeln, kein Gramm Fett zu viel am Leib, geschmeidige Bewegungen wie ein Tiger – Lennox war auch am frühen Morgen eine wandelnde Versuchung. Er war nicht Doro, nicht mal im Entferntesten, aber ...

Rowan seufzte, stand ebenfalls auf und ging in ihr Badezimmer. Während sie sich das heiße Wasser über den Körper laufen ließ, schwelgte sie in der Erinnerung an die vergangene Nacht. Dass sie sich in diesem Moment so wohl fühlte wie schon lange nicht mehr, zeigte ihr, dass Sex ihr offenbar mehr gefehlt hatte, als es ihr bewusst gewesen war. Und mit Lennox war es wirklich schön gewesen. Gerade deshalb hatte sie ein schlechtes Gewissen gegenüber Doro. Sie wusste, das war völlig irrational, denn sie schuldeten einander keine Treue mehr. Aber sie liebte ihn immer noch, verdammt! Und er sie. Dazu das Bewusstsein, dass er sterben würde ...

Sie verbot sich diese Gedanken, wohl wissend, dass das der falsche Weg war. Man sah der Wahrheit immer ins Auge, ganz egal, was einen das kostete. Das galt besonders, wenn man Togakure-Großmeisterin war, den Nobushi-Drachen trug und sich beider Dinge als würdig erweisen wollte.

Rowan beschloss, eine Teezeremonie abzuhalten, sobald sie die Ruhe dazu hatte, und dabei über ein paar Dinge zu meditieren und zu reflektieren, die sie bisher verdrängt hatte. Auch wenn sie gezwungenermaßen nach Schottland zurückgekehrt war und wahrscheinlich bis ans Ende ihrer Tage hier leben würde, blieb sie Nobushi und hatte entsprechende Verpflichtungen. Die hatte sie zusammen mit dem Drachen-Tattoo übernommen. Dadurch hatte sie einen Eid geschworen, den sie nicht brechen durfte und nicht brechen würde: den Eid, der Togakure-Tradition der Nobushis zu folgen, sie lebendig zu erhalten, sie weiterzugeben und sich unermüdlich darin zu üben, sie in sich selbst nicht nur zu erhalten, sondern zu vervollkommnen.

Zu ihrer Schande musste sie gestehen, dass sie diese Pflicht vernachlässigt hatte, seit sie wieder in Edinburgh lebte. Sie hatte sich gehen lassen. Und es war allerhöchste Zeit, dass sie aufhörte, darauf zu warten, dass ihr Leben von selbst wieder in Ordnung kam, dass sie sich „irgendwann" wieder einlebte. Stattdessen sollte sie aktiv daran arbeiten, in Schottland wieder Fuß zu fassen, und zwar emotional, nicht nur beruflich. Doch dazu musste sie erst einmal entscheiden, wohin sie gehören wollte und in welcher Form. Also Teezeremonie, Meditation, danach würde sie es wissen.

Sie stellte das Wasser ab, trocknete sich ab und zog sich an. Anschließend schloss sie die Haustür auf, deaktivierte die Alarmanlage und entriegelte die Tür, sodass Klienten jederzeit eintreten konnten. Eine Lichtschranke löste beim Öffnen der Tür einen Klingelton aus, der auch im Dojo zu hören war. An der Hintertür befand sich ebenfalls eine Signalanlage, die mit einem anderen Klingelton verkündete, wenn jemand durch diese Tür trat, zum Beispiel zum Kampfkunstunterricht kam.

Rowan ging in die Küche, um das Frühstück vorzubereiten. Das war bis auf den Kaffee, den sie manchmal am Morgen bevorzugte, immer noch durch und durch japanisch: Misosuppe, Fisch, Reis und Reiskuchen. Zum Glück musste sie bis auf den Kaffee nichts davon frisch kochen, sondern konnte die Reste vom Vortag aufwärmen; sie hatte sich angewöhnt, das Frühstück immer für zwei Tage zu kochen.

Lennox kam herein und legte den „Scotsman" auf den Tisch. „Kann ich mich nützlich machen?"

„Du kannst den Tisch decken, wenn du magst."

Er zögerte nicht. Da er nicht zum ersten Mal mit ihr frühstückte, wusste er inzwischen, in welchem Schrank das Geschirr stand.

„Japanisch? Oder möchtest du traditionell schottisch?"

Er schüttelte den Kopf. „Das esse ich immer, wenn ich allein frühstücke. Dein japanisches Frühstück schmeckt mir sehr gut."

„Freut mich."

Wie immer deckte er den Tisch mit militärischer Akkuratesse und blätterte danach die Zeitung durch, während Rowan darauf wartete, dass die Suppe und der Reis heiß genug waren. Das anschließende Frühstück verlief schweigend. Sie lasen jeder einen Teil der Zeitung, während sie aßen, und tauschten die gelesenen Teile später aus. Rowan bemerkte, dass Lennox sie zwischendurch immer wieder ansah, obwohl er das so subtil tat, dass sie es wahrscheinlich nicht mitbekommen hätte, wenn ihre Sinne nicht entsprechend geschärft gewesen wären. Sie fühlte, dass er etwas sagen wollte, das ihm wichtig war. Aber offenbar war er unsicher, wie er es anfangen sollte.

Schließlich sah sie ihn an. „Was ist?"

Er lächelte gezwungen. „Also, du bist echt eine tolle Frau, Lockhart, keine Frage, aber ..." Er räusperte sich und wiegte den Kopf.

Sie wusste, was er sagen wollte, und legte ihm die Hand auf den Arm. „Lennox, der One-Night-Stand ist dir ein Begriff, oder?"

Er atmete auf. „Aye."

Das klang so erleichtert, dass Rowan lachen musste. „Du solltest dein Gesicht sehen."

Er schnitt eine Grimasse, grinste aber, ehe er ernst wurde. „Ich hätte nichts dagegen, wenn wir das mal wiederholen. Aber ich bin wirklich nicht der Typ für Beziehungen." Er zuckte mit den Schultern. „Na ja, vielleicht irgendwann mal. Aber ..." Er schüttelte den Kopf, legte seine Hand über ihre und streichelte sie. „Ich will nicht, dass du dir falsche Hoffnungen machst und dich am Ende dadurch verletzt fühlst. Das hast du nicht verdient."

„Kein Problem." Sie lächelte. „Und ja, wir können so eine Nacht gern mal wiederholen. Kostenlos und unverbindlich, wie man so schön sagt."

Erleichtert grinste er. „Dann ist ja alles klar."

Sie sah ihm in die Augen. „Ich mag dich verdammt gern, Lennox. Nicht erst seit letzter Nacht. Obwohl ich sie ganz wunderbar fand."

Er räusperte sich. „Gleichfalls. Für beides." Erneut räusperte er sich. „Also, ich meine, ich fand es auch ganz wunderbar mit dir. Und ich mag dich auch verdammt gern. Ebenfalls nicht erst seit gestern."

Nachdenklich blickte sie ihn an. „Wenn ich wirklich die erste Frau bin, die du nicht bezahlt hast, und nicht nur die erste nach längerer Zeit, dann kenne ich jetzt dein Geheimnis. Warum du sonst ausschließlich zu Prostituierten gehst. Und vielleicht auch, warum du Soldat geworden bist."

Er spannte sich an. „Und was denkst du?"

„Ich denke, dass bei deinem ersten und wahrscheinlich gleichzeitig letzten Versuch die Frau deine Zärtlichkeit nicht zu schätzen wusste und dich deswegen ausgelacht hat. Oder etwas in der Art. Dann hast du möglicherweise den Soldatenberuf gewählt, um in erster Linie dir selbst zu beweisen, dass du kein Weichei bist. Außerdem hast du dich nur noch mit Prostituierten vergnügt, weil du sie dafür bezahlst, dass sie tun, was du willst, und den Mund über deine Qualitäten als Liebhaber halten."

„Jetzt müsste ich dich eigentlich töten, weil diese Information so geheim ist, dass niemand sie wissen darf."

Sie wusste genau, dass er das nicht ernst meinte, nicht einmal ansatzweise.

„Aber du hast es erfasst. Deshalb lasse ich die Finger von Beziehungen."

„Du hättest einer anderen Frau eine Chance geben sollen. Es gibt eine Menge von uns, die einen so zärtlichen Mann wie dich sehr zu schätzen wissen. Und die das mitnichten für ein Zeichen von Schwäche halten. Im Gegenteil."

Er zuckte mit den Schultern. „Hast möglicherweise recht. Vielleicht ... wenn ich irgendwann ... angekommen bin. Im zivilen Leben. So richtig, meine ich."

„Ich weiß, was du meinst." Sie seufzte. „Ich bin auch noch nicht wieder richtig angekommen. Irgendwie habe ich das Gefühl, das wird nie was. Ich weiß natürlich, dass das nicht stimmt und ich die Krise spätestens in ein paar Jahren überwunden haben werde, vielleicht sogar schon in ein paar Monaten, aber im Moment ..."

Er nickte. „Schon klar. Übrigens: Der Drachen auf deinem Rücken – er ist wunderschön. Ein wahres Meisterwerk."

Rowan lächelte. „Das finde ich auch."

Sie beendeten das Frühstück, und Lennox half ihr, den Tisch abzuräumen. Sie bedankte sich und begleitete ihn zur Küchentür, um in ihr Büro zu gehen und die E-Mails zu checken.

Er nickte ihr zu und wandte sich zum Gehen, blieb aber stehen und sah sie an. „Danke. Für letzte Nacht. Und überhaupt."

Wieder spürte sie seine tiefe Sehnsucht, der nachzugeben er sich wie immer fürchtete. Sie legte die Arme um ihn und bot ihm mit einer leichten Bewegung ihres Kopfes einen Kuss an. Auch er umarmte sie und nahm das Angebot mit einer Innigkeit an, die ihr mehr als alle Worte sagte, dass ihm die Nacht mit ihr nicht nur gefallen hatte, sondern er sich entgegen seiner Behauptung nach einer Beziehung sehnte. Einer, in der ihn seine Partnerin trotz seiner Vergangenheit vollkommen akzeptierte. Vielleicht würde er tatsächlich niemals dazu bereit oder in der Lage sein, eine einzugehen, aber er sehnte sich danach.

Als Bill ins Präsidium kam, war Chief Inspector Rose schon da. Den dunklen Ringen unter seinen Augen nach zu urteilen, hatte er wenig oder gar nicht geschlafen. Er war noch im Büro geblieben, als Bill am Vorabend gegen acht Uhr nach Hause gefahren war. Dass Rose ein frisches

Hemd trug und frisch rasiert war, bedeutete nicht, dass er die Nacht zu Hause verbracht hatte. Er hatte immer ein paar frische Hemden und einen Rasierapparat sowie eine Flasche Aftershave im Schrank hinter seinem Platz deponiert.

„Guten Morgen, Sir."

„Morgen, Wallace."

Schon der Tonfall sagte Bill, dass Roses Laune nicht die beste war. Kein Wunder, denn es gab immer noch keine Spur von Kyle Saunders' Mörder. Die Suche nach seinem Handy und seiner Uhr war wie erwartet erfolglos geblieben. Mehrere Polizisten hatten die Captain's Road rauf und runter abgesucht und auch ein paar Seitenstraßen sowie die A701 überprüft, über die der Täter vermutlich zur Captain's gefahren war. Aber sie hatten nichts gefunden. Bill hatte auch keinen Erfolg erwartet, denn es war zu unwahrscheinlich, dass der Mörder alle drei Dinge – Handy, Uhr und Brieftasche – in derselben Straße oder ihrer unmittelbaren Umgebung weggeworfen hatte. Einem ehrlichen Menschen, der alle drei Gegenstände hätte finden können, wäre das verdächtig vorgekommen.

Der Richter hatte zwar eine Durchsuchung von Peter Conrads Wohnung, vielmehr der seiner Mutter angeordnet, aber sie war ergebnislos geblieben, was den Saunders-Fall betraf. Dafür hatte man anderes Diebesgut und Drogen bei ihm gefunden. Conrad saß in Untersuchungshaft. Wie es aussah, war dem jungen Mann ein mehrjähriger Aufenthalt in Saughton sicher, sobald er einundzwanzig wurde.

„Sie brauchen sich gar nicht erst zu setzen, Wallace. Ich will, dass Sie diese Tinker noch mal eindringlich befragen. Und auch die Anwohner der Damhead. Vielleicht ist jemandem noch was eingefallen."

Die Anwohner hatte Rose nur genannt, um nicht den Eindruck zu erwecken, er hielte Smittys Leute für Lügner oder sogar schuldig, weil sie einer ethnischen Minderheit angehörten. Die Anweisung war sowieso purer Aktionismus, da es keinen einzigen Anhaltspunkt gab, wo man bei dem Fall hätte ansetzen können. Aber der Druck von oben wurde mit jeder Stunde stärker.

„Und nehmen Sie sich auch noch mal diese Privatdetektivin zur Brust. Sie hat doch gesagt, sie hätte mit Saunders kurz vor seinem Tod gesprochen. Vielleicht hat sie uns nicht alles gesagt. Privatschnüffler haben ja meistens was gegen die Polizei und geben uns nicht alles preis, was sie wissen."

„Nur in schlechten Romanen und Filmen, Sir. Und auf diese Privatermittlerin trifft das ganz sicher nicht zu, denn sie hat das Police College absolviert."

Rose schnaubte. „Und hat dann die solide Polizeiarbeit zugunsten einer zweifelhaften Schnüfflertätigkeit an den Nagel gehängt. Das spricht definitiv nicht für sie." Er machte eine scheuchende Handbewegung. „Gehen Sie. Und es wäre gut, wenn Sie mit einem Ergebnis zurückkommen würden."

„Ich werde mir Mühe geben, Sir."

Bill verzichtete darauf, Rose darauf hinzuweisen, dass Row ihnen helfen konnte, weil sie in der Lage war, jederzeit Saunders' Witwe zu kontaktieren, wogegen das CID erst auf grünes Licht von oben warten musste. Und das konnte dauern, da Chief Superintendent Murdoch ihrerseits auf grünes Licht von der US-Botschaft wartete. Rose hätte es sowieso kategorisch abgelehnt, mit Row zusammenzuarbeiten. Und mit ihm zu streiten war zwecklos. Was er nicht einsehen wollte, sah er nicht ein. Für ihn zählten bei einem Fall nur die Fakten.

Bill beschloss, als Erstes bei Row vorbeizuschauen, obwohl er sich sicher war, dass sie sich längst bei ihm gemeldet hätte, wenn sie etwas erfahren hätte, das für seinen Fall wichtig sein könnte. Er hoffte, dass sie noch beim Frühstück saß und er ihr Gesellschaft leisten konnte. Außerdem konnte er ihr bei der Gelegenheit mitteilen, dass sein Kontaktmann bei der „Washington Post" sich bereiterklärt hatte, ihr behilflich zu sein, und sie anrufen würde.

Als er bei Row ankam, zeigte das „Open"-Schild am Türfenster, dass sie da war. Bill trat ein – und blieb abrupt stehen. Er traute seinen Augen nicht, als er Row und Lennox in inniger Umarmung sah. Sie küssten sich! Und die Art, wie der verdammte Ex-Söldner sie danach ansah, sprach Bände. Bill konnte sich vorstellen, was in der vergangenen Nacht zwischen den beiden vorgefallen war.

Er hatte das Gefühl, als hätte man ihm eine Ohrfeige verpasst. Seine große Liebe ausgerechnet in Lennox' Armen zu sehen, steigerte sprunghaft seine Befürchtung, dass er sie noch einmal an einen anderen Mann verlieren könnte wie damals an Hidoro, vielleicht sogar schon verloren hatte. Verdammt, die Geschichte wiederholte sich offensichtlich. Auch Hidoro hatte damals mit Row Tür an Tür im selben Haus gewohnt und war ständig verfügbar gewesen. So wie Lennox.

Der hatte sie endlich losgelassen und ging durch die offene Verbindungstür in seinen Teil des Hauses. Bill bekam nur am Rande mit, dass das Telefon im Büro klingelte, Row ihm zunickte und ihn aufforderte, sich in der Küche mit Kaffee zu versorgen. Kaum war sie in ihrem Büro verschwunden, dessen Tür sie nur anlehnte, folgte er Lennox.

Der Ex-Söldner blieb stehen, als er merkte, dass Bill ihm etwas zu sagen hatte. Er blickte ihm wachsam entgegen.

„Lassen Sie Ihre Finger von Row!", platzte Bill nicht sehr diplomatisch heraus. Im selben Moment wurde ihm bewusst, wie lächerlich das klang. Er versuchte sich einzureden, dass er nur das Beste für Row wollte, aber das erschien ihm dermaßen unglaubwürdig, dass es nicht mal als Begründung für ihn selbst taugte.

Lennox schüttelte grinsend den Kopf. „Warum sollte ich?"

Sowohl das Grinsen wie auch der lässige Tonfall brachten Bill noch mehr auf die Palme. „Sie benutzen sie doch nur."

Lennox blickte ihn amüsiert an und hakte die Daumen in die Taschen seiner Jeans. „Sie müssen es ja wissen. Wusste noch gar nicht, dass man bei der Polizei neuerdings auch Gedankenlesen lernen kann." Dann wurde er ernst. „Was zwischen Lockhart und mir ist, geht Sie nichts an. Und mit wem sie ins Bett geht, ist allein ihre Entscheidung."

Obwohl er sich dessen schon sicher gewesen war, als er gesehen hatte, dass Row und Lennox sich geküsst hatten, drehte sich Bill bei dieser Bestätigung der Magen um. Unfassbar, dass dieser eiskalte Killer, an dessen Händen das Blut von wer weiß wie vielen Menschen klebte, mit eben diesen Händen Row angefasst und mit ihr geschlafen hatte. Der Mann war nur deshalb nicht lebenslänglich im Gefängnis, weil er seine Morde als Mitglied einer militärischen Einheit begangen hatte.

„Hören Sie, Lennox ..."

„Für Sie immer noch Mister Lennox. Was wollen Sie eigentlich?"

„Dass Sie Row in Ruhe lassen."

Lennox schüttelte den Kopf. „Mann, Sie haben es immer noch nicht kapiert. Das ist weder Ihre Entscheidung noch meine, sondern einzig und allein Lockharts. Aber ich werde sie ganz sicher nicht aus meinem Bett werfen, wenn sie wieder mal rein will. Haben Sie das jetzt verstanden?"

Hätte Lennox nicht wieder dieses freche Grinsen aufgesetzt und so überaus selbstgefällig angedeutet, dass Row ihn verführt hatte, nicht Lennox sie, dann wäre es Bill wahrscheinlich gelungen, sich zu beherrschen. Doch in diesem Moment wollte er sich nicht beherrschen, er wollte das süffisante Grinsen aus Lennox' Gesicht fegen. Er ballte die Faust und schlug zu.

Lennox wich dem Schlag mit einem Schritt zur Seite aus, packte Bills Arm und nutzte den Schwung seines Gegners, um ihn aus dem Gleichgewicht zu bringen und nach vorn stolpern zu lassen. Gleichzeitig knallte er ihm den Rücken seiner flachen Hand hart ins Gesicht. Bills Lippe platzte auf und begann ebenso zu bluten wie seine Nase. Er fuhr herum, holte erneut aus – und sah Row, die aus dem Büro gekommen war und reichlich befremdet auf die Szene blickte, die sich ihr bot. Auch Lennox hatte sie entdeckt und hielt in seinem Gegenangriff ebenfalls inne.

„Was ist denn hier los?" Row sah von einem zum anderen.

„Nichts", antwortete Lennox und hakte wieder die Daumen in die Hosentaschen. „Nur ein kleines Männergespräch unter vier Augen."

Row zog die Augenbrauen hoch. „Bei dem ihr in Ermangelung passender Worte die Fäuste sprechen lasst?" Sie schüttelte den Kopf und meinte sarkastisch: „Aber wenn es euch Spaß macht ..." Sie sah Lennox an und deutete auf Bill. „Lennox, solltest du Bill ernsthaft verletzen, schmeiß ich dich raus." Dann wandte sie sich an Bill. „Und solltest du Lennox ernsthaft verletzen, brauchst du dich bei mir nie wieder blicken zu lassen. Alles andere ist eure Sache. Ich wünsche euch eine erhellende Diskussion." Sie drehte sich um, kehrte in ihr Büro zurück und schloss die Tür.

Bill fühlte, dass er knallrot geworden war. Rows Auftauchen hatte ihn schlagartig ernüchtert. Was zum Teufel tat er da eigentlich? Er hatte sich nicht mal als junger Mann wegen einer Frau geprügelt und die Männer, die das taten, immer als Schwächlinge verachtet. Nun war er selbst zu einem geworden. Und Row hatte es mitbekommen. Mist! Er blickte Lennox an.

Der stand in lässiger Haltung da und wartete ab, was

Bill tun würde. Selbstsicher, weil er genau wusste, dass er der bessere Kämpfer war und Bill so oder so verlieren würde.

Bill wischte sich das Blut von der Lippe. Verdammt, das tat weh.

„Lieben Sie Row?"

Lennox zuckte mit den Schultern. „Könnte passieren. Sie ist eine verdammt tolle Frau. In jeder Beziehung." Er sah Bill nachdenklich an. „Geht Sie zwar nichts an, Mr Wallace, aber ich habe Lockhart vorher gefragt, ob sie mit Ihnen zusammen ist. Ich mische mich nicht in eine Beziehung ein. Habe meine Prinzipien. Sie hat gesagt, dass Sie zwar ihr Freund, Sie beide aber kein Paar sind. Daraus schließe ich, dass sie an Ihnen kein Interesse hat, sonst hätte ich bei ihr keine Chance. Deshalb wiederhole ich meine Frage: Was wollen Sie eigentlich? Oder anders ausgedrückt: Was haben Sie für ein Problem?"

Er wollte Row. Und nun war er drauf und dran, sie erneut zu verlieren, weil er mal wieder nicht rechtzeitig den Mund aufbekommen und ihr gesagt oder zumindest angedeutet hatte, dass er sie liebte. Am liebsten wäre er auf der Stelle zu ihr gegangen und hätte es ihr gesagt. Aber wenn er das täte, würde es auf sie garantiert so wirken, als wäre er eifersüchtig oder besitzergreifend. Oder beides. Sie konnte sich schließlich denken, dass er sich nicht wegen irgendeiner Nichtigkeit mit Lennox geprügelt hatte, sondern wegen etwas sehr Persönlichem. Da er als Polizeibeamter Beleidigungen und Schmähungen von kriminellen Subjekten gewohnt war, wusste sie, dass ihn solche Dinge kaum aus der Ruhe brachten. Oh Gott, was musste sie von ihm denken? Dass er ein Vollidiot war oder sich zumindest wie einer benommen hatte. Das dachte garantiert auch Lennox.

„Ich ..." Bill räusperte die Verlegenheit weg. „Ich bitte um Entschuldigung. Sie haben recht. Es ist allein Rows

Entscheidung, mit wem sie zusammen sein will." Er sah Lennox in die Augen. „Aber ich schwöre Ihnen, dass ich Sie fertigmache, wenn Sie ihr wehtun. Das hat sie nicht verdient."

Zu seiner Überraschung nickte der Ex-Söldner. „Da stimme ich Ihnen uneingeschränkt zu. Und ob Sie es glauben oder nicht, ich habe noch nie einer Frau wehgetan. In meinem ganzen Leben noch nicht. Ich werde bestimmt nicht ausgerechnet bei Lockhart damit anfangen. Wenn das also Ihre einzige Sorge ist, haben wir beide kein Problem miteinander. Entschuldigung angenommen." Damit war die Sache für Lennox erledigt und er wollte nach oben gehen.

Bill vertrat ihm den Weg und ignorierte seinen warnenden Blick. „Habe ich Ihr Wort, Mr Lennox, Ihr Ehrenwort, dass Sie Row nicht wehtun werden?"

Lennox zögerte keine Sekunde lang. „Aye. Darauf haben Sie mein Wort." Er hielt Bill die Hand hin, der sie ergriff und fest drückte. „Und da das nun geklärt ist: Trinken wir ein Bier zusammen?"

Bill wollte sich nicht mit dem Kerl verbrüdern. Aber im Interesse von Row und vor allem, um Lennox im Auge behalten zu können, nickte er. Gemeinsam ein Bier zu trinken, würde ihm die Gelegenheit geben herauszufinden, wie der Mann wirklich tickte und ob er eine Gefahr für Row darstellte, egal ob gefühlsmäßig oder in Form von Gewalt. Er gab Lennox den Weg frei, ging ins Bad und wusch sich das Blut vom Gesicht.

Außer einer aufgeplatzten Lippe und der blutigen Nase, die zum Glück nicht gebrochen war, hatte er nichts abbekommen. So sehr er Lennox auch ablehnte, er musste zugeben, dass der bewusst zurückhaltend mit ihm umgesprungen war. Wenn er es darauf angelegt hätte, hätte er Bill dermaßen fertigmachen können, dass Row einen Krankenwagen hätte rufen müssen.

Wenn er nur wüsste, was sie an dem Kerl fand. Der Mann erweckte den Eindruck, ein kaltblütiger Typ zu sein, der zu keinen warmherzigen Gefühlen fähig war. Dennoch musste er irgendwas an sich haben, das Row imponierte, und zwar so sehr, dass sie mit ihm ins Bett gegangen war. Obwohl er angestrengt darüber nachdachte, fand er keine Erklärung. Aber er hatte damals auch nicht verstanden, was sie an Hidoro so sehr fasziniert hatte, dass sie sich nicht nur Hals über Kopf in ihn verliebt hatte, sondern seinetwegen all ihre Zukunftspläne aufgegeben und sogar ihre Heimat verlassen hatte.

Hidoro und Lennox waren so gegensätzlich wie Tag und Nacht und hatten absolut nichts gemeinsam, bis auf einen Punkt: Sie waren beide hervorragende Kämpfer – „Krieger", wie Hidoro es genannt hatte, die mit dem „Kriegergeist" geboren waren, den der Japaner auch in Row gesehen haben wollte. Wenn Bill sich vor Augen führte, was aus ihr geworden war, musste er ihm wohl oder übel Recht geben. War es das, was Row bei einem Mann schätzte, was sie unwiderstehlich anzog? Gott im Himmel, damit konnte er nicht konkurrieren. Er hatte nur seine Ausbildung als Polizist, wusste Verbrecher festzunehmen und sich gegen sie zu verteidigen. Aber das hatte schon damals nicht ausgereicht, um gegen jemanden wie Hidoro zu bestehen, und es reichte immer noch nicht, wie ihm seine Auseinandersetzung mit Lennox deutlich gezeigt hatte.

Das musste es also sein: Row stand auf „Kriegertypen" wie Hidoro und Lennox. Aber das war in dem Maß, wie sie selbst diesen Aspekt lebte, einfach nicht Bills Ding. Und damit standen seine Chancen, dass sie sich jemals für ihn als Mann interessierte, gleich null. Doch Row war die Liebe seines Lebens, und er würde sie sich kein zweites Mal wegnehmen lassen. Nicht ohne mit allen ihm zur Verfügung stehenden Mitteln um sie gekämpft zu haben.

In einem Punkt jedoch musste er Lennox wohl oder übel Recht geben: Es war allein Rows Entscheidung, mit wem sie zusammen sein wollte, wen sie als Partner für ein gemeinsames Leben wählte. Wenn Bill bei ihr überhaupt noch eine Chance haben wollte, musste er sie davon überzeugen, dass er der richtige Mann für sie war, nicht Lennox. Aber zu dem Schluss musste sie selbst kommen.

Doch genau wie damals konnte er nicht einfach mit der Tür ins Haus fallen und ihr aus heiterem Himmel seine Liebe gestehen. Das würde zu nichts führen, weil es für Row allzu überraschend käme und außerdem seine Eifersucht offenbarte. Mal ganz abgesehen davon, dass sie ihre Trennung von Hidoro noch nicht verkraftet hatte. Lennox hatte garantiert ausgenutzt, dass sie sich einsam fühlte. Vielleicht hatte er tatsächlich nicht die Absicht, Row wehzutun – trotz seiner Abneigung gegen den Kerl glaubte Bill dessen Wort –, aber um einen Menschen zu verletzen, bedurfte es nicht immer einer entsprechenden Absicht. Ein Missverständnis genügte.

Bill musste anders vorgehen, wenn er bei Row eine Chance haben wollte. Und wenn er ein „Krieger" werden musste, um sie für sich zu gewinnen, dann würde er sein Bestes tun, um einer zu werden. Oder ihr zumindest durch den Versuch zeigen, dass er gewillt war, ein Mann zu werden, den sie lieben konnte. Andererseits wäre eine Beziehung mit ihr – sollte das Wunder geschehen – zum Scheitern verurteilt, wenn er sich dafür über Gebühr verbiegen müsste. Ach, Mist, verdammter!

So oder so, als Erstes musste er die Scharte auswetzen, die er durch seine Prügelei mit Lennox geschlagen hatte. Er trocknete sich das Gesicht ab und ging in Rows Büro. Sie saß am Schreibtisch und studierte Kontoauszüge. Als er eintrat, blickte sie ihm entgegen. Er setzte sich in einen der Besuchersessel, stützte die Arme auf dem Tisch ab und wusste nicht, was er sagen sollte, weil es keine

Entschuldigung für sein Verhalten gab. Doch irgendetwas musste er sagen.

„Ich denke, du weißt, dass ich angefangen habe."

Sie nickte. „Das war mir klar. Lennox ist viel zu beherrscht, um eine Prügelei anzuzetteln." Sie sah ihn ernst an. „Das hatte ich allerdings bis vorhin auch von dir gedacht."

Bill fühlte, dass er errötete. Was für eine Blamage!

„Ich kann den Kerl nun mal nicht leiden." Mann, das klang ja noch dämlicher, obwohl es die reine Wahrheit war.

Immerhin grinste sie. „Was wahrscheinlich daran liegt, dass du ihn kaum kennst." Sie sah ihm in die Augen. „Ich gehe wohl nicht falsch in der Annahme, dass ich der Grund für den Streit war."

Bill spürte das Blut aus seinen Wangen weichen. Wusste Row – ahnte sie – vermutete sie ...?

Sie legte ihm die Hand auf den Arm. „Du musst mich nicht beschützen, Bill. Erst recht nicht vor Lennox. Er ist okay. Und er hat mich noch niemals anders als respektvoll behandelt. Ich vertraue ihm jedenfalls so sehr wie fast keinem anderen. Genau genommen bist du nach Doro der einzige Mensch, dem ich noch mehr vertraue, weil ich dich schon ewig kenne. Davon abgesehen kann ich sehr gut auf mich selbst aufpassen. Und einen ‚großen Bruder' habe ich noch nie gebraucht, wie du weißt."

Das wusste er. Schon als Kind war eher sie es gewesen, die so manchen realen großen Bruder verprügelt hatte, der die Schlappe seines kleinen Bruders hatte rächen wollen, die dieser Row oder Bill verdankt hatte. Doch ihre Worte hatten ihm bestätigt, dass er für sie nichts anderes war als ein Bruder. Jings! Was für ein Mist!

Immerhin verteidigte sie Lennox nicht in dem Maße, wie sie es getan hätte, wenn sie ihn lieben würde. Zumindest hatte Bill in seiner gesamten Laufbahn als Kriminalbeamter noch nie eine Frau erlebt, die den geliebten Mann nicht mit Zähnen und Klauen, in jedem Fall aber verbal verteidigt oder auf eine Bemerkung wie seine sehr spitz reagiert hätte. Andererseits war Row in keiner Weise mit einer „normalen" Frau zu vergleichen. Sie war etwas ganz Besonderes. In jeder Beziehung. Das hatte Lennox leider verdammt klar erkannt. Dass Bill aber der Mensch war, dem sie abgesehen von Hidoro am meisten vertraute, war Musik in seinen Ohren.

Er legte seine Hand auf ihre. „Ich will nicht, dass dich jemand verletzt, Row. Das wollte ich Lennox klarmachen." Er senkte den Kopf und blickte sie von unten herauf zerknirscht an. „Allerdings habe ich dafür eine völlig falsche Methode gewählt. Und das tut mir leid." Verlegen hüstelte er. „Ich habe mich schon bei ihm entschuldigt. Und ich bitte auch dich um Verzeihung dafür, dass ich mich mehr oder weniger in deine Angelegenheiten eingemischt habe." Er sah ihr in die Augen. „Darf ich hoffen, dass du trotz meiner Entgleisung heute Abend mit mir wie geplant Poker spielst?"

Sie lächelte. „Da du nicht mir gegenüber ‚entgleist' bist, sehe ich keinen Grund, von unserem Plan abzuweichen."

Ihr wohlwollendes Lächeln erleichterte ihn.

Er wechselte das Thema: „Ich ... bin eigentlich dienstlich gekommen."

„Was du nicht sagst." Sie grinste. „Dabei hätte ich wetten können, dass du gekommen bist, um dich mit Lennox zu ‚unterhalten'."

Er fühlte, dass er wieder errötete, und räusperte sich. „Das hat sich nebenbei ergeben."

Row lachte, und er stimmte erleichtert ein.

„Also, Bill, was kann ich dienstlich für dich tun?"

„Eigentlich nichts. Chief Inspector Rose hat mir befohlen, dich auszuquetschen, bis ich alles weiß, was du weißt beziehungsweise was Saunders dir bei eurem Gespräch gesagt hat." Er hob abwehrend die Hände. „Ich weiß, dass du mir alles gesagt hast, aber Rose hat mich geschickt, und da ich schon mal hier bin ..."

„Da dachtest du, du könntest einen Kaffee schnorren oder ein Frühstück. Es sind noch ein paar Reiskuchen übrig. Die magst du doch so gern."

Er mochte alles, was sie kochte. Zumindest hatte er bisher nichts von ihr vorgesetzt bekommen, das ihm nicht geschmeckt hätte, wenn die japanische Küche auch recht exotisch war. Aber ihre Reiskuchen waren wirklich lecker.

Sie stand auf. „Komm."

Er folgte ihr in die Küche, wo sie ihm einen Becher Kaffee einschenkte und einen Teller mit Reiskuchen vor ihn hinstellte, ehe sie sich zu ihm an den Tisch setzte.

„Der Anrufer vorhin war dein Freund von der ‚Washington Post'. Er hat sich bereiterklärt, mir zu helfen. Und für dich habe ich vielleicht morgen was. Ich plane, Saunders' Witwe zu kontaktieren. Vielleicht weiß sie, wie die Familie heißt, die mit ihrem Mann verwandt sein könnte. Und falls Saunders den Brief seiner Mutter zu Hause gelassen hat und sie weiß, wo er liegt, kann ich sie hoffentlich dazu bringen, mir die relevante Stelle vorzulesen. Dann habt ihr einen Hinweis, wen ihr befragen könnt, ob Saunders die Leute kontaktiert hat."

„Danke, Row. Was macht dein Fall mit der verschwundenen Flasche?"

Sie schüttelte den Kopf. „Die gesamte Band hat eine Leiche im Keller und gibt sich jede erdenkliche Mühe, damit ich sie nicht ausgrabe."

Er lachte. „Dann hätten sie dich nicht engagieren dürfen."

Sie stimmte in sein Lachen ein und nickte. „Zu dem Schluss sind sie auch schon gekommen und wollten mich abservieren. Als ich ihnen aber gedroht habe, den Fall dann für euch, also die Polizei, trotzdem zu verfolgen und euch alle meine Ermittlungsergebnisse zukommen zu lassen", sie winkte ab, „was ich sowieso tun werde, sind sie zu dem Schluss gekommen, dass sie mich besser unter Kontrolle haben, wenn ich weiter in ihrem Auftrag agiere." Sie sah ihn ernst an. „Irgendwas ist da oberfaul. Aber ich habe, hoffe ich, genug ins Wespennest gestochen, um den Dieb aus der Reserve zu locken."

Bill blickte sie alarmiert an. „Hoffentlich nicht in derselben Art, wie du damals Macraes Mörder aus der Reserve gelockt hast."

Sie grinste. „Aber auf genau dieselbe Art. Und ich werde sie alle nachher noch ein bisschen mehr aufscheuchen, indem ich mir jeden von ihnen einzeln zur Brust nehme. Mit ihrem Buchhalter fange ich an. Der deckt das Ganze möglicherweise. Mit etwas Glück ist er das schwächste Glied der Kette."

Bill verkniff sich den Hinweis, dass das gefährlich werden könnte und sie verdammt noch mal auf sich aufpassen sollte. „Ich drücke dir die Daumen", sagte er stattdessen, biss in einen Reiskuchen und fand ihn wie erwartet lecker.

Lennox kam in die Küche und reichte Bill eine Dose Ale. Er hielt auch Row eine hin, doch sie lehnte mit einem Kopfschütteln ab.

„Männer!" Sie schüttelte erneut den Kopf. „Erst prügelt ihr euch, dann trinkt ihr zusammen."

Lennox grinste, öffnete seine Dose und stieß mit Bill an, obwohl der seine Dose geschlossen ließ. „Tja, wir Männer sind so."

„Nicht da, wo ich herkomme." Row wurde erst im Nachhinein bewusst, was sie damit ausgedrückt hatte. „Ich meine, in Japan zum Beispiel sind die Männer anders."

„Wir haben das schon verstanden", versicherte Lennox in einem Tonfall, der tatsächlich verständnisvoll klang. Er lehnte sich mit der Schulter gegen die Wand. „Wenn man jahrelang im Ausland gelebt hat, weiß man eine Weile nicht, wohin man gehört, nachdem man zurückgekehrt ist. Doc Collier sagt immer, das gibt sich, dauert aber seine Zeit."

Row lächelte und nickte. Bill spürte, dass zwischen ihr und Lennox tatsächlich ein gegenseitiges Verständnis herrschte, mit dem er nicht mithalten konnte. Er hatte sein ganzes Leben in Edinburgh verbracht, sah man von ein paar Urlaubsreisen ins Ausland ab. Aber wenn er von denen zurückgekehrt war, hatte er sich immer gefreut, wieder zu Hause zu sein. Wie es sich anfühlte, sich in der eigenen Heimat fremd zu fühlen, konnte er nicht nachvollziehen. Er begriff, dass eigentlich nicht Lennox sein „Gegner" im Kampf um Rows Gunst war, sondern er selbst. Und zwar in doppelter Hinsicht.

Zum einen war er es nicht mehr oder noch nicht wieder gewohnt, mit einer Frau wie Row umzugehen, die keine Unterstützung brauchte, wenn sie nicht ausdrücklich darum bat; erst recht war sie keine Frau, die beschützt werden musste. Sie war immer noch der Kumpel, mit dem man Pferde stehlen oder im Laden vom alten Mr MacCallum Cola und Zigaretten klauen konnte. Und er wusste, dass sie ihn notfalls aus der Klemme boxte, wenn es sein musste.

Zum anderen lag es an seiner Einstellung zu Frauen. Er achtete sie, respektierte sie und war der festen Überzeugung, dass es seine Aufgabe als Mann war, gerade die Frau, die er liebte, auf Händen zu tragen. Aber Row, das wurde ihm in diesem Moment nachdrücklich klar, wollte nicht auf Händen getragen werden. Sie konnte verdammt gut allein gehen. Wenn er sie wie eine „normale" Frau behandelte, hätte er keine Chance bei ihr.

Er hatte aber keine Ahnung, wie er stattdessen mit ihr umgehen sollte. Wenn er sie wie früher als Kumpel behandelte, schloss das nach seinem Empfinden aus, sie gleichzeitig als potenzielle Geliebte zu sehen. Wenn er sie behandelte, wie er es wollte, weil er sie liebte, schloss das den Kumpel aus. Es war ein elendes Dilemma. Zum Glück musste er es nicht sofort lösen, weil Row immer noch Hidoro liebte.

Bill merkte, dass Lennox ihn anblickte und offensichtlich darauf wartete, dass er seine Bierdose ebenfalls öffnete und mit ihm anstieß. Er hatte zwar keine Lust, schon am Vormittag Bier zu trinken, aber um Lennox und vor allem Row zu zeigen, dass zwischen ihm und dem Ex-Söldner kein böses Blut herrschte, tat er, was von ihm erwartet wurde, und trank wenigstens ein paar Schlucke. Lennox war damit zufrieden, nickte ihm und Row zu und trollte sich. Der Waffenstillstand war geschlossen. Die Frage war nur, wie lange er halten würde.

Bill plauderte noch eine Weile mit Row, genoss ihren Kaffee und die Reiskuchen und machte sich anschließend wieder auf den Weg. Annie Armstrong war bestimmt schon dabei, die Anwohner der Damhead zu befragen, und wartete auf Bill, damit sie gemeinsam Smitty aufsuchen konnten. Er begrüßte es, dass er bis dahin allein im Wagen fuhr, denn er hatte über eine Menge nachzudenken.

Rowan schloss die Überprüfung der letzten Kontoauszüge der Bandmitglieder ab und fuhr anschließend zu Jack Dawson. Der war freischaffender Buchhalter und erledigte die Buchführung für verschiedene Firmen und Einzelpersonen auf Honorarbasis, unter anderem für Dalmore Jazz.

Dawsons Sekretärin führte Rowan in sein Büro. Sie hatte das Gefühl, einer Eule in Menschengestalt gegenüberzustehen. Dawson mochte Mitte sechzig sein, was erklärte, weshalb er eine altmodische Brille trug, deren Gläser viel zu groß für sein schmales Gesicht waren. Er musste stark kurzsichtig sein, denn die Brillengläser vergrößerten seine Augen und ließen sie runder erscheinen, als sie waren. Dazu lag sein graues Haar wie eine Kappe am Kopf an, bis auf zwei Wirbel, die wie kurze Pinsel in die Höhe ragten, was das Eulenhafte noch unterstrich.

Dass sie sich ihm als Privatermittlerin vorstellte, irritierte ihn zunächst nicht. Wahrscheinlich glaubte er, dass sie seine Dienste für ihre Detektei buchen wollte. Diese Option hatte tatsächlich etwas für sich. Rowan würde darauf zurückkommen, falls Dawson sie nicht rauswarf, sobald sie ihm gesagt hatte, weshalb sie gekommen war.

Er bat sie, sich zu setzen, und bot ihr einen Tee an, den sie ablehnte. Nach dem üblichen einleitenden Geplauder über das Wetter blickte er sie auffordernd an.

„Was kann ich für Sie tun, Ms Lockhart?"

Sie legte ihm einen der Ordner mit den Buchungsjournalen von Dalmore Jazz auf den Tisch, die seinen Namen in der Fußzeile trugen, und schlug ihn an der Stelle auf, an der zum ersten Mal die ominösen tausend Pfund vom Konto der Band abgehoben worden waren. Er blickte darauf und dann wieder Rowan an, eine leichte Unsicherheit im Blick.

„Mr Dawson, Sie wissen sicherlich vom Diebstahl der Gründungsflasche der Band."

Er nickte.

„Ich wurde beauftragt, die Flasche zu finden. Als ich mir die Buchungen der Band angesehen habe – Sie haben übrigens einen hervorragenden Job als deren Buchhalter gemacht –, bin ich auf diese tausend Pfund gestoßen, die ein paar Monate nach Seymour Youngs Verschwinden am Anfang jedes Monats in bar abgehoben wurden. Angeblich als Handgeld für Hilfskräfte. Der Betrag taucht jedoch nicht in den Journalen für die Handkasse auf. Und da ich mir nicht vorstellen kann, dass ein Buchhalter von Ihrem Format eine Buchung ohne Gegenbuchung vornimmt, erst recht nicht regelmäßig, hätte ich gern gewusst, wohin das Geld gegangen ist."

Dawson war blass geworden. Hatte er zunächst geschmeichelt gelächelt, als Rowan ihm Honig ums Maul geschmiert hatte, war nun davon nichts mehr geblieben. Er nahm zur Empörung Zuflucht.

„Sie wollen mir doch nicht etwa unlautere Machenschaften unterstellen?"

Sie lächelte liebenswürdig. „Ich unterstelle Ihnen gar nichts, Sir. Ich sage Ihnen nur, was mir aufgefallen ist, und bitte Sie um eine Erklärung."

„Die ich Ihnen nicht geben werde. Die gesamten Geschäftsvorfälle sind vertraulich."

Rowan deutete auf den Ordner. „Wie Sie sehen, haben Ihre Klienten mir die gesamten Unterlagen gegeben, damit ich sie prüfe. Und ich versichere Ihnen, Sir, ich suche nicht nach Unregelmäßigkeiten, die zu Ihren Lasten gehen. Ich suche ein Motiv für ein Bandmitglied, die wertvolle Dalmore-Flasche zu stehlen und zu verkaufen." Sie blickte ihn erwartungsvoll an.

Dawson schwieg und starrte sie aus seinen dunklen Eulenaugen vorwurfsvoll an.

„Mr Dawson, ich werde offen zu Ihnen sein. Ich habe den Verdacht, dass diese monatlichen tausend Pfund eine Art Apanage für Mr Seymour Young gewesen sind, nachdem er die Band verlassen hatte. Die Zahlungen beginnen nämlich nur ein paar Monate nach seinem Verschwinden."

Dawson schüttelte den Kopf. „Davon weiß ich nichts. Ich weiß nur, dass Gegenbuchungen erfolgten, wenn auch nicht über die gesamte Summe." Er blätterte in dem Ordner, kam um den Schreibtisch herum und hielt Rowan die Unterlagen hin. „Hier, sehen Sie. Und hier. Und hier ebenfalls."

Die Zeilen, auf die er deutete, wiesen Beträge aus, die als Auszahlungen aus der Handkasse an Hilfskräfte unterschiedlicher Art verbucht waren. Am selben Tag waren aber exakt dieselben Beträge zuvor in die Handkasse eingezahlt worden.

„Wenn Sie alle diese Beträge zusammenrechnen, also alle Vorfälle, bei denen derselbe Betrag erst eingebucht, dann am selben Tag ausgebucht wurde, werden Sie in jedem Monat auf exakt tausend Pfund kommen. Für jede dieser Ein- und Auszahlungen gibt es Belege. Die werde ich Ihnen nicht zeigen – Stichwort Datenschutz und Vertraulichkeit –, aber es gibt sie." Er blickte sie strafend an. „Ich bin ein absolut integrer Mann, Ms Lockhart. Ich mache keine krummen Dinger."

„Das wollte ich Ihnen auch nicht unterstellen. Ich habe Sie lediglich um eine Erklärung gebeten. Die haben Sie mir gegeben. Allerdings ist die Art dieser, hm, kleckerweisen Ein- und Auszahlungen etwas seltsam. Finden Sie nicht?"

Dawson hob resigniert die Hände. „Ja. Und glauben Sie mir, ich habe die Band unzählige Male gebeten, die tausend Pfund doch bitte sofort nach Abhebung in die Kasse zu legen und eine Quittung zu schreiben. Das wäre sowieso sicherer gewesen. Aber stattdessen hat offenbar einer von ihnen all die Jahre das Geld in der Brieftasche mit sich herumgeschleppt und erst bei Bedarf eingezahlt." Er schüttelte den Kopf. „Ich habe in dem Punkt gegen Mauern gepredigt und es irgendwann aufgegeben." Eindringlich blickte er Rowan an. „Aber ich versichere Ihnen, Ms Lockhart, dass ich die Buchhaltung für Dalmore Jazz absolut korrekt durchgeführt habe. Für jede Buchung gibt es einen Beleg. Die gesamten Geschäftsvorfälle halten jeder noch so gründlichen Prüfung stand, weil ich keinen Fehler begangen und erst recht keine unrechtmäßigen Buchungen vorgenommen habe."

Rowan glaubte ihm. Was er sagte, ergab Sinn. Sollte sie

sich geirrt haben und die tausend Pfund hatten tatsächlich nichts mit Seymour Young zu tun? Sie würde das gründlich prüfen, bevor sie es glaubte. Allerdings hielt sie Jack Dawson tatsächlich für den integren Mann, als der er sich gab. Wenn einer der Dalmore Jazzers also das Geld an ihm vorbeigeschleust hatte, um es Young zu geben, dann hatte er das ausgleichen müssen, andernfalls hätte Dawson nachgebohrt. Ziemlich hartnäckig, wie sie ihn einschätzte.

Wieso derjenige das Geld vom Konto der Band genommen hatte, lag auf der Hand. Keiner der Musiker hätte jeden Monat tausend Pfund von seinem Privatkonto abzweigen können. Das wäre gerade in den letzten Jahren, in denen die Einnahmen zurückgegangen waren, nicht möglich gewesen. Außerdem hätten die Ehefrauen nach dem Verbleib des Geldes gefragt. Das Ganze war und blieb seltsam.

Rowan lächelte Dawson liebenswürdig an. „Würden Sie mir wenigstens einen Einzahlungs- und Auszahlungsbeleg dieser Vorfälle zeigen? Nur einen?“

Er nickte. „Gerne. Sobald Sie mir eine schriftliche Vollmacht meiner Klienten bringen, die mir das gestattet.“

Rowan stand auf, denn hier kam sie im Moment nicht weiter. Sie steckte den Ordner wieder in ihre Umhängetasche.

„Vielen Dank, Mr Dawson. Sie haben mir trotzdem sehr geholfen.“

Er antwortete nicht darauf, sondern rief seine Sekretärin, damit sie Rowan hinausbegleitete. Sein Abschiedsgruß klang reichlich frostig, aber das konnte Rowan ihm nicht verdenken.

Sie hatte vorgehabt, sich nach Dawson die Dalmore Jazzers einzeln zur Brust zu nehmen, entschied sich aber, erst die Sache mit den tausend Pfund zu klären. Also fuhr sie wieder nach Hause und absolvierte zunächst zwei

Stunden Training mit Lennox, ehe sie sich an die Arbeit machte.

Dawson hatte recht. Die betreffenden Ein- und Ausbuchungen in der Handkasse vom selben Tag über dieselbe Summe ergaben in jedem Monat exakt tausend Pfund. Aber laut den aufgeführten Verwendungszwecken waren die „Kleckersummen" für Dinge oder Dienstleistungen verwendet worden, die ihr nicht stimmig erschienen. Wozu mussten Bühnenhelfer oder Beleuchter bezahlt werden an Tagen, an denen keine Konzerte oder Generalproben stattfanden? Außer bei einer oder zwei kurzen Beleuchtungsproben waren Beleuchter bei den wöchentlichen Proben nicht erforderlich. Dasselbe galt für Transporte von Musikinstrumenten und anderem Equipment zu Veranstaltungsorten, wenn es an dem Tag und kurz davor oder danach gar keine Veranstaltungen gab.

Diese Dinge mochten Dawson nicht aufgefallen sein, weil ihn wahrscheinlich nur interessierte, dass er für jede Buchung einen Beleg hatte und die Summen in den Quartals- und Jahresbilanzen übereinstimmten. Aber Rowan fiel es auf. Trotzdem konnte auch das einen harmlosen Grund haben. Zum Beispiel den, dass die Musiker bei den Proben oder in ihrer gemeinsam verbrachten Freizeit ordentlich einen draufgemacht hatten und das Geld dafür vom Konto der Band abgezweigt hatten. Das würde zu den identischen Ein- und Ausbuchungen am selben Tag passen. Es würde aber auch bedeuten, dass die entsprechenden Quittungen, die sie Dawson vorgelegt hatten, gefälscht waren.

Gegen diese Theorie sprach aber die exakte Summe von tausend Pfund jeden Monat. Wenn es sich um das Verschleiern von Besäufnissen oder ähnlichen Aktivitäten gehandelt hätte, wäre nicht jeden Monat dieselbe Summe angefallen. Aber auch dafür konnte es eine ganz harmlose, wenn vielleicht auch nicht unbedingt legale Erklärung geben. Hatte sie sich also möglicherweise geirrt und dieses abgezweigte Geld hatte nichts mit Seymour Young zu tun? Denn falls ihre Vermutung zutraf, dass Young das Geld bekommen hatte, dann hätte die Band das doch nicht vor ihrem Buchhalter geheim halten müssen und auch keinen Grund gehabt, das Ganze mit möglicherweise gefälschten Quittungen zu verschleiern. Wenn Dawson sie doch bloß einen Blick auf die Belege hätte werfen lassen. Wenn sie handgeschrieben waren, wovon Rowan ausging, hätte ihr die Handschrift vielleicht etwas mehr verraten. So oder so, die Sache war verdammt seltsam.

Sie überprüfte noch einmal die Kontounterlagen der Bandmitglieder auf identische Barabhebungen, die um die betreffenden Tage herum getätigt worden waren. Aber sie stieß nur auf so wenige Übereinstimmungen, dass die tatsächlich mit dem Zufall erklärt werden mussten. Nach den ihr vorliegenden Indizien war Rowan inzwischen geneigt, der Behauptung der Dalmore Jazzers zu glauben, dass Seymour Young mit dem Verschwinden der Flasche nichts zu tun hatte, weder direkt noch indirekt. Endgültige Gewissheit würde sie aber erst haben, wenn sie herausgefunden hatte, wo er steckte.

Da seine ehemaligen Kumpels sich darüber ausschwiegen, war Sheila Harris die einzige Spur, die ihr noch blieb. Bills Bekannter bei der „Washington Post", der sie am Morgen angerufen hatte, hatte zugesagt, nach ihrem Verbleib zu forschen. Das würde allerdings ein paar Tage dauern.

Ein Geräusch an der Haustür ließ Rowan aufmerken. Draußen war es schon dunkel. Wieder einmal hatte sie nicht bemerkt, wie die Zeit vergangen war. Es musste Bill sein, der zur verabredeten Pokerpartie kam. Doch ihre in jahrelanger Kampfkunstausbildung geschärften Sinne in Verbindung mit ihrer nicht minder geschärften Intuition sagten ihr, dass es nicht Bill sein konnte. Er wäre längst hereingekommen. Außerdem hörte sie ein weiteres Geräusch an der Hintertür. Lennox hatte zwar vor einiger Zeit das Haus verlassen, aber er würde sich nicht hereinzuschleichen versuchen wie derjenige, der sich am Schloss der Hintertür zu schaffen machte.

Rowan lächelte. Ihre Taktik, den Flaschendieb aus der Reserve zu locken, hatte funktioniert. Die beiden, die sich an den Eingängen zu schaffen machten, waren die Antwort darauf. Oder vielmehr mussten es drei sein, denn Rowan hörte auch von der Garage her etwas. Lennox hatte die Hintertür bestimmt abgeschlossen, als er gegangen war, sodass der Einbrecher dort längere Zeit brauchen würde, um ins Haus zu gelangen. Die Vordertür war jedoch offen, weil sie Bill erwartete. Es war nur noch eine Frage relativ kurzer Zeit, bis der Typ da draußen das herausgefunden hatte. Bis Nummer drei sich durch die Garage Zutritt verschaffen konnte, würde dagegen auch noch eine Weile vergehen. Also würde sie zuerst den an der Vordertür ausschalten. Alle drei befanden sich weit genug voneinander entfernt, sodass keiner den anderen warnen oder ihm zu Hilfe kommen konnte, wenn Rowan schnell genug handelte. Und sie würde schneller sein, als ihre Gegner vermuteten.

Sie schaltete das Licht im Büro aus und schlich in den Flur. Sie hatte noch keine drei Schritte in Richtung Vordertür gemacht, als ihr Smartphone in ihrer Hosentasche klingelte. Hastig riss sie es heraus und nahm den Anruf an.

Lennox verließ Dr Steven Colliers Praxis in der 104C Mayfield Road und machte sich zu Fuß auf den Heimweg. Da die Mayfield Road mehr oder weniger parallel zur

Blackford Avenue verlief, war der Weg nicht weit. Die kalte Luft tat ihm gut. Nach zwei Jahren Wüste und Gluthitze in Afghanistan genoss er die Kälte. Sie half ihm außerdem, Abstand zu gewinnen. Wie meistens nach einem Gespräch mit dem Psychiater fühlte er sich besser und in der Lage, auch die nächste Woche gut zu überstehen.

Lennox besuchte Dr Collier seit drei Monaten einmal in der Woche. Der Psychiater hatte sich auf die Behandlung von Soldaten mit Posttraumatischer Belastungsstörung spezialisiert und war im Prinzip für die im Edinburgh Castle und im Umland untergebrachten Garnisonen zuständig. Der Mann verstand sein Handwerk, denn seit Lennox ihn aufsuchte, ging es ihm zunehmend besser. Er fühlte sich seinen Albträumen nicht mehr hilflos ausgeliefert und sie hatten auch schon ein bisschen nachgelassen. Vor allem aber vermittelte Collier ihm die beruhigende Gewissheit, dass es nur eine Frage der Zeit war, bis er seine Traumata überwunden haben würde. Dem Doc zufolge gab es nicht den geringsten Zweifel daran, dass er sie tatsächlich überwinden würde.

Am Anfang war Lennox sich seltsam dabei vorgekommen, einen Psychiater aufzusuchen und ihm von seinen Erlebnissen zu berichten. Er war es gewohnt, allein zurechtzukommen, sofern er nicht im Team mit seinen Kameraden arbeitete. Diese Form von Hilfe anzunehmen und dadurch zuzugeben, dass er tief im Innern so schlimm verletzt worden war, dass er sie benötigte, war ihm schwergefallen. Aber er wollte nicht so enden wie mancher andere Ex-Soldat: als physisches und psychisches Wrack. Ihm war bewusst, dass er eigentlich zu viel trank, auch wenn er sorgfältig darauf achtete, nicht so viel zu trinken, dass er die Kontrolle verlor oder eine Beeinträchtigung spürte. Trotzdem sollte er das weiter einschränken und nur ab und zu einen Schluck trinken. Sonst konnte es passieren, dass er die Grenze überschritt und zum

Alkoholiker wurde, ohne es zu merken. Er wäre nicht der erste Soldat, dem das passierte, nachdem er ins Zivilleben zurückgekehrt war. Aber Lennox hatte nicht vor, sich in diese Liga einzureihen.

Sein Gespräch mit Collier hatte sich zur Abwechslung einmal nicht um seine Erlebnisse in Afghanistan gedreht, sondern um seine Nacht mit Lockhart. Das war das Schönste gewesen, was er je erlebt hatte. Etwas, wovon er sein Leben lang geträumt, aber geglaubt hatte, dass es in der Realität nicht passieren könnte. Davon abgesehen hatten Lockharts Reaktionen ihm einen völlig neuen Blick auf sich selbst gegeben.

Bisher hatte er geglaubt, dass seine Vorliebe, seine Partnerin am ganzen Körper zu streicheln, den Frauen nicht gefiel. Das hatten ihm seine ersten drei Fehlversuche nachdrücklich vermittelt. Beim ersten Mal hatte das Mädchen ihn danach zum Gespött der ganzen Schule gemacht. Lockhart hatte akkurat erkannt, dass das der Grund war, warum er bisher ausschließlich zu Prostituierten gegangen war. Aber ihr hatte es gefallen. Gott, war das schön gewesen mit ihr!

Wenn er ihren letzten Kuss nach dem Frühstück nicht falsch interpretierte, dann hatte sie das Angebot mit der Wiederholung tatsächlich ernst gemeint. Vielleicht sollte er es darauf ankommen lassen, wenn auch nicht unbedingt an diesem Abend. Er war sich allerdings der Gefahr bewusst, die das mit sich brachte. Denn gewisse Dinge aufzugeben und sich auf neue einzulassen, zum Beispiel auf den Sex mit Lockhart, barg ein immenses Potenzial für bestimmte Probleme. Aber, verdammt, er hatte Schlimmeres überlebt. Er würde sich seine Zukunft nicht von der Angst vor möglichen Unannehmlichkeiten kaputt machen lassen.

Als er die Pforte zum Vorgarten von Lockharts Haus erreicht hatte, sah er einen Schatten, der sich an der

Vordertür zu schaffen machte. Seine Sinne waren schlagartig hellwach und er fühlte den vertrauten Adrenalinschub, den er immer unmittelbar zu Beginn eines Kampfeinsatzes verspürt hatte. Ihn wieder zu fühlen, tat ihm gut. Verdammt, er vermisste sein Leben als Soldat. Einerseits. Andererseits hatte er alle Optionen sorgfältig durchdacht, seine Entscheidung getroffen und sie danach konsequent in die Tat umgesetzt. Er wollte und würde sie nicht rückgängig machen, denn er war sich hundertprozentig sicher, dass sie für ihn die richtige war.

Er nahm sein Smartphone und wählte Lockharts Mobilnummer. Sie meldete sich nach dem zweiten Freizeichen.

„Ja?“

Dass sie flüsterte, sagte ihm, dass sie sich der Gefahr bewusst war.

„Lennox hier. Da versucht jemand, ins Haus einzudringen.“

„Ja. Es sind drei. Einer vorn, einer hinten und einer will durch die Garage. Wo bist du?“

„Stehe vorm Gartentor.“

„Schnappst du dir den vorn, nehme ich den hinten. Wer zuerst fertig ist, kümmert sich um den bei der Garage.“

„Okay.“

„Und, Lennox: Ich brauche einen Gefangenen, den ich ausquetschen kann.“

Er grinste. Das kam ihm sehr bekannt vor.

„Aye. Bin unterwegs.“

Er steckte das Smartphone ein und schätzte die Entfernung zwischen sich und der Haustür ab. Der Schnee war in diesem Bereich bereits festgetreten. Wenn er vorsichtig auftrat, würde es nicht knirschen, wenn er darüber ging. Also anschleichen und angreifen, sobald der Typ an der Tür ihn bemerkte.

In diesem Moment fuhr ein Wagen vor und hielt vor dem Haus. Ein Mann stieg aus: Bill Wallace. Er kam zum ungünstigsten Zeitpunkt.

Der Typ bei der Haustür fuhr herum, sah Lennox und Wallace und versuchte, über die Mauer zur Garageneinfahrt zu entkommen. Lennox sprintete los und holte ihn ein, ehe er die Mauer erreicht hatte. Er packte den Flüchtenden, riss ihn zurück und schlug ihm mit der Handkante gegen den Hals. Der Mann brach bewusstlos zusammen.

„Hey, was ..."

Wallace kam nicht mehr dazu, den Satz zu vollenden. Der zweite Mann, den Lockhart bei der Garage ausgemacht hatte, ergriff ebenfalls die Flucht und rannte auf den Inspector zu.

„Stehenbleiben! CID!"

Den Mann beeindruckte das nicht. Er schlug einen Haken und versuchte, auf diese Weise an Wallace vorbeizukommen. Dabei rutschte er auf dem glatten Boden aus und kam zu Fall. Wallace packte ihn, aber der Mann war nicht bereit aufzugeben. Er schlug zu. Wallace wich aus, rutschte aber ebenfalls aus und konnte gerade noch das Gleichgewicht halten. Der Mann trat nach ihm. Lennox schwang sich mit einem Satz über die Mauer der Auffahrt. Inzwischen hatte Wallace es geschafft, seinen Gegner in den Polizeigriff zu nehmen und auf den Bauch zu drehen. Lennox packte den Kopf des Mannes und riss ihn mit einem Ruck zur Seite. Der Typ sackte wie sein Kumpan zusammen.

Wallace starrte Lennox perplex an. Sein Gesicht nahm einen angewiderten Ausdruck an, ehe sein Blick verächtlich wurde. „Können Sie auch noch was anderes als töten? Wir sind hier nicht im Krieg, verdammt."

„Worüber ich ausgesprochen froh bin. Und ja, ich kann noch eine Menge mehr als töten." Lennox nickte zu dem schlaffen Körper hin. „Der Kerl ist nur bewusstlos. Lockhart wollte Gefangene, die sie verhören kann, keine Leichen", fügte er ironisch hinzu.

Hinter dem Haus war Lärm zu hören und ein Schrei ertönte.

Wallace zuckte zusammen. „Row!"

Lennox hielt ihn zurück, als er losstürmen wollte. „Keine Panik. Ihr geht es gut. Der Schrei kam von einem Mann."

„Sie ..."

Lennox ignorierte ihn, drehte sich um und kehrte zu dem Mann zurück, der auf dem Gartenweg lag. Er lud sich den Bewusstlosen auf die Schulter und trug ihn zum Haus. Als er eintrat, sah er, wie Lockhart den dritten Mann mit einer Hand im Polizeigriff in ihr Büro bugsierte. Der Typ stöhnte vor Schmerz, wagte aber keine Gegenwehr, da jede Bewegung äußerst schmerzhafte Folgen hatte. Auf dem Fußboden im Flur lag ein Messer.

„Was ist mit Nummer drei?", fragte Lockhart.

„Den hat Wallace erledigt. Wohin mit dem hier?"

„Ins Büro."

Wallace kam herein und trug den dritten Mann über der Schulter. Auch er bemerkte das Messer. Da er Lockharts Aufforderung gehört hatte, folgte er ihr ebenso wie Lennox ins Büro. Dort ließ er seine Last zu Boden gleiten, während Lockhart ihren Gefangenen in einen Sessel stieß. Danach ging er wieder in den Flur und kehrte mit dem Messer zurück, das er auf den Schreibtisch außer Reichweite des Mannes legte. Um keine Fingerabdrücke darauf zu hinterlassen, hatte er seine Hand in den Ärmel seines Pullovers gezogen, sodass das Messer nur mit dem Stoff in Berührung gekommen war.

Lockhart starrte dem Kerl, den sie überwältigt hatte, in die Augen. „Ich habe nur eine einzige Frage: Wer hat euch beauftragt?"

„Keine Ahnung, was Sie meinen."

Lockhart lächelte. „Falsche Antwort. Ich weiß genau, dass jemand euch Clowns beauftragt hat, bei mir einzubrechen, und ich weiß auch, woher der Wind weht. Also, wer ist der Auftraggeber?"

Wallace hatte inzwischen sein Smartphone herausgeholt und rief seine Kollegen. „Wie es aussieht, handelt es sich hier um einen gemeinschaftlich versuchten Mord", erklärte er seinem Gesprächspartner.

Der Bluff wirkte. Der Mann im Sessel wurde blass und hektisch.

„Hey, wir wollten doch niemanden umbringen. Ehrlich nicht! Wir sollten nur ins Haus einsteigen und der Lady gehörige Angst machen."

Lennox grinste. Um Lockhart „gehörige Angst" zu machen, bedurfte es ganz anderer Kaliber als dieser „Clowns".

„Ich gehe wohl nicht falsch in der Annahme, dass das nicht der ganze Auftrag war", vermutete sie. „Wie lautete die Botschaft, die ihr mir überbringen solltet?"

Der Mann sah ein, dass er sich nicht herausreden konnte, weil Lockhart offenbar schon fast alles wusste. „Wir sollten Ihnen klarmachen, dass Sie aufhören sollen zu suchen. Der Typ, der uns beauftragt hat, sagte, Sie wüssten schon, was das bedeutet."

„Oh ja, das weiß ich." Sie warf Wallace einen triumphierenden Blick zu und grinste. „Operation ‚Wespennest' hat funktioniert." Sie wandte sich wieder an den Gefangenen. „Beschreiben Sie Ihren Auftraggeber."

„Kann ich nicht. Ehrlich! Der Auftrag kam telefonisch, und Ronnie hat ihn entgegengenommen." Er deutete auf den Mann zu Lennox' Füßen. „Oh Mann, ist er tot?"

Lennox schnaubte nur und überließ es dem Gefangenen, das zu interpretieren.

„Kennen Sie die Band Dalmore Jazz?"

„Klar. Deren Jubiläumskonzert war ja in jeder Zeitung

angekündigt und wurde im Radio bei ‚Capital Scotland‘ und ‚Castle FM‘ alle naselang erwähnt."

„Diese Art von Kennen meinte ich nicht. Zumindest Ronnie kennt die Band näher, nicht wahr?"

Der Mann blickte zu seinem bewusstlosen Kumpel in einer Weise, die Lockharts Vermutung ebenso bestätigte, als hätte er Ja gesagt.

Wallace, der mit verschränkten Armen an der Tür gestanden hatte, trat einen Schritt vor und funkelte den Mann kalt an. „Es steht immer noch versuchter Mord im Raum." Er deutete auf das Messer auf dem Tisch.

„Ja, okay, der Anruf kam von einem von der Band. Ronnie hat aber nicht gesagt, von wem. Wir alle haben ab und zu bei Konzerten für Dalmore Jazz gearbeitet, Bühnenaufbau und so. Und als Ronnie sagte, dass wir der Band einen Gefallen tun sollen, haben wir es eben getan. Aber wir wollten Sie wirklich nur erschrecken. Ehrlich!"

„Sie können versuchen, das der Jury weiszumachen", knurrte Wallace.

Draußen erklangen Polizeisirenen.

Der Mann im Sessel fuhr sich mit der Hand über das Gesicht. „Scheiße!"

Wallace ließ seine Kollegen herein und erklärte ihnen die Sachlage. Die beiden Bewusstlosen kamen langsam wieder zu sich und wurden wenig später zusammen mit ihrem Freund in Handschellen abgeführt. Lennox, Lockhart und Wallace wurden aufgefordert, am nächsten Tag auf dem Revier Oxgangs Road North zu erscheinen, um ihre Aussagen zu machen. Als die Beamten gegangen waren, schloss Lockhart die Tür hinter ihnen und blickte Lennox und Wallace mit einem zufriedenen Lächeln an.

„Wir drei sind ein gutes Team, nicht wahr?"

„Aye", stimmte Lennox ihr zu.

Wallace räusperte sich. „Lennox – Mister Lennox hat den Löwenanteil erledigt."

Lennox zuckte mit den Schultern und fand, dass Wallace kein so übler Typ war, da er sich nicht mit fremden Federn schmückte. „Nachdem wir Seite an Seite gekämpft haben, genügt Lennox ohne Mister. Wenn es recht ist."

Wallace nickte. „Bill", bot er an.

Lennox schüttelte den Kopf. „Würde gern bei Wallace bleiben. Ist für mich eine Frage des Respekts. Hat für mich aber denselben Stellenwert wie für andere Leute der Vorname."

„Okay", stimmte Wallace zu.

„Jungs, ich spendiere einen Singleton. Lennox, hast du Lust, mit uns zu pokern?"

Er sah Wallace an, dass dem das nicht passte, aber ihm passte es ausgezeichnet. „Gerne. Ich spendiere das Bier. Bis gleich." Er ging in seine Wohnung, zog sich etwas Bequemes an und kehrte mit einem Sixpack Guinness in Lockharts Wohnung zurück.

Sie und Wallace saßen schon auf der Couch. Der Singleton stand neben den Spielkarten und drei Gläsern auf dem Tisch vor ihnen. Im Hintergrund spielte zur Abwechslung mal keine Soulmusik, sondern Jazz. Er identifizierte Dizzy Gillespies unvergleichliches „Moonglow" und fand nicht zum ersten Mal, dass Jazz die perfekte Musik zur Untermalung eines Pokerspiels war, und nicht nur dafür. Verdammt, er und Lockhart hatten so erstaunlich viel gemeinsam.

„... Beweis genug, dass einer der Dalmore Jazzers die Flasche gestohlen hat", sagte sie gerade, wohl als Antwort auf eine Äußerung von Wallace. „Und wenn ich den Jungs morgen in dieser Sache auf den Zahn fühle, werde ich anhand ihrer Reaktionen auf die Nachricht erkennen, wer den Überfall in Auftrag gegeben hat. Dann weiß ich auch, wer der Dieb der Flasche ist, weil nur der einen Grund hat, mich von der Suche abzubringen. Welchen, finde ich noch raus."

Lennox setzte sich in den Sessel und verteilte das Bier. Lockhart schob ihm ein Glas Whisky hin.

„Lennox, du als Quasi-Buchhalter, was sagst du zu der Praktik, die tausend Pfund, über die ich gestern gestolpert bin, jeden Monat über Tage oder Wochen hinweg sozusagen im Geldbeutel zu behalten und sie nur, wenn sie gebraucht werden, kleckerweise in die Handkasse einzubuchen?"

Er schüttelte den Kopf. „Wer das tut, ist entweder ein totaler Chaot oder aufs Betrügen, vielmehr Unterschlagen aus. Die Gefahr, dass man dieses Geld mit dem eigenen in der Tasche verwechselt und am Ende Geld ausgegeben hat, das einem rechtlich gar nicht gehört, ist viel zu groß. Selbst wenn keine Betrugsabsicht dahintersteckt, geht das auf die Dauer nicht gut."

Lockhart nickte und mischte die Karten. „Zu dem Schluss bin ich auch gekommen. Und wenn am Ende des Monats die Kleckerbeträge trotzdem immer exakt tausend Pfund ergeben, ohne je einen fehlenden Penny?"

Lennox nahm seine Karten auf. „Dann würde ich die dazugehörigen Belege genau unter die Lupe nehmen, um zu sehen, ob die nicht vielleicht getürkt sind." Er schüttelte den Kopf. „Wie gesagt, entweder der Typ, der so was tut, ist ein Chaot, oder irgendwas soll auf diese Weise verschleiert werden."

Lockhart lächelte zufrieden. „Genau das denke ich auch. Noch ein Punkt, bei dem ich bei den Dalmore Jazzern massiv nachhaken werde."

Lennox empfand etwas, das er nicht in Wort fassen konnte. Es bedeutete ihm viel, dass Lockhart ihn in ihren Fall mit einbezog und um Rat fragte. Ebenso, dass sie ihn zum Pokern eingeladen hatte. Das erinnerte ihn an die Zeiten in seiner Einheit. In der Freizeit hatte er auch mit seinen Freunden zusammengesessen, Bier getrunken, gepokert und so manche Bar unsicher gemacht. Nicht nur diese Dinge hatten ihm das Gefühl von Kameradschaft vermittelt, das er so sehr brauchte. Nun erlebte er es wieder. Doch es war anders.

In seiner Truppe galt das ungeschriebene Gesetz, dass eine Frau entweder Kameradin oder Bettgespielin war, aber niemals beides sein konnte. Unter anderem aus diesem Grund waren Kameradinnen als Geliebte und auch für One-Night-Stands tabu. Lockhart aber war immer noch seine Kameradin, obwohl er mit ihr geschlafen hatte. Das hatte der gemeinsame kleine „Kampfeinsatz“ vorhin zweifelsfrei bewiesen. Und wie es schien, war das überhaupt kein Problem. Gott, warum war er nicht schon früher einer Frau wie ihr begegnet?

Wahrscheinlich weil es keine zweite Frau auf der Welt gab, die auch nur annähernd so war wie sie. Er verstand vollkommen, warum Wallace offenbar in sie verliebt war; darauf ließ zumindest dessen Reaktion am Morgen schließen. Aber Lennox war für eine feste Beziehung definitiv nicht bereit. Solange er sein Leben nicht vollständig im Griff hatte – was bedeutete, dass er sein Trauma restlos bewältigen musste –, konnte er für keine Frau ein vernünftiger Partner sein. Und selbst wenn er eines Tages so weit sein sollte, war es immer noch Lockharts Entscheidung, ob sie ihn wollte. Falls sie zu dem Zeitpunkt überhaupt für eine Beziehung bereit war.

Doch das war alles Zukunftsmusik. Eins nach dem anderen: Trauma bewältigen, inneres Gleichgewicht zurückgewinnen, Leben auf die Reihe kriegen, entscheiden, ob er überhaupt eine feste Beziehung wollte, und falls die Antwort auf den letzten Punkt Ja lautete, sich danach um Lockhart bemühen. Falls sie dann noch frei sein sollte und Lennox sich eine Beziehung mit ihr vorstellen konnte. Falls nicht, würde er andere mögliche Optionen ausloten. Aber die Chance, dass er in Lockhart vielleicht die Frau gefunden hatte, mit der er würde leben können, durfte er nicht ungenutzt verstreichen lassen. Gleich morgen würde er Doc Collier anrufen und fragen, ob er in Zukunft zwei Termine pro Woche bekommen konnte.

Er hob sein Glas. „Cheers. Möge der beste Bluffer gewinnen."

SIEBEN

Mittwoch, 12. Dezember 2012

Rowan und Bill hatten am Vormittag ihre Aussage bezüglich der Schläger bei der Polizei gemacht. Die drei waren eingehend verhört worden, hatten aber nichts anderes ausgesagt als das, was der Mann, den Rowan befragt hatte, auch schon behauptet hatte. Und sein Kumpel Ronnie, der angeblich den Auftrag von einem der Dalmore Jazzers entgegengenommen hatte, bestätigte zwar, dass der Auftrag telefonisch erfolgt war, aber er wusste angeblich nicht, wer sein Gesprächspartner gewesen war. Der hatte sich nur mit „Dalmore Jazz" gemeldet und ihm dreihundert Pfund versprochen, wenn er Rowan einschüchterte und ihr nachhaltig die Botschaft vermittelte, dass sie nicht weitersuchen sollte. Seine Freunde mit einzuspannen, war seine Idee gewesen.

Eine Überprüfung der Anruferliste seines Handys hatte nichts gebracht, da der Auftraggeber offenbar von einem öffentlichen Telefon aus angerufen hatte. Falls Ronnie entgegen seiner Aussage wissen sollte, wer ihn angerufen hatte, behielt er das für sich. Das Messer, das sein Freund bei sich gehabt hatte, als er in Rowans Haus eingedrungen war, hatte angeblich nur dazu dienen sollen, die Tür aufzubrechen. Etwas anderes war ihm nicht nachzuweisen. Immerhin lief es für die drei auf versuchten Einbruch und nach ihrem Geständnis auch noch auf versuchte Körperverletzung hinaus.

Rowan fand es amüsant, dass die Methode, jemandem einen Trupp Schläger auf den Hals zu hetzen, um ihn unter Druck zu setzen, einfach nicht totzukriegen war.

Sie selbst hatte es zum wiederholten Mal erlebt, nicht nur in Edinburgh. In Japan hatte sie sich einmal mit der Yakuza angelegt, die den Mann bedroht hatte, der Rowans Security-Unternehmen zu seinem Schutz engagiert hatte. Verglichen mit deren Einschüchterungsmethoden waren ein paar Schläger ein Witz. Sie war gespannt, was deren Auftraggeber sich als Nächstes einfallen lassen würde.

Wer mochte er sein? Drew Stirling hatte am heftigsten gegen ihre Ermittlungen protestiert. Aber er war vom Typ her eher ein Mann, der das Prügeln persönlich übernommen hätte, statt jemanden zu schicken. Charlie Grant? Auch er hatte mehrfach gegen sie protestiert. Keith Nicholson? Er hatte sich zwar bisher ruhig und besonnen gezeigt, aber stille Wasser waren bekanntlich tief. Rob Leask und Tom Maxwell kamen natürlich auch infrage. Es konnte jeder gewesen sein. Oder mehrere von ihnen. Sie neigte jedoch dazu, Matt Ramsey auszuschließen. Zwar hatte er etwas zu verbergen, das spürte sie bei jeder Begegnung deutlich, aber es würde keinen Sinn ergeben, dass er sie erst anheuerte und gegenüber seinen Kumpels durchsetzte, dass sie weiter ermittelte, und dann mit so einer Aktion versuchte, sie eben daran zu hindern.

Vollkommen ausschließen konnte sie das jedoch nicht. Bei einem ihrer Jobs als Personenschützerin in Japan hatte sich der Drahtzieher der geplanten Ermordung des Managers einer britischen Firma sogar im Vorfeld anschießen lassen – von dem von ihm beauftragten Attentäter. Damit hatte er den Verdacht erwecken wollen, dass irgendjemand es auf die gesamte Firmenspitze abgesehen hatte, nicht nur auf das von ihm beabsichtigte Opfer. Eine Detektivin zu engagieren, um sich dadurch selbst eine saubere Weste zu verschaffen – zumindest was den Diebstahl der Flasche betraf –, war dagegen harmlos. Aber Rowan würde schon herausfinden, wer der Dieb war.

Nach ihrem Abstecher zur Polizeistation hatte sie jeden

Dalmore Jazzer einzeln aufgesucht unter dem Vorwand, noch das eine und andere Detail zu klären. Leider hatte sich keiner von ihnen dadurch als Auftraggeber der Schläger verraten, dass er sich übermäßig überrascht gezeigt hatte, sie gesund und munter zu sehen. Zwar waren sie überrascht gewesen, aber nicht über das Maß hinaus, das in Anbetracht der Tatsache angemessen war, dass Rowan unangemeldet gekommen war. Einen Hinweis darauf, wer von ihnen die Flasche gestohlen haben könnte, hatte sie leider auch nicht bekommen. Und ohne das Motiv für den Diebstahl zu kennen, wusste sie nicht, wo sie hätte ansetzen können.

Der Fall war vertrackt, und sie bekam zunehmend das Gefühl, dass sie bei allen bisherigen – zugegebenermaßen mageren – Ergebnissen etwas Wichtiges übersah, sich verrannte, wie zum Beispiel in die Sache mit den tausend Pfund. Aber die war und blieb dermaßen merkwürdig und deshalb verdächtig, dass da garantiert etwas faul war. Gut, das hatte vielleicht tatsächlich nichts mit Seymour Youngs Verschwinden zu tun, und er war möglicherweise auch nicht der Grund für den Diebstahl der Flasche. Aber dessen konnte sie sich erst sicher sein, wenn sie die Unstimmigkeit aufgeklärt hatte.

Doch erst einmal stand der Anruf bei Amanda Saunders in New York an. Rowan hatte sich einen Zeitpunkt dafür ausgesucht, von dem sie vermutete, dass Kyle Saunders' Witwe entweder zu Hause war oder, falls sie wider Erwarten zur Arbeit gegangen sein sollte, Mittagspause machte. Fünf Uhr nachmittags in Schottland war High Noon in New York.

„Hallo?", meldete sich eine schwache, tieftraurig klingende Frauenstimme nach dem achten Freizeichen.

„Mrs Saunders?"

„Ja. Wer ist da?"

„Mein Name ist Rowan Lockhart. Ich bin Privatermittlerin in Edinburgh. Mein aufrichtiges Mitgefühl für Ihren Verlust."

„Danke. Was wollen Sie?" Die Frau klang erstaunt.

„Ihr Mann hat mir am Tag vor seinem Tod den Auftrag erteilt, seine schottischen Ahnen ausfindig zu machen. Ich nehme an, er hat Ihnen gesagt, dass das der Hauptgrund für seine Reise nach Edinburgh war."

Amanda Saunders zögerte. „Ja. Aber das ist nun nicht mehr wichtig."

„Im Gegenteil, Ma'am." Rowan wählte ihre nächsten Worte sorgfältig und sprach so sanft wie möglich. „Ich weiß nicht, ob die Polizei beziehungsweise Ihre hiesige Botschaft Ihnen mitgeteilt hat, dass Ihr Mann ermordet wurde."

„Ein Raubmord, ja." Sie schluchzte.

„So sieht es zwar aus, aber ich habe den begründeten Verdacht, dass das nur vorgetäuscht wurde. Möglicherweise hängt sein Tod mit der Suche nach seinen schottischen Verwandten zusammen. Ihr Mann sagte mir, dass er von seiner Abstammung durch einen Brief seiner Mutter erfahren habe, den er nach ihrem Tod erhalten hatte."

„Ja, sie starb vor einiger Zeit an Krebs."

„Leider sind wir über das Vorgespräch nicht hinausgekommen, sodass er mir noch nicht gesagt hatte, wie der mutmaßliche Name seiner schottischen Ahnen lautet."

Eine Weile herrschte Schweigen am anderen Ende der Leitung. Schließlich fragte Amanda Saunders: „Aber warum sollte seine Suche nach seinen Verwandten denn etwas mit seinem Tod zu tun haben? Das ergibt doch keinen Sinn."

„Möglicherweise geht es um eine Erbschaftsangelegenheit. Wenn plötzlich und unerwartet ein Verwandter auftaucht, der erbberechtigt ist, schmälert das den Erbteil der bisherigen Erben. Unter Umständen sogar beträchtlich. Es besteht aber auch die Möglichkeit, dass es sich bei der

Sache um ein finsteres Familiengeheimnis handelt, zum Beispiel den Fehltritt eines Familienmitgliedes. In dem Fall kann es sein, dass man das Geheimnis dadurch bewahren wollte, indem man Ihren Mann tötete. Das kann ich aber erst mit Sicherheit sagen, wenn ich herausgefunden habe, von welcher Familie Ihr Mann abstammte. Wissen Sie vielleicht, ob er den Brief seiner Mutter mit nach Schottland genommen hatte? Oder ist er noch bei Ihnen zu Hause?"

Amanda Saunders zögerte, doch dann antwortete sie: „Nein, Kyle hat ihn mitgenommen. Er müsste bei seinen Sachen sein."

„Dann wird er bestimmt bei den persönlichen Gegenständen sein, die man Ihnen zusenden wird", sagte Rowan. „Leider habe ich als Privatermittlerin auf die keinen Zugriff. Wissen Sie, was genau darin stand?"

„Nein. Der Inhalt hat Kyle sehr verstört, aber er wollte nicht darüber reden. Er sagte nur einmal, dass alles eine Lüge war. Was immer er damit gemeint hat."

Das fragte sich Rowan auch. „Können Sie mir sagen, wie seine Mutter hieß?"

„Sheila Saunders."

„Und mit Mädchennamen?"

Erneut zögerte Amanda Saunders. Offenbar dachte sie nach. „Jordan. Nein, warten Sie. Sie war zweimal verheiratet. Ihr erster Mann hieß Jordan. Die Ehe dauerte aber nur ein paar Monate. Der Mann hat sich nach Kyles Geburt scheiden lassen, weil Kyle weiß war und deshalb nicht sein Kind sein konnte." Sie schnaufte traurig. „Seine Mutter war farbig, aber Kyle kam äußerlich völlig nach seinem weißen Vater."

Rowan umklammerte den Hörer. Kyle Saunders' Mutter hieß Sheila und war eine Farbige. Und Saunders' Geburtsdatum ...

„Nach der Scheidung von ihrem ersten Mann hat sie

Kyles Stiefvater Mike geheiratet", fuhr Amanda Saunders fort. „Er hat Kyle adoptiert. Aber ursprünglich hieß seine Mutter ... Warten Sie ... Harmon? Nein, Harris. Sheila Harris."

Rowan richtete sich kerzengerade auf. „Aus New Orleans? Tochter von Gideon und Ethel Harris?"

Amanda Saunders zögerte wieder. „Das könnte sein. Weder Kyle noch seine Mutter hatten Kontakt zu ihren Eltern, also seinen Großeltern. Sie haben zwar nie darüber gesprochen, aber aus Andeutungen habe ich mitbekommen, dass die Eltern wohl ebenfalls den Kontakt zu Sheila abgebrochen hatten, nachdem sie ein weißes Baby zur Welt gebracht hatte. Heute ist das ja nichts Besonderes mehr. Unsere süße Ruby sieht ihrer Großmutter ähnlich – sie ist auch farbig." Sie begann zu weinen.

Rowan hätte sie gern getröstet, aber unmittelbar nach dem Verlust eines geliebten Menschen gab es keinen Trost, nicht für sehr lange Zeit. Deshalb sagte sie nur: „Mrs Saunders, mit Ihren Informationen haben Sie mir sehr geholfen. Und Kyle ebenfalls. Denn ich glaube, ich weiß jetzt, warum Ihr Mann ermordet wurde. Und wer der Täter ist. Ich halte Sie auf dem Laufenden."

Sie wehrte Amanda Saunders' Fragen danach, wen sie in Verdacht hatte, sanft ab und beendete das Gespräch. Mit einem Mal ergab alles einen Sinn. Nicht nur das Mordmotiv war für sie glasklar, sondern auch das Motiv für den Diebstahl der Gründungsflasche von Dalmore Jazz. Es handelte sich nicht um zwei verschiedene Fälle, sondern um einen einzigen. Und im Zuge von dessen Aufklärung würde sich auch herausstellen, was es mit dem Verschwinden von Seymour Young auf sich hatte.

Nachdem sie nun einen konkreten Ansatzpunkt hatte, überprüfte sie noch ein paar Dinge und tätigte einige Anrufe, die schließlich ein vollständiges Bild ergaben. Danach rief sie Matt Ramsey an und bat ihn, alle Bandmitglieder zusammenzutrommeln, da sie wüsste, wer die Flasche gestohlen hatte. Anschließend fuhr sie zum Polizeipräsidium am Torphichen Place, um Bill abzuholen.

Bill starrte zum unzähligsten Mal auf sein Smartphone, das er neben sich auf dem Schreibtisch liegen hatte. Er wartete auf Rows Anruf und war mehr als gespannt zu hören, ob sie etwas Brauchbares von Saunders' Witwe erfahren hatte. Statt des Smartphones klingelte jedoch das Festnetztelefon. Der Pförtner meldete ihm, dass eine Ms Lockhart ihn zu sprechen wünsche. Bill fragte sich, warum sie persönlich vorbeikam, statt ihn anzurufen, und ließ sie heraufbringen. Er ignorierte den fragenden Blick von Chief Inspector Rose, der an seinem Schreibtisch saß und mal wieder eine miserable Laune hatte, weil Chief Superintendent Murdoch ein paar Minuten zuvor zum vierten Mal an diesem Tag nachgefragt hatte, wann sie den Mörder endlich gefasst hätten.

Eine Minute später betrat Row schwungvoll das Büro. An ihrem zufriedenen Gesichtsausdruck sah Bill, dass sie gute Nachrichten brachte.

„Hiya Bill."

„Hiya Row." Er stand auf und deutete auf Rose. „Row, das ist Detective Chief Inspector Duncan Rose, mein Vorgesetzter. Sir, Ms Rowan Lockhart, Privatermittlerin."

Dass Rose schon aus diesem Grund etwas gegen Rows Anwesenheit einzuwenden hatte, sah man ihm an.

Row nickte ihm zu. „Erfreut, Sie kennenzulernen, Chief Inspector." Sie knuffte Bill an die Schulter. „Ich hab was für dich."

„Wallace." Roses Stimme klang eisig. „Seien Sie so gut

und verlegen Sie Ihre persönlichen Angelegenheiten in Ihre Freizeit. Wir haben hier zu arbeiten."

„Ich bin beruflich hier", sagte Row, bevor Bill antworten konnte. „Ich denke, ich habe das Rätsel um den Mord an Kyle Saunders gelöst."

Rose blickte erst sie, dann Bill an. „Wallace, haben Sie etwa mit dieser Dame über polizeiinterne Ermittlungen gesprochen?" Weder sein schneidender Ton noch der starre Blick, mit dem er Bill fixierte, verhießen etwas Gutes.

Bill war sich bewusst, dass er in ernsten Schwierigkeiten steckte, die ihm sogar einen schriftlichen Tadel einbringen konnten, falls Rose tatsächlich so sauer war, wie er den Eindruck erweckte. Trotzdem dachte er keine Sekunde lang daran, Row zu verleugnen.

„Ja, Sir. Row ist absolut vertrauenswürdig und mir, das heißt uns, nicht zum ersten Mal eine wertvolle Hilfe. Ohne sie hätte ich den Macrae-Fall nicht lösen können. Denn genau genommen hat sie ihn gelöst. Ich habe ihr nur assistiert."

„Nun stell dein Licht mal nicht so sehr unter den Scheffel", mahnte Row. Sie war rot geworden, was ihr ausgesprochen gut stand. „Das war beste Teamarbeit."

„Trotzdem haben Sie unsere Fälle nicht mit Außenstehenden zu diskutieren, Wallace. Das wird ein Nachspiel für Sie haben."

Bill schluckte.

Row schnaubte verächtlich. „Wenn er dich rauswirft, komm zu mir, Bill. Ich suche sowieso einen zweiten Ermittler für meine Detektei. Das Gehalt, das ich dir zahlen könnte, wäre zwar nicht ganz so üppig wie dein aktuelles – noch nicht –, aber du könntest problemlos davon leben." Sie pflanzte sich auf den Stuhl vor seinem Schreibtisch, streckte die Beine aus und schlug sie an den Fußgelenken übereinander. „Da der Chief Inspector offenbar nicht an meiner Hilfe zur Lösung des Falls Saunders interessiert ist, sage ich also dir allein, was ich rausgefunden habe."

Duncan Roses Gesicht war sehenswert. Er war es nicht gewohnt, dass man ihm widersprach, und erst recht nicht, dass er ignoriert wurde. Ganz offensichtlich überlegte er, ob er Row rauswerfen sollte und Bill gleich hinterher, oder ob er eine legale Handhabe fand, sie einzubuchten, um ein Exempel zu statuieren. Der Vorwurf der Behinderung von Ermittlungsarbeiten wäre schnell erhoben. Er wäre zwar nicht haltbar, da Row die Ermittlungen nachweislich nicht behinderte, sondern sie sogar unterstützte, aber sie käme erst einmal in die Gewahrsamszelle, wo Rose sie so lange schmoren lassen würde, wie das Gesetz es ihm erlaubte. Ihr Angebot, für sie zu arbeiten, falls Rose tatsächlich Bills Entlassung aus dem Polizeidienst betreiben sollte, hatte jedoch eine verlockende Komponente. Aber sein Job als CID-Beamter war ihm sehr viel lieber, wenn er die Wahl hatte.

„Bitte, Sir, Sie sollten sich anhören, was Row zu sagen hat. Sie war schon damals am Police College immer eine der Besten im Ermitteln. Davon abgesehen verbürge ich mich für ihre absolute Integrität und Diskretion."

Row wandte sich Rose zu. „Auf die gebe ich Ihnen mein Wort, Chief Inspector. Wenn ich nicht geheiratet hätte und mit meinem Mann nach Japan gezogen wäre, wäre ich heute vermutlich zusammen mit Bill Ihre rechte Hand. Ich arbeite mit der Polizei und gern auch für sie, aber niemals gegen sie. Darum bin ich hier. Darf ich Ihnen darlegen, was ich herausgefunden habe?"

Rose rang sichtbar mit sich, aber am Ende siegte sein Ermittlerverstand. „Bitte. Ich bin ganz Ohr."

„Der Fall der gestohlenen Gründungsflasche der Dalmore Jazzers und der Mord an Kyle Saunders hängen direkt zusammen." Row hob abwehrend die Hand, als Rose etwas einwerfen wollte, und das Wunder geschah:

Der Chief Inspector schwieg tatsächlich. „Vor ungefähr fünfundzwanzig Jahren hatte die Band ein Groupie, wie sie es nannten, Sheila Harris, eine farbige Austauschstudentin aus New Orleans. Seymour Young, der bis 1988 ebenfalls Mitglied der Band war, wollte sie sogar heiraten. Aber dann erfuhr er, dass die gesamte Band einschließlich ihres Managers in einer whiskyseligen Nacht mit ihr geschlafen hatte. Dadurch kam es zum Bruch mit der Band, und Young verschwand spurlos."

„Ich sehe noch keinen Zusammenhang zum Tod von Kyle Saunders", stellte Rose fest.

Bill unterdrückte ein Lächeln. Der Chief Inspector wusste noch nicht, dass man alle Einzelheiten von Row erfuhr, wenn man sie reden ließ, ohne sie zu unterbrechen.

„Dazu komme ich noch, Sir. Sheila Harris kehrte in die USA zurück, aber nicht allein. Sie war schwanger."

Bill pfiff durch die Zähne. Schlagartig ergab alles einen Sinn. Aber er sagte nichts.

„Am 20. Dezember 1988 brachte sie einen Sohn zur Welt, Kyle, der drei Jahre später von dem Mann adoptiert wurde, den seine Mutter heiratete, und der ab da Kyle Saunders hieß. Ab Januar 1989 wurden aber vom Konto der Band jeden Monat tausend Pfund abgehoben, die angeblich in die Handkasse flossen, um damit Hilfskräfte zu bezahlen. Allerdings gibt es dafür keine Gegenbuchungen in der Handkasse. Oder vielmehr gibt es kleckerweise Gegenbuchungen, die eindeutig dazu dienten, den wahren Zweck dieser tausend Pfund zu verschleiern. Die Einzelheiten werden uns die Dalmore Jazzers erzählen. Die Abhebungen wurden vor zwei Jahren eingestellt, und zwar genau in dem Monat, in dem Kyle Saunders sein Studium an der New Yorker Kunstakademie beendete."

„Alimente", schloss Bill und nickte. „Die tausend Pfund waren Alimente, die die Band gezahlt hat, bis Saunders seine Ausbildung beendet hatte."

Row nickte ebenfalls. „Und zwar vom Konto der Band, weil sie nicht wussten und vielleicht auch nicht wissen wollten, wer von ihnen Kyles Vater ist. Vielleicht hatten sie auch ein schlechtes Gewissen wegen der orgiastischen Nacht."

„Haben die Männer die Frau vergewaltigt?", fragte Rose.

Row schüttelte den Kopf. „Nach meinen Ermittlungen nicht. Die Jungs konnten mir glaubhaft versichern, dass alles in gegenseitigem Einvernehmen geschah. Offenbar hatte aber Sheila Harris-Saunders ihrem Sohn die ganzen Jahre über nicht die Wahrheit gesagt. Sie ist kürzlich an einem Krebsleiden gestorben und hat Kyle höchstwahrscheinlich in einem Abschiedsbrief offenbart, dass einer der Dalmore Jazzers sein Vater ist. Daraufhin ist er hergekommen und hat versucht herauszufinden, welcher von ihnen es ist. Da er mich beauftragen wollte, den Betreffenden zu suchen, ist der verschwundene Seymour Young ein heißer Kandidat für die Vaterschaft."

„Woraus Sie schließen, dass einer der Musiker ihn ermordet hat?" Rose schüttelte den Kopf.

Row nickte. „Natürlich. Denken Sie das Ganze doch mal logisch zu Ende, Chief Inspector."

Bill verbarg seine Mundpartie hinter seiner Hand und senkte den Kopf, damit Rose nicht merkte, dass er grinste. Dem war es wahrscheinlich seit dem Tag, an dem er Chief Inspector geworden war, nicht mehr passiert, dass ihn jemand aufgefordert hatte, eine Sache doch mal logisch zu Ende zu denken. Womit natürlich angedeutet wurde, dass Rose das nicht getan hatte.

„Sheila Harris hatte bis zu jener whiskyinduzierten Orgie eine feste Beziehung mit Seymour Young. Deshalb ist die Wahrscheinlichkeit recht groß, dass er Kyles Vater ist. Young ist seit damals spurlos verschwunden, und zwar so spurlos, wie nur jemand verschwinden kann, der tot und verscharrt ist. Sein Schicksal wird noch zu klären sein. Da die Dalmore Jazzers aber jedes Mal von immensen Schuldgefühlen gepackt werden und schnellstens das Thema zu wechseln versuchen, wenn ich seinen Namen erwähne, vermute ich, dass mindestens einer von ihnen definitiv weiß, dass Young tot ist. Ich glaube, das wissen sie alle. Und mindestens einer von ihnen trägt die Schuld an seinem Tod. Das wird, wie gesagt, noch zu klären sein."

Rose beugte sich interessiert vor. Er hatte offensichtlich erkannt, dass Rows Schlussfolgerungen den Mord an Saunders wahrscheinlich tatsächlich klärten oder zumindest einen Hinweis auf den Täter lieferten.

Sie blickte ihn und Bill bedeutsam an. „Wenn Saunders der Sohn von Young war und Young tot ist, hätte Saunders Anspruch auf Youngs Anteil an allen Einnahmen, die der Band durch die Songs in den Geldbeutel geflossen sind, die Young komponiert und getextet hat, als er noch deren Mitglied war." Row machte eine bedeutungsvolle Pause. „Ich habe während der letzten Woche die Bilanzen der Band studiert. Was Saunders bei einem nachgewiesenen Anspruch geerbt hätte, sind Millionen. Die hätte die Band ihm aber nicht zahlen können, weil sie nicht mehr genug Einnahmen hat, auch wenn sie nicht pleite ist."

„Es sei denn, sie hätten ihre Gründungsflasche verkauft", vermutete Bill. „Für die hat doch schon mal jemand drei Millionen geboten."

Row schüttelte den Kopf. „Die Flasche spielt meiner Meinung nach in der Geschichte aber eine ganz andere Rolle. Sie enthält eine Haarsträhne von jedem Gründungsmitglied – auch von Seymour Young. Mit den heutigen Methoden der DNA-Analyse hätte Saunders durch einen entsprechenden Abgleich zweifelsfrei feststellen können, ob überhaupt einer – und wenn ja, wer von den Dalmore Jazzern – sein Vater ist."

„Das ergibt einen Sinn", stimmte Bill zu. „Er versucht, an die Flasche heranzukommen, um durch die Haare darin seinen Vater zu identifizieren. Als er sie nicht kaufen kann, weil sie unverkäuflich ist, wendet er sich vermutlich an ein Bandmitglied und zieht den Mann ins Vertrauen." Er blickte Row an, die nickte. „Der erkennt die Gefahr des drohenden finanziellen Ruins der Band, falls bewiesen wird, dass tatsächlich Young der Vater war. Deshalb stiehlt er die Flasche und lässt sie verschwinden, in der Hoffnung, dass Saunders seinen Plan aufgibt, wenn das Ding weg ist."

„Aye", bestätigte Row. „Aber er hat nicht lockergelassen, sondern wollte mich beauftragen, seinen schottischen Vorfahren, nämlich seinen mutmaßlichen Vater Seymour Young, ausfindig zu machen. Ich bin mir sehr sicher, dass er das, ohne etwas Böses zu ahnen, seinem Kontaktmann bei Dalmore Jazz mitgeteilt hat. Der sah vielleicht nicht nur die finanziellen Interessen der Band, sondern auch seine eigenen dadurch ultimativ gefährdet."

„Ihre Schlussfolgerung hat eine Lücke", stellte Rose fest. „Wenn es sich tatsächlich so verhalten hätte, warum ist Saunders nicht offen zu den Musikern gegangen und hat ihnen gesagt, dass er möglicherweise der Sohn von diesem Seymour Young ist?"

„Weil sie ihn ausgelacht hätten. Sheila Harris war eine Farbige, aber wie die Natur so spielt, war Saunders nahezu weiß. Keiner hätte ihm geglaubt, dass er Sheila Harris' Sohn ist."

„Eine Geburtsurkunde hätte das doch beweisen können", wandte Bill ein.

Row schüttelte den Kopf. „Die hätte nur bewiesen, dass eine Frau namens Sheila Harris seine Mutter ist. Auf der Suche nach ihr bin ich auf Dutzende von Frauen mit diesem Namen gestoßen, von denen keine mit Saunders' Mutter identisch war. Außerdem war Sheila bei der Geburt ihres Sohnes verheiratet, weshalb höchstwahrscheinlich ihr damaliger Mann als Vater in der Geburtsurkunde eingetragen ist, falls er die Vaterschaft nicht angefochten hat. In diesem Fall steht in der Geburtsurkunde vermutlich ‚Vater unbekannt', da Sheila wegen der orgiastischen Nacht möglicherweise nicht wusste, wer Kyles Vater ist. Und selbst wenn dort Seymour Young eingetragen gewesen wäre, hätte die Band wegen Kyles weißer Hautfarbe die Urkunde wahrscheinlich für eine Fälschung gehalten, mit der er sich ein Erbe erschleichen wollte." Sie winkte ab.

Bill lehnte sich in seinem Stuhl zurück. „Und was ist deiner Meinung nach an dem Abend passiert, an dem er ermordet wurde?"

„Der Mörder lockte Saunders zur Waverley Station und brachte ihn später zur Damhead raus, wo er ihn tötete und alles wie einen Raubmord aussehen ließ. Das würde auch erklären, warum Saunders mitten im Schreiben eines Satzes aufgebrochen ist und alles stehen und liegen ließ. Wenn sein Kontaktmann ihm gesagt hat, er hätte Beweise für Youngs Vaterschaft oder die Flasche oder Young selbst gefunden, wäre das für Saunders wie der Jackpot gewesen, und er wäre sofort zu dem Treffen aufgebrochen."

Das ergab absolut Sinn, offensichtlich auch für Rose. Row war eben verdammt gut.

„Und zur Waverley hat man ihn bestellt, weil ...?" Rose blickte Row an.

Bill war sich sicher, dass sein Vorgesetzter längst selbst den richtigen Schluss gezogen hatte. Aber er wollte Row offenbar auf die Probe stellen.

„Selbst bei einem Wetter wie diesem herrscht am Bahnhof ein reges Kommen und Gehen. Dort fällt es niemandem auf, wenn ein Mann zu einem anderen in den Wagen steigt, weil das da im Minutentakt geschieht. Am Bahnhof achtet niemand darauf. Hätte der Mörder Saunders vom Hotel abgeholt oder sich an einer anderen Stelle mit ihm getroffen, dann hätte sich jemand daran erinnern und der Polizei einen Tipp geben können. Deshalb die Waverley."

„Moment mal", bat Bill. „Zwischen Saunders' Aufbruch zur Waverley und dem Zeitpunkt seiner Ermordung liegen, wie wir wissen, sechs Stunden. Was geschah in dieser Zeit?"

Row zuckte mit den Schultern. „Ich vermute, der Mörder hat ihm gesagt, dass er ihn zu Young bringt oder zu jemandem, der weiß, wo Young sich aufhält. Oder er hat irgendeine andere glaubhafte Begründung genannt und ist dann mit ihm in der Gegend herumkutschiert. Wahrscheinlich hat er ihn zu einem angeblichen Treffpunkt gebracht, wo Young natürlich nicht aufgetaucht ist. Unter einem Vorwand hat er dort mit ihm bis kurz vor Mitternacht gewartet, da er dann einigermaßen sicher sein konnte, bei diesem Wetter den Mord weitgehend unbemerkt begehen oder vielmehr die Leiche beseitigen zu können, weil um diese Zeit kaum noch jemand auf der Straße ist. Saunders hat ihm vertraut und war wahrscheinlich auch so aufgeregt, weil er glaubte, kurz vor dem Ziel seiner Nachforschungen zu stehen, dass er keinen Verdacht geschöpft hat."

Das ergab ebenfalls Sinn und würde zu überprüfen sein, sobald sie den Mörder ausfindig gemacht hatten.

Rose nickte. „Und von Youngs Tod gehen Sie aus, weil ...?"

„Weil man keinen Anspruch auf ein Erbe hat, wenn der potenzielle Erblasser noch nicht tot ist. Sämtliche Ansprüche auf Tantiemen aus den von Young komponierten und getexteten Songs hätte allein er selbst, wenn er noch lebte. Wenn also Saunders' Mörder gewusst oder vermutet hätte, dass Young noch lebt, hätte er in Saunders keine Gefahr gesehen. Denn dann hätte die Beweislast, dass Young tot ist, bei Saunders gelegen, ebenso wie der Nachweis, dass er wirklich Youngs Sohn war. Andernfalls hätte er ihn nicht beerben können."

„Klingt stimmig", meinte Bill. „Selbst wenn Saunders mit einem anerkannten Beweis seiner Abstammung von Young bei der Band aufgetaucht wäre und sein Erbe eingefordert hätte, hätte ihm das keinen Cent gebracht, weil es bis heute keinen Nachweis gibt, dass Young tot ist."

Row nickte. „So ist es. Young hat in über zwanzig Jahren keine Ansprüche auf Tantiemen geltend gemacht, weshalb der Täter damit hätte rechnen können, dass er das auch weiterhin nicht tun würde, wenn er noch leben würde. Saunders war also nur eine Gefahr, weil der Mörder weiß, dass Young tot ist und Saunders geerbt hätte, wenn dessen Abstammung von Young hätte bestätigt werden können. Ob er lediglich Kenntnis von Youngs Tod hat oder sogar die Schuld daran trägt, muss noch ermittelt werden." Sie stand auf. „Ich habe die Band in Ramseys Haus zusammengetrommelt mit der freudigen Nachricht, dass ich weiß, wer die Flasche gestohlen hat. Wenn ihr mich begleitet, könnt ihr Saunders' Mörder gleich einkassieren."

„Damit wir uns recht verstehen." Roses Stimme klang so eisig, dass Bill tatsächlich fröstelte. „Das ist ausschließlich Angelegenheit des CID, in die Sie sich nicht einzumischen haben, Ms Lockhart. Wir werden das übernehmen – und zwar ohne Sie. Ich danke Ihnen für Ihre Hinweise, aber ab hier ist für Sie Schluss in der Angelegenheit."

„Was den Mord an Saunders betrifft, überlasse ich Ihnen die Verhaftung des Täters gern", stimmte Row zu. „Ich wurde aber angeheuert, um die gestohlene Flasche zu finden. Für diesen Fall sind Sie nicht zuständig. Und Sie können mir nicht untersagen, unabhängig von Ihnen, aber zur selben Zeit wie Sie, meine Klienten aufzusuchen." Sie schenkte Rose ein liebenswürdiges Lächeln, ehe sie fortfuhr: „Chief Inspector, die beiden Fälle hängen zusammen. Ich bin mit allen Hintergründen vertraut. Vor allem kenne ich die Band und kann ihre Reaktionen einschätzen und subtile Hinweise besser interpretieren als Sie oder Bill, weil Sie den Leuten noch nie begegnet sind." Sie sah Rose ernst in die Augen. „Ich will und werde Ihnen ganz sicher nicht ins Handwerk pfuschen, Sir. Aber hier geht es um einen eiskalten Mörder, der sich aus dem Staub machen wird, sobald Sie auftauchen und nichts weiter in der Hand haben als den Verdacht – denn mehr ist es bis jetzt nicht –, einer der Dalmore Jazzers könnte ein Mörder sein."

„Wenn ich das richtig verstehe, haben Sie auch nicht mehr in der Hand. Es sei denn", Rose blickte sie drohend an, „Sie verheimlichen uns noch etwas."

„Nein, Sir. Das Einzige, was ich Ihnen noch voraus habe, ist, wie ich schon sagte, dass ich die Bandmitglieder kenne. Deshalb kann ich ihre Reaktionen einschätzen und interpretieren und dadurch mit neunzigprozentiger Wahrscheinlichkeit erkennen, wer der Täter ist. Diese Erfahrung kann ich Ihnen leider nicht vermitteln. Also sollte ich schon dabei sein."

„Ich empfehle Rows Anwesenheit dringend, Sir", unterstützte Bill sie, wohl wissend, dass er sich damit den Unmut seines Vorgesetzten noch stärker zuzog und zu einem späteren Zeitpunkt einen kräftigen Rüffel deswegen bekommen würde. „Natürlich können wir mit den uns aktuell vorliegenden Informationen den Mörder auch ohne ihre Hilfe ermitteln. Aber mit ihrer Hilfe geht es erheblich schneller. Das bringt uns wahrscheinlich heute noch eine Verhaftung ein." Er verkniff sich den Hinweis, dass diese sich nicht nur günstig auf Roses Prestige als Ermittlungsleiter auswirken würde, sondern ihm auch mit sofortiger Wirkung eine Laus namens Màire Murdoch aus dem Pelz befördern würde.

Rose blickte Row abschätzend an. „Und Sie glauben, der Mörder gesteht Ihnen die Tat einfach so?"

Row schüttelte den Kopf. „Keineswegs, Chief Inspector. Ich werde ihn überführen. Und zwar zweifelsfrei."

Rose sah erst Row, dann Bill an und wieder zurück zu

Row. Er überlegte offensichtlich, ob ihre Selbstsicherheit berechtigt oder ein Ausdruck von Überheblichkeit war. Oder ob sie glaubte, eine Miss Marple zu sein und es mit trotteligen Ermittlern zu tun zu haben. Da ihre bisherigen Schlussfolgerungen aber Hand und Fuß hatten, entschied er, sich anzusehen, was sie noch alles aus dem Ärmel zauberte. Er stand auf.

„Das will ich mit eigenen Augen sehen."

Matt Ramsey starrte Rowan missmutig an, als er ihr die Tür öffnete und nicht nur sie, sondern auch Bill und Rose sah.

Rose zückte seinen Dienstausweis. „Detective Chief Inspector Rose und Inspector Wallace vom CID. Wir dürfen eintreten."

Ramsey gab die Tür frei und blickte Rowan ernst an. „Also hat tatsächlich einer von uns die Flasche gestohlen." Er schüttelte den Kopf. „Ich wollte es nicht glauben."

„So ist es leider, Mr Ramsey. Ich erkläre es Ihnen allen gleich."

Sie folgte ihm ins Wohnzimmer, wo die Band versammelt war. Erschrecken malte sich auf einigen der Gesichter, als Rose und Bill sich vorstellten.

„Sie sagten, Sie haben unsere Flasche gefunden, Ms Lockhart", brummte Charlie Grant. „Wieso kommen Sie gleich mit dem CID?"

„Glauben Sie mir, wir sind nicht wegen einer gestohlenen Flasche hier", versicherte Rose und nahm unaufgefordert auf einem Stuhl Platz.

Rowan beobachtete die Männer, die Unsicherheit zeigten und angespannt waren. Wie Bill war sie mitten im Raum stehen geblieben, da es keine freien Sitzplätze mehr gab und sie Ramseys Angebot, sich auf seinen Platz zu setzen, mit einem Kopfschütteln abgelehnt hatte. Sie sah die Männer der Reihe nach an.

„Gentlemen, einer von Ihnen ist ein Mörder. Eventuell sogar ein Doppelmörder. Möglicherweise gibt es auch mehr als einen Mörder in Ihren Reihen."

„Haben Sie den Verstand verloren?", fuhr Drew Stirling auf. „Erst behaupten Sie, dass einer von uns unser Baby gestohlen hat, und jetzt sollen wir auch noch jemanden umgebracht haben?"

„Was glauben Sie, warum wir hier sind?", wandte Bill ein. „Eine gestohlene Flasche interessiert das CID in der Regel nicht."

Dass die Bandmitglieder wieder einmal massive Schuldgefühle ausstrahlten, bestätigte Rowans Verdacht. „Sie alle wissen, dass Seymour Young tot ist. Und zwar schon seit 1988."

Niemand widersprach ihr. Die Musiker machten nur in bewährter Manier dicht, pressten die Lippen zusammen und zeigten auch in ihrer Körperhaltung klare Ablehnung.

„Vielleicht starb er eines natürlichen Todes", fuhr Rowan fort, „vielleicht durch einen Unfall, vielleicht durch Mord. Aber er ist tot. Sie alle haben das Geheimnis die ganzen Jahre über für sich behalten. Bis Kyle Saunders auftauchte und mindestens einem von Ihnen gesagt hat, was er von seiner Mutter Sheila Harris erfahren hatte: dass Seymour Young sein Vater ist."

„Was?" Matt Ramsey starrte sie mit offenem Mund an, ehe er den Kopf schüttelte.

„Moment mal." Tom Maxwell machte eine beschwichtigende Geste mit beiden Händen. „Das kann ja gar nicht sein. Sheila war farbig, zwar nicht total schwarz, aber ziemlich dunkelhäutig. Saunders war ein Weißer."

Rowan nickte. „Erinnern Sie sich bitte an die Gesetzmäßigkeiten der Vererbungslehre. Es kommt zwar selten vor, dass bei einem farbigen und einem kaukasischen Elternteil das Kind weiß ist, aber es kommt vor. Besonders wenn vielleicht im Stammbaum des farbigen Elternteils auch ein kaukasischer Ahne war. Ich konnte jedenfalls zweifelsfrei ermitteln, dass Kyle Saunders der Sohn von Sheila Harris ist. Und sein Geburtsdatum am 20. Dezember 1988 lässt in Verbindung mit den tausend Pfund Alimenten, die Sie ab Januar 1989 fast zweiundzwanzig Jahre lang jeden Monat an Sheila Harris gezahlt haben, den Schluss zu, dass wohl nicht nur Mr Young als sein Vater infrage kommt. Oder wollten Sie damit Ihr schlechtes Gewissen beruhigen, weil Sie alle schon zum damaligen Zeitpunkt genau wussten, dass Ihr Freund Seymour tot ist und Sie daran alles andere als unschuldig sind?"

„Oh Gott!" Matt Ramsey fuhr sich mit der Hand über das Gesicht.

„Ihr sagt nichts ohne unseren Anwalt", wies Keith Nicholson die Musiker an.

„Das ist auch nicht nötig", sagte Rowan. „Sie brauchen mir nur weiter zuzuhören. Ich nehme an, dass Ms Harris Ihnen nie gesagt hat, welchen Namen sie ihrem Sohn gegeben hat oder dass sie später geheiratet und ihr Mann Kyle adoptiert hat, weshalb er Saunders hieß und nicht Harris."

„Sie hat ihn uns gegenüber Seymour junior genannt", bestätigte Rob Leask und ignorierte außer Nicholsons Schweigegebot auch dessen strafenden Blick. „Deshalb sind wir davon ausgegangen, dass er Seymour Harris heißt." Er schüttelte den Kopf. „Heißt das, sie hat uns all die Jahre abgezockt und uns vorgemacht, sie wäre immer noch alleinstehend, obwohl sie längst verheiratet war?"

Rowan nickte. „So sieht es aus. Sie hat Ihr Geld aber nicht für sich verwendet, sondern tatsächlich in Kyles Ausbildung gesteckt. Er wollte Ihre Gründungsflasche übrigens nicht als Souvenir oder Trophäe, er wollte höchstwahrscheinlich durch eine DNA-Analyse der darin befindlichen Haare herausfinden, ob Seymour Young wirklich sein Vater war. Wäre er das, hätte Saunders als sein legitimer Erbe Anspruch auf alle Tantiemen gehabt, die Seymour Young zustehen. Wäre der noch am Leben, hätte Saunders aber nicht erben können. In dem Fall wäre es nicht nötig gewesen, ihn umzubringen, um ihn daran zu hindern, von Ihnen die ihm rechtmäßig zustehenden Millionen zu fordern. Also hat einer von Ihnen die Flasche gestohlen in der Hoffnung, dass Mr Saunders dadurch überzeugt würde, dass die Flasche für immer verschwunden bleiben wird, und wieder nach Hause fahren würde." Sie blickte Matt Ramsey an. „Sie, Mr Ramsey, sind nicht der Dieb, da Sie mich sonst kaum engagiert hätten, um die Flasche zu finden. Aber eins nach dem anderen." Sie sah jedem einzelnen Dalmore Jazzer in die Augen. „Also, Gentlemen, wer von Ihnen sagt mir jetzt, was mit Ihrem Freund Seymour wirklich passiert ist?"

Es herrschte betretenes Schweigen, doch Rowan ließ sich davon nicht beirren. Sie wandte sich wieder an Matt Ramsey.

„Mr Ramsey." Obwohl ihre Stimme sanft klang, zuckte er wie unter einem Peitschenschlag zusammen. „Sie haben ihn getötet, nicht wahr? Wann immer ich Mr Young erwähne, werden Sie von so massiven Schuldgefühlen überwältigt, dass es nach über zwanzig Jahren dafür nur einen einzigen Grund geben kann. Wollen Sie uns nicht sagen, was passiert ist?"

„Keith hat recht, Matt", sagte Drew Stirling mit schneidender Stimme. „Du musst ohne Anwalt gar nichts sagen. Also halt einfach den Mund."

Ramsey schüttelte den Kopf. „Nein, Drew. Ich lebe seit vierundzwanzig Jahren, vier Monaten und siebzehn Tagen mit dieser entsetzlichen Last – dieser Schuld. Ich kann nicht mehr." Er nickte heftig. „Ich sage alles. Und es ist gut, dass es endlich rauskommt." Gequält sah er Rowan an. „Ja, ich habe Seymour erschlagen. Aber ich wollte es nicht. Ich schwöre bei Gott, dass ich das wirklich nicht gewollt habe."

Er schlug die Hände vors Gesicht und brauchte eine Weile, ehe er sich genug gefasst hatte, um wieder sprechen zu können. Seine Freunde versuchten nun nicht mehr, ihn daran zu hindern.

„Es stimmt nicht, was wir neulich Ihnen und damals der Presse gegenüber behauptet haben. Wir haben Seymour nicht aus der Band geworfen, weil er wegen Sheila unzuverlässig geworden war. Er wollte uns verlassen. An dem Tag kam er mit Sheila zu uns und teilte uns freudestrahlend mit, dass sie schwanger war und er mit ihr in die USA gehen und sie heiraten würde, wenn sie am Ende des Semesters nach New Orleans zurückkehren würde. Er war überzeugt, dass es sein Kind war." Ramsey atmete ein paar Mal tief durch. „Das hätte vielleicht nicht das Ende der Band bedeutet – hat es dann ja auch nicht –, aber uns war klar, dass wir ohne ihn nicht einmal annähernd so viel Erfolg haben würden wie mit ihm. Er war das Herz von Dalmore Jazz." Wieder schlug er die Hände vors Gesicht.

„Und weil wir nicht wollten, dass Seymour uns verlässt", fuhr Rob Leask an seiner Stelle fort, „haben wir uns zusammengesetzt und uns überlegt, wie wir ihn daran hindern könnten. Irgendwann sind wir auf den idiotischen Gedanken gekommen, ihm von dem Abend zu erzählen, an dem Sheila mit uns allen geschlafen hatte, und ihn darauf hinzuweisen, dass ihr Kind vielleicht von einem von uns ist und nicht von ihm." Er schüttelte den Kopf. „Dass wir Seymour damit erst recht verlieren könnten, hatten wir nicht bedacht."

Matt Ramsey nickte. „Wir haben ausgelost, wer es ihm sagt, und das war ich. Ich hab mich mit ihm in unserem

Probenraum zusammengesetzt, ein bisschen Musik mit ihm gemacht, wir haben auch was getrunken." Er fuhr sich über das Gesicht. „Und als ich mir genug Mut angetrunken hatte, habe ich es ihm gesagt." Er stieß einen gequälten Laut aus. „Bei Gott, wir hätten ihn mit Sheila ziehen lassen sollen, dann wäre das alles nicht passiert."

Rowan wartete eine Weile, ehe sie nachhakte. „Denn es passierte – was?"

„Wir haben uns geprügelt. Seymour war außer sich, nannte mich einen Lügner und Schlimmeres und wir haben uns wirklich heftig geprügelt." Wieder brauchte Matt Ramsey eine Pause, ehe er weitersprechen konnte. „Und plötzlich lag er vor mir und war ziemlich übel verletzt."

Rowan hatte erwartet, dass Rose spätestens an diesem Punkt eingreifen und die Leitung der Befragung übernehmen würde. Aber erstaunlicherweise ließ der Chief Inspector sie weitermachen. Seinem Gesichtsausdruck nach zu urteilen, war seine Achtung vor Privatermittlern – zumindest vor ihr – in den letzten Minuten erheblich gestiegen.

„Was haben Sie danach gemacht?", fragte sie Matt Ramsey sanft.

Er schüttelte den Kopf. „Ich ... ich war wie gelähmt. Wusste nicht, was ich tun sollte. Dann kam Keith." Er nickte dem Manager zu, der ihn finster anstarrte.

„Mr Nicholson", wandte sich Rowan an ihn. „Wie ging es weiter?"

Der Manager zuckte mit den Schultern. „Damals gab es noch keine Handys, und im Probenraum war auch kein Telefon. Der befand sich damals noch in einer alten Scheune, die zu einer Farm draußen beim Glenpunty Wood gehörte. Weil es zu lange gedauert hätte, erst zur Farm zu laufen, einen Krankenwagen zu rufen und auf dessen Ankunft zu warten, habe ich Seymour in meinen

Wagen gesetzt und bin mit ihm in die Stadt gefahren, so schnell ich konnte." Er schüttelte den Kopf. „Aber ich hatte noch nicht mal die Hauptstraße erreicht, da war er schon tot."

„Weil ich ihn totgeschlagen habe." Matt Ramsey schlug wieder die Hände vors Gesicht. „Gott ist mein Zeuge, dass ich das nicht gewollt habe."

Rowan blickte Rose an, ob der etwas zu sagen gedachte, doch er beschränkte sich weiter auf die Rolle des interessierten Zuhörers.

„Mr Youngs Tod ist aber nirgends offiziell vermerkt", warf Bill ein und blickte Nicholson an. „Also haben Sie ihn auch nach seinem Tod nicht ins Krankenhaus gebracht und ebenso wenig die Polizei eingeschaltet."

„Was hätte das genützt?" Der Manager klang aggressiv. „Ich wollte und musste die Band schützen. Seymour war tot. Wenn herausgekommen wäre, dass Matt schuld daran war, wäre er ins Gefängnis gekommen. Das hätte die Band kaputt gemacht. Durch Seymours Tod fehlte schon das wichtigste Mitglied. Matt war der Einzige, mit dem Dalmore Jazz überhaupt noch eine Chance hatte, auch wenn er Seymour nicht wirklich ersetzen konnte."

Rowan erwartete, dass Keith Nicholson weitersprechen würde, aber das hatte der offensichtlich nicht vor. Also fragte sie: „Was haben Sie mit der Leiche gemacht?"

Der Manager blickte sie finster an und überlegte wohl, was er preisgeben konnte, ohne sich noch tiefer reinzureiten. Falls es stimmte, was er sagte, hatte er sich lediglich der illegalen Entsorgung einer Leiche schuldig gemacht. Aber das war schon lange verjährt.

„Ich bin wieder zurückgefahren und habe Seymour unter einer Eiche im Long Green Wood an der Küste begraben."

„Ich hoffe, Sie wissen noch, welche Eiche es war", sagte Rose, „denn wir werden die Leiche selbstverständlich exhumieren, damit die Überreste ordentlich bestattet werden können."

Nicholson nickte. „Ich habe den Baum gekennzeichnet, die Umrisse einer Gitarre in die Rinde geschnitten. Mein Messer habe ich immer dabei."

„Und wir sind alle hingegangen, um Abschied zu nehmen", ergänzte Charlie Grant. „Danach haben wir geschworen, die Sache für uns zu behalten und niemals wieder darüber zu reden."

„Was war mit Sheila?", fragte Rowan.

„Wir haben ihr erzählt, dass Seymour rausgefunden hätte, dass sie mit uns allen geschlafen hatte, und deshalb so sauer auf sie und auch auf uns wäre, dass er keinen von uns je wiedersehen wollte", sagte Tom Maxwell. „Außerdem haben wir behauptet, dass er Hals über Kopf abgehauen wäre. Sie hat es natürlich nicht geglaubt und kam noch wochenlang jeden Tag vorbei, um uns zu löchern. Wir sollten ihr sagen, wo er ist. Irgendwann hat sie aber doch geglaubt, dass wir die Wahrheit sagen und nicht wissen, wo er steckt. Das war kurz vor dem Ende ihres Semesters an der Uni. Danach ist sie zurück in die Staaten."

„Und niemand hat nach Ihrem Freund gefragt? Verwandte? Vermieter? Andere Freunde?"

Allgemeines Kopfschütteln.

„Seymours Eltern waren schon tot, und weitere Verwandte hatte er nicht", erklärte Drew Stirling. „Wir haben seine Unterschrift gefälscht und eine Kündigung an seinen Vermieter geschickt. Keith hatte ihm die Schlüssel aus der Tasche genommen, bevor er ihn ... Wir haben dem Vermieter gesagt, dass Seymour uns beauftragt hätte, für ihn die Wohnung zu räumen, was wir dann getan haben. Natürlich hat die Presse uns gelöchert, als wir beim nächsten Konzert ohne ihn auftraten." Er zuckte mit den Schultern. „Wir haben nur gesagt, dass er die Band aus persönlichen Gründen verlassen hätte. Aber das hat die nicht vom Spekulieren abgehalten, bis nach gut einem Jahr und etlichen Konzerten in dieser Zeit für die Öffentlichkeit Fakt war, dass Seymour nicht mehr zu Dalmore Jazz gehörte." Er schüttelte den Kopf und blickte zu Boden. „Dabei ist er all die Jahre ein Teil von uns gewesen. Vielleicht sogar noch mehr, als wenn er bei uns geblieben wäre."

Eine Weile herrschte Schweigen.

„Wir hielten die Sache für erledigt", übernahm Rob Leask wieder das Wort. „Bis wir zu Weihnachten eine Karte von Sheila erhielten. Sie teilte uns mit, dass sie Seymours Sohn zur Welt gebracht hätte, und verlangte ganz unverblümt Unterhalt."

„Und weil wir alle ein verdammt schlechtes Gewissen hatten", ergänzte Matt Ramsey, „haben wir jeden Monat gezahlt."

„Ohne Beweise dafür, dass es das Kind tatsächlich gab?", vergewisserte sich Bill.

Drew Stirling schüttelte den Kopf. „Sie hatte ein Foto mitgeschickt, auf dem sie den Jungen im Arm hielt. Aber das Baby war so sehr in eine Decke eingewickelt, dass nur seine Haare herausschauten. Und weil die so schwarz waren wie Sheilas, sind wir davon ausgegangen, dass der Junge ebenfalls farbig ist." Er seufzte. „Und Saunders war wirklich ihr Sohn?"

Rowan nickte. „Ohne jeden Zweifel. Aber haben Sie nie einen Nachweis verlangt, dass der Junge noch existiert? Eine Geburtsurkunde oder so?"

„Dazu hatten wir ein viel zu schlechtes Gewissen", gestand Matt Ramsey. „Außerdem wollten wir nicht daran erinnert werden, dass Seymour einen Sohn hatte, dem wir – dem ich den Vater genommen habe. Das Letzte, was wir von Sheila gehört haben, war eine Nachricht vor zwei Jahren, dass Seymour junior seine Ausbildung beendet hätte und damit unsere Unterhaltspflicht abgeleistet wäre.

Wir waren verdammt froh darüber, dass das ein Ende hatte und wir nie wieder was von ihr hören würden. Dass der Junge herkommen würde ..." Er zuckte mit den Schultern.

„Da Sie die tausend Pfund in bar abgehoben und nicht überwiesen haben, gehe ich davon aus, dass Sie sie auch als Baranweisung geschickt haben."

„An ein Postamt in New York", bestätigte Keith Nicholson. „Sheila bestand darauf. Nachdem wir jetzt wissen, dass sie damals schon verheiratet war, ergibt das einen Sinn. Eine Überweisung auf ein Konto hätte ihrem Mann auffallen können, Bargeld nicht, wenn sie es gut versteckte."

„Und damit Ihr Buchhalter nichts merkt, haben Sie Belege gefälscht, gemäß denen Sie die tausend Pfund kleckerweise für angebliche Dienstleistungen von Hilfskräften und Ähnliches in die Handkasse ein- und gleich wieder ausgebucht haben", vermutete Rowan.

Nicholson verzog missmutig das Gesicht. „Dawson ist ein zu korrekter Mann, als dass er keinen Nachweis für den Verbleib des Geldes verlangt hätte. Manchmal haben wir auch Kassenbons für die Getränke, die wir bei den Proben getrunken haben, dafür verwendet." Er blickte Rowan ungehalten an. „Das ist all die Jahre niemandem aufgefallen. Bis Sie angefangen haben zu schnüffeln."

Sie zuckte mit den Schultern. „Berufskrankheit. Davon abgesehen ist es genau der Job, für den Sie mich engagiert haben." Sie nickte Matt Ramsey zu, der zusammengesunken in seinem Sessel saß, aber auch erleichtert wirkte. „Mr Ramsey hat bei unserem letzten Gespräch ausdrücklich darauf bestanden, dass ich die Wahrheit herausfinde, und zwar unabhängig davon, was ich im Zuge der Ermittlungen alles ausgrabe."

„Aber warum hat Sheila ihren Sohn erst jetzt wissen lassen, dass Seymour sein Vater war?" Rob Leask blickte Rowan fragend an. „Das ergibt doch keinen Sinn."

Rowan nickte. „Sie ist vor Kurzem an Krebs gestorben. Ich denke, sie wollte vor ihrem Tod reinen Tisch machen. Aber ohne den Inhalt des Briefes zu kennen, den sie ihm geschrieben hat, lässt sich das nur schwer beurteilen." Sie blickte in die Runde. „Seine Frau ..."

„Er hat eine Frau?", vergewisserte sich Drew Stirling. Aus seiner Stimme sprach ein wahrhaft schlechtes Gewissen.

„Und eine kleine Tochter", bestätigte Rowan. „Seine Frau hat mir gesagt, dass ihr Mann den Brief mitgenommen hätte."

„Wir haben ihn weder in seinem Hotelzimmer gefunden noch bei seiner Leiche", ergänzte Bill. „Auch nicht in seiner Brieftasche, die der Mörder in der Captain's Road weggeworfen hatte. Der Finder der Brieftasche konnte uns glaubhaft versichern, dass kein Brief darin gewesen war. Das bedeutet, dass der Mörder ihn entweder noch besitzt oder ihn vernichtet hat."

„Letzteres", war Rowan überzeugt. „Denn ihn zu behalten, wäre viel zu riskant. Schließlich musste der Mörder damit rechnen, dass er irgendetwas übersehen hat, wodurch die Polizei ihm auf die Schliche kommen und dann seine Wohnung und seine Sachen durchsuchen könnte. Also hat er ihn entsorgt. Unter anderem auch, damit es keine Hinweise gibt, dass Mr Saunders Ansprüche auf Mr Youngs Erbe haben könnte. Aber das ist im Moment nebensächlich. Kommen wir zu dem Diebstahl Ihrer Dalmore-Flasche, Gentlemen. Wie ich schon sagte: Saunders wollte sie nicht als Souvenir haben, sondern Seymour Youngs darin befindliche Haare analysieren lassen, um zweifelsfrei herauszufinden, ob der wirklich sein Vater war. Zu diesem Zweck hat er jemanden von Ihnen kontaktiert und ihm seine wahre Identität offenbart. Wahrscheinlich hat derjenige ihn abgewimmelt, woraufhin Saunders versucht hat, die Flasche zu kaufen.

Als sein Kontaktmann gemerkt hat, dass er nicht lockerlässt, hat er die Flasche verschwinden lassen und unter anderem Saunders als mutmaßlichen Dieb belastet, damit der keinen Verdacht schöpft, dass die Flasche seinetwegen entwendet wurde. Der Plan, Saunders dadurch zur Aufgabe seiner Suche zu bewegen, hat aber nicht funktioniert. Außerdem wollte Saunders mich damit beauftragen, seinen Vater zu finden. Also musste der Dieb ihn töten."

Sie blickte die Dalmore Jazzers der Reihe nach an. Die wiederum sahen einander teils fassungslos, teils misstrauisch an.

„Das ist absurd, absolut absurd", ereiferte sich Drew Stirling.

Rowan schüttelte den Kopf. „Ganz und gar nicht." Sie deutete auf Keith Nicholson. „Sie sind Kyle Saunders' Mörder, Mr Nicholson."

Der Manager stieß einen ärgerlichen Laut aus. „Sie spinnen doch!"

Doch Rowan ließ sich nicht aus der Ruhe bringen. „Absolut nicht. Als ich eben sagte, dass der Dieb auch der Mörder ist, hat jeder jeden angesehen, um an der Reaktion der anderen zu erkennen, wer das sein könnte. Bis auf Sie. Sie haben mich angesehen, weil Sie genau wissen, dass es keiner von den anderen sein kann. Außerdem haben Sie versucht zu erraten, wie viel ich wirklich weiß."

Nicholson lachte verächtlich. „Und nur weil ich Sie angesehen habe, schließen Sie daraus, dass ich die Flasche gestohlen und Saunders ermordet habe? Ein bisschen dürftig als ‚Beweis' für meine angebliche Schuld, finden Sie nicht?"

Rowan lächelte. „Stimmt. Aber ich habe die Tinker vom Cameron Wood besucht und mich bei ihnen umgehört. Ich hatte gehofft, dass vielleicht doch jemand in der Mordnacht etwas gesehen hat. Und siehe da", sie schnippte mit den Fingern, „einem jungen Mann ist eingefallen, dass er gegen Mitternacht Streit mit seiner Frau hatte. Deshalb hat er den Wohnwagen verlassen und ist draußen ein bisschen herumgelaufen, um sein erhitztes Gemüt abzukühlen. Dabei hat er einen Wagen bemerkt, der wie ein Audi aussah und eine dunkle Farbe hatte. Es kam ihm merkwürdig vor, dass der Wagen gewendet hat, statt die Damhead geradeaus weiterzufahren. Also hat er versucht, sich das Kennzeichen zu merken, konnte sich aber nur noch an einen Teil erinnern: S und SCO, dazwischen eine 8 und noch eine weitere Ziffer. Sie, Mr Nicholson, fahren einen dunkelblauen Audi mit dem Kennzeichen SN58 SCO."

Sie sah Bill die Stirn runzeln. Bestimmt fragte er sich, warum sie ihm das nicht gesagt hatte. Rose dagegen blickte sie auf eine Art an, als habe sie ihm gerade bestätigt, dass er Privatermittlern zu Recht misstraute. Rowan unterdrückte ein Lächeln. Zumindest Rose würde sich noch wundern, denn an dem Blick, den Bill ihr nun zuwarf, erkannte sie, dass er verstanden hatte.

„Dieses Teilkennzeichen könnte zu vielen Wagen gehören", sagte Nicholson, doch Rowan spürte, dass er Angst hatte.

Sie nickte. „Aber Sie wohnen – übrigens als Einziger der Anwesenden – im Westen der Stadt, und zwar in East Craigs, 26E Craigmount View. Der Mörder hat bei Kyle Saunders einen Raubmord vorgetäuscht, indem er ihm seine Brieftasche, Uhr und das Handy abgenommen hat. Die Brieftasche wurde in der Captain's Road gefunden. Und hier, Mr Nicholson, haben Sie einen eklatanten Fehler gemacht. Ihnen ist erst, als Sie schon auf dem Heimweg waren, eingefallen, dass Sie diese Dinge besser weit weg von Ihrem Haus entsorgen sollten, damit auf Sie kein Verdacht fällt. Aber Sie sind umgedreht, als Sie den Tatort verlassen haben." Sie blickte ihn bedeutsam an. „Umgedreht, weil Ihr Zuhause nicht in der Nähe der Captain's Road liegt." Sie zeigte in die Runde. „Jeder andere hier hätte, um zu seinem Haus zu kommen, nicht umzudrehen brauchen, sondern hätte die Damhead nur geradeaus weiterfahren müssen, um über die A701 nach Hause zu kommen. Und jeder dieser Wege führt mehr oder weniger direkt an der Captain's Road vorbei oder in die Richtung. Sie, Mr Nicholson, sind der Einzige, der einen Grund hatte, umzudrehen."

„Das ..."

Rowan ließ ihn nicht zu Wort kommen. „Und bevor Sie weiter leugnen: Die drei Schläger, die Sie mir gestern auf den Hals gehetzt haben, waren sehr gesprächig. Ihr Freund Ronnie hat Ihren Namen als den seines Auftraggebers genannt." Das hatte er zwar nicht getan, aber ein guter Bluff zur rechten Zeit wirkte oft Wunder. „Ich habe den Briefumschlag und das anonyme Schreiben, das dem Bestechungsgeld beigelegt war, der Polizei übergeben. Außer meinen Fingerabdrücken wird man darauf auch Ihre finden. Ebenso auf einem Teil des Geldes. Und wenn mich meine Kenntnis der aktuellen Ermittlungsvorgänge des CID nicht täuscht, sind das alles zusammen genug Indizien, um einen Durchsuchungsbeschluss für Ihr Haus und vor allem Ihren Wagen zu erwirken. Ich wette, in dem finden sich Spuren von Kyle Saunders, vielleicht sogar sein Blut."

Keith Nicholson starrte Rowan hasserfüllt an und ballte die Fäuste. Seinem Gesichtsausdruck nach zu urteilen, hätte er sie am liebsten auf der Stelle in Stücke gerissen.

„Keith?" Matt Ramseys Stimme klang fassungslos. „Hast du tatsächlich unser Baby gestohlen und Sheilas Sohn umgebracht? Hast du das getan?", brüllte er, als der Manager nicht antwortete.

„Ja, verdammt! Der Kerl hätte uns ruiniert! Und er wollte ums Verrecken keine Ruhe geben." Er deutete auf Rowan. „Er wollte sogar sie engagieren, um Seymour zu finden. Das konnte ich doch nicht zulassen. Ich habe die Band immer geschützt, immer in eurem Interesse gehandelt. Und wenn du damals Seymour nicht erschlagen hättest, wäre das alles überhaupt nicht passiert!"

Chief Inspector Rose stand auf und zog die Handschellen aus der Tasche. „Und jetzt passiert noch etwas. Mr Nicholson, Sie sind verhaftet wegen des Verdachts, Kyle Saunders ermordet zu haben. Legen Sie die Hände auf den Rücken und leisten Sie keinen Widerstand. Und Sie, Mr Ramsey, sind ebenfalls verhaftet wegen der Tötung von Seymour Young."

Auch Bill hatte seine Handschellen herausgeholt. Er hielt sie Matt Ramsey hin. „Brauchen wir die, Mr Ramsey?"

Der schüttelte den Kopf. „Nein. Ich laufe nicht weg, ganz bestimmt nicht."

Rowan wandte sich an die übrigen Dalmore Jazzers, die zu fassungslos und erschüttert waren, um etwas zu sagen. Wenn sie sich nicht sehr täuschte, blickte sie in diesem Moment auf das endgültige Ende der Band. Sobald die Presse von allem erfuhr, war Dalmore Jazz erledigt. Vielleicht würden sich ihre CDs noch einmal für eine Weile hervorragend verkaufen – Skandale und Todesfälle hatten diese Wirkung auf den Markt –, aber die Jungs würden garantiert nie wieder zusammen auftreten. Zumindest nicht für eine sehr lange Zeit.

„Gentlemen, ich hatte Ihnen versprochen, die Wahrheit herauszufinden. Ich habe mein Versprechen gehalten. Aber glauben Sie mir, ich hätte mir gewünscht, dass der Diebstahl Ihrer Flasche einen völlig harmlosen Grund gehabt hätte."

Niemand antwortete ihr, doch sie hatte auch keine Antwort erwartet.

„Ms Lockhart, Sie kommen mit zum Revier und machen Ihre Aussage", befahl Rose und schob Keith Nicholson zur Tür, nachdem er ihm die Handschellen angelegt hatte.

Bill folgte ihm mit Matt Ramsey, und Rowan bildete den

Schluss. Sie hatte den Auftrag ausgeführt und den Fall gelöst. Aber das stimmte sie alles andere als froh, denn es gab nur Verlierer.

Rows Aussage wurde aufgezeichnet und würde später abgetippt werden. Wahrscheinlich wollte Chief Inspector Rose ihr eine subtile Warnung dadurch zukommen lassen, dass er sie ihre Aussage in einem Verhörraum machen ließ statt in seinem und Bills Büro. Und vielleicht auch dadurch, dass er selbst die Befragung durchführte, statt das Bill zu überlassen.

Row berichtete so präzise, wie sie es damals auf dem Police College gelernt hatten. Bill staunte wieder einmal, wie gut sie ihre Schlussfolgerungen gezogen hatte.

„Leider hatte ich keinen Anhaltspunkt bezüglich der Identität des Flaschendiebes und Mörders, deshalb musste ich improvisieren“, sagte sie, als sie an dem Punkt angekommen war, wie sie auf Nicholson als Täter gekommen war. „Ich habe heute jeden Dalmore Jazzer einzeln zu Hause aufgesucht und mir bei der Gelegenheit die Kennzeichen und Marken ihrer Autos notiert. Als ich anhand von Mr Nicholsons Reaktionen erkannt habe, dass er höchstwahrscheinlich der Täter ist, habe ich behauptet, dass einer der Tinker in der Tatnacht seinen Wagen vor Ort gesehen und sich das Kennzeichen gemerkt hätte, um ihn aus der Reserve zu locken. Zum Glück hat es funktioniert, denn sonst hätte ich zumindest heute noch keine Möglichkeit gehabt, ihm die Tat nachzuweisen.“

„Moment mal!“, fuhr Rose auf. „Wollen Sie damit sagen, dass Sie sich das ausgedacht haben?“

Row nickte und lächelte. „Ein guter Bluff zur rechten

Zeit oder auch ein Schuss ins Blaue wirkt manchmal Wunder, Chief Inspector." Sie wurde ernst. „Sehen Sie, Sir, das ist genau die Art von Freiheit, die ich als Privatermittlerin habe, Sie als CID-Beamter aber nicht. Zumindest hätte Nicholsons Geständnis, dass er Kyle Saunders umgebracht hat, vor Gericht nicht verwendet werden können, wenn Sie ihn mit diesem oder einem anderen Bluff dazu verleitet hätten. Ich als Privatperson kann in solchen Situationen lügen, so viel ich will, ohne dass daraus ein Verfahrensfehler erwächst. Wenn ich eine Empfehlung aussprechen darf, so rate ich dazu, beim Verhör von Mr Nicholson erst am Schluss oder wenn möglich am besten gar nicht darauf hinzuweisen, dass er auf einen Bluff hereingefallen ist. Andernfalls könnte er auf die Idee kommen, sein Geständnis zu widerrufen."

„Danke, dass Sie mir meine Arbeit erklären", knurrte Rose. „Nur zu Ihrer Information: Ich arbeite schon länger in dem Job, als Sie auf der Welt sind."

„Ja, Sir. Das habe ich mir aufgrund Ihres geschätzten Alters – Mitte fünfzig? – schon gedacht."

Bill verkniff sich ein Grinsen. Rose funkelte Row an. Auf seinem Gesicht malte sich aber nach einer Weile Respekt, als sie sich davon nicht beeindrucken ließ.

„Sir, wie ich Ihnen vorhin schon sagte, arbeite ich niemals gegen die Polizei, sondern mit ihr und für sie."

Rose schaltete das Aufnahmegerät aus. „Trotzdem haben Sie sich entschieden, der Truppe den Rücken zu kehren."

Bill hatte sich schon gedacht, dass Rose das zur Sprache bringen würde. Für ihn gab es nichts anderes als „die Truppe", und jeder, der sie verließ, ohne dass Pensionierung oder Dienstunfähigkeit der Grund dafür war, war in seinen Augen entweder ein Weichei oder von zweifelhaftem Charakter.

Row nickte. „Weil ich erkannt habe, dass ich mit meiner Arbeit als Sicherheitsberaterin und Personenschützerin mein eigentliches Ziel besser verfolgen kann, nämlich zu verhindern, dass manche Verbrechen überhaupt geschehen können. Das einzig ‚gute' Verbrechen ist eines, das gar nicht erst stattfindet. Und deshalb habe ich mich damals entschieden, auf eine Karriere beim CID zu verzichten und als Privatermittlerin, Sicherheitsberaterin und Personenschützerin zu arbeiten – aber immer auf der Seite der Polizei."

Rose betrachtete sie mit einem Ausdruck, den Bill nicht deuten konnte. „In Anbetracht Ihrer eloquenten Ausführungen vermute ich, dass es zwecklos wäre, Ihnen zu untersagen, in Angelegenheiten zu ermitteln, in denen auch die Polizei ermittelt."

„Vollkommen zwecklos, Sir", bestätigte Row.

„Deshalb sage ich Ihnen eines in aller Deutlichkeit, Ms Lockhart: Sollten Sie jemals polizeiliche Ermittlungen behindern oder einen Fall gefährden, buchte ich Sie ein und werde mit der gesamten mir zur Verfügung stehenden Härte des Gesetzes gegen Sie vorgehen. Haben Sie das verstanden?"

Row nickte. „Absolut."

Rose machte eine Kopfbewegung zur Tür. „Verschwinden Sie! Aber kommen Sie morgen zur Protokollunterzeichnung."

Row stand auf und nickte Rose zu. „Guten Abend, Chief Inspector. Cheerio, Bill."

„Cheerio."

Sie hatte kaum den Raum verlassen, als Rose Bill kalt anblickte. „Glauben Sie bloß nicht, dass ich mit Ihnen schon fertig bin, was Ihre Indiskretion gegenüber dieser Dame betrifft, Wallace."

„Nein, Sir." An diesen unwahrscheinlichen Glücksfall hatte er keine Sekunde lang geglaubt.

„Für heute machen wir Schluss. Mr Nicholson nehmen wir uns morgen zur Brust, nachdem seine Wohnung durchsucht wurde. Außerdem soll er uns erst mal zum Grab von Seymour Young führen. Wir sehen uns morgen."

Rose nickte ihm zu und ging hinaus. Bill folgte ihm und beschloss, den Abend nicht mit Row zu verbringen. Ihm war schon bei dem ersten Fall, bei dem er mit ihr zusammengearbeitet hatte, klar gewesen, dass er eines Tages Ärger bekommen würde, wenn herauskam, wie intensiv er sich immer mit ihr beriet. Er tat es, weil er der Überzeugung war, damit das Richtige zu tun. Die Erfolge, die er dadurch erzielt hatte, bestätigten ihm das.

Dennoch war und blieb es vorschriftswidrig. Und nachdem Rose nun dahintergekommen war, konnte er sich sicher sein, dass ihm das mindestens einen Tadel in seiner bisher sauberen Akte einbringen würde. Damit konnte er leben, auch wenn es wehtun würde. Selbstverständlich erwartete sein Vorgesetzter von ihm, dass er künftig Row gegenüber strengstes Stillschweigen bewahrte. Bill musste entscheiden, ob er das tun konnte und wollte. Vor allem musste er die Konsequenzen durchdenken und die Optionen ausloten, die er hatte, falls er eine Entscheidung traf, die ihn den Job kosten konnte.

ACHT

Freitag, 14. Dezember 2012

Keith Nicholson saß Bill und Rose mit verkniffenem Gesicht gegenüber und hatte die Arme vor der Brust verschränkt. Sein Anwalt, Kantu Ravi, war an seiner Seite, aber er würde ihm nicht viel nützen, denn Nicholson war als Mörder von Kyle Saunders überführt. Es gab Beweise, dass Saunders in Nicholsons Wagen auf dem Beifahrersitz gesessen hatte – Haare an der Kopfstütze, Fingerabdrücke an der Tür –, und Blut von ihm war im Kofferraum gefunden worden, zwar nur wenige Tropfen, aber die reichten aus. In Nicholsons Garage hatte man auch den Mantel entdeckt, den er in der Tatnacht getragen hatte und an dem sich ebenfalls Blut von Saunders befand – erheblich mehr als nur ein paar Tropfen. Der Bandmanager hatte ihn zwar gut versteckt, aber nicht gut genug. Nicht zuletzt hatte man auch die Gründungsflasche von Dalmore Jazz in seinem Haus gefunden.

Gestern Morgen hatte Nicholson ein Forensik-Team zum Grab von Seymour Young geführt, dessen Leiche – nur noch ein Skelett – inzwischen mühevoll aus dem gefrorenen Boden gegraben worden war und nun in der Rechtsmedizin untersucht wurde.

Chief Inspector Rose leitete das Verhör wegen der Brisanz des Falles, den Chief Superintendent Murdoch schnellstens komplett abgeschlossen sehen wollte, um der US-Botschaft die lückenlose Aufklärung melden zu können. Rose hatte Nicholson und dessen Anwalt sämtliche belastende Fakten genannt, um ihnen klarzumachen, dass Leugnen keinen Zweck hatte.

„Das Einzige, was wir der Vollständigkeit halber noch wissen wollen, sind der genaue Tatablauf und die Hintergründe", sagte Rose und blickte Nicholson erwartungsvoll an.

Kantu Ravi nickte. „Mein Mandant ist zur Aussage bereit."

Nicholson erweckte zwar ganz und gar nicht diesen Eindruck, aber Ravi hatte ihn wohl davon überzeugt, dass seine einzige Chance auf eine mildere Beurteilung seiner Tat in einem vollen Geständnis bestand. Allerdings bezweifelte Bill, dass es ein auf „lebenslänglich" lautendes Urteil verhindern würde.

„Saunders suchte mich eine Woche vor dem Jubiläumskonzert im Büro auf. Er stellte sich vor und sagte, dass seine Mutter Sheila, geborene Harris, ihm nach ihrem Tod einen Brief hatte zukommen lassen, in dem sie ihm eröffnet hat, dass Seymour Young sein Vater sein könnte. Erst habe ich ihm nicht geglaubt, weil er kein Farbiger war. Doch dann hat er mir ein Foto von Sheila und sich gezeigt, das anlässlich seines Schulabschlusses aufgenommen worden war, und außerdem den Brief."

„Der befindet sich wo?", fragte Rose.

Nicholson verzog missmutig das Gesicht. „Wie diese Detektivin schon vermutet hat, habe ich ihn verbrannt, nachdem ich ihn aus Saunders' Brieftasche genommen hatte. Ich wusste, dass er ihn darin aufbewahrte, weil er ihn da rausgenommen und wieder reingesteckt hat, nachdem er ihn mir gezeigt hatte. Jedenfalls schrieb sie, dass Seymour sein Vater wäre, aber noch vor Saunders' Geburt mit ihr Schluss gemacht hätte und verschwunden wäre. Dem folgte ein Lamento, dass sie daraufhin gezwungen gewesen war, einen anderen Mann zu heiraten, um einen Vater für ihr Kind zu haben. Schließlich behauptete sie, dass es ihr in Anbetracht ihres nahenden Todes ein Bedürfnis wäre, ihrem Sohn die Wahrheit zu sagen. Und so weiter."

Bill verkniff sich eine Bemerkung und gab sich Mühe, auch nicht in seiner Mimik auszudrücken, wie angewidert er von Nicholsons gefühlloser Darstellung war. Er versuchte einzuschätzen, wie der Mann tickte, hatte aber noch keinen Ansatzpunkt gefunden, der ihm einen konkreten Hinweis darauf hätte geben können.

„Ich vermute", sagte Rose, „dass Saunders Sie gefragt hat, ob Sie etwas über Mr Youngs Verbleib wissen."

Der Bandmanager nickte. „Ich wollte ihn abwimmeln und habe ihm gesagt, dass wir seit damals, als er die Band verließ, nichts von Seymour gehört haben." Er legte die Hand aufs Herz. „Die reine Wahrheit, nicht wahr?"

Wäre Bill nicht ein erfahrener Ermittler mit den Erkenntnissen aus zwölf Dienstjahren gewesen und hätte er nicht schon schlimmeren Kalibern gegenübergesessen, wäre es ihm bei der aus Nicholsons Verhalten sprechenden Menschenverachtung wohl kaum gelungen, äußerlich ruhig zu bleiben.

„Leider hatte er sich über Dalmore Jazz schlau gemacht", fuhr Nicholson fort, „und wusste, dass in der Glücksflasche der Band Haare von jedem Gründungsmitglied hingen. Er bat mich, ein paar Haare von Seymour zu beschaffen – für einen DNA-Abgleich."

„Und weiter?", fragte Rose, als Nicholson schwieg.

Der zuckte mit den Schultern. „Das konnte ich natürlich nicht zulassen, denn dann hätte er die Vaterschaft bestätigt bekommen und als Seymours Sohn Anspruch auf dessen Anteil an den Tantiemen für die Songs gehabt. Und zwar rückwirkend bis zum Tag seines Todes."

„Das hätte, selbst wenn es bestätigt worden wäre, noch ein paar Jahre gedauert", wandte Rose ein. „Da Sie kaum damit herausgerückt wären, dass Mr Young tot ist, wäre er von den Behörden gesucht und nach einer gewissen Zeit für tot erklärt worden, wenn er sich nicht gemeldet hätte oder gefunden worden wäre."

„Ja, aber irgendwann wäre er für tot erklärt worden und Saunders hätte geerbt. Und zwar mit jedem Jahr mehr, das bis dahin verstrichen wäre.“ Nicholson schüttelte den Kopf. „Ich habe so getan, als würde ich mich für ihn verwenden, und ihm zwei Tage später gesagt, dass die Jungs ihre heilige Flasche auf keinen Fall hergeben und erst recht nicht das Kunstwerk zerstören, das die Haarsträhnen in der Flasche darstellen.“ Er verzog das Gesicht. „Das mit dem Kunstwerk hat er vollkommen verstanden und versucht, die Flasche unter dem Vorwand zu leihen, sie malen zu wollen. Bei der Gelegenheit wollte er, wie er mir sagte, ein paar Haare von Seymour aus dessen Strähne klauben und alles wieder so herrichten, dass es nicht auffällt. Ich habe im Namen der Band abgelehnt. Daraufhin hat er sich an Matt gewandt und bei ihm sein Glück versucht. Allerdings hat er ihm nicht gesagt, wofür er die Flasche wirklich haben wollte. Und nachdem Matt natürlich kategorisch abgelehnt hatte, hat Saunders ihm Geld geboten.“ Er grinste. „Ich hätte ihm gleich sagen können, dass das nichts bringt.“

„Verstehe ich das richtig“, warf Rose ein, „dass Mr Saunders nur Ihnen gesagt hat, dass Mr Young sein Vater sein könnte, aber niemandem von den Bandmitgliedern?“

Nicholson nickte. „Genau das. Er war überaus rücksichtsvoll und wollte keine schlafenden Hunde wecken, wie er mir sagte.“ Das klang verächtlich. „Darum hatte er mich auch gebeten, den Jungs nichts von dem wahren Grund für sein Interesse an der Flasche zu sagen.“ Er zuckte mit den Schultern. „Irgendwie hatte ich das Gefühl, dass er nicht glauben wollte, dass der Mann, den er sein Leben lang für seinen Vater gehalten hatte, gar nicht sein Vater war.“ Er machte eine fahrige Handbewegung. „Mir war das egal. Es kam mir jedenfalls sehr gelegen, dass er darüber den Mund gehalten hat. Am Abend des Konzertes hat er wieder versucht, die Flasche zu kaufen. Als das nicht klappte, hat er mich noch mal gebeten, mich für ihn zu verwenden, und laut mit dem Gedanken gespielt, ob er im Falle eines erneuten Fehlschlages nicht einen Gerichtsbeschluss erwirken könnte, mit dem er an seine DNA-Analyse kommen würde. Ich habe ihm versprochen, die Jungs zu überreden, aber dann habe ich die Flasche verschwinden lassen. Dass ich sie gestohlen habe, hätte er vielleicht vermutet, aber nicht beweisen können. Damit wäre die Sache vom Tisch gewesen. Ich hätte die Flasche so lange unter Verschluss gehalten, bis Gras über die Sache gewachsen wäre, und sie dann anonym wieder auftauchen lassen."

An die Möglichkeit, dass Saunders in dem Fall andere Hebel in Bewegung setzen würde, hatte Nicholson offenbar nicht gedacht.

„Wie haben Sie die Flasche aus dem Haus gebracht, ohne dass jemand etwas gemerkt hat?", wollte Bill wissen.

Nicholson zuckte wieder mit den Schultern. „Die Gästetoilette befindet sich neben der Diele. Bei einem Abstecher dahin habe ich Matts zweiten Hausschlüssel aus dem Schlüsselkasten genommen, der in der Diele hängt. Da er ihn uns je nach Bedarf schon mal ausgeliehen hat, wusste jeder, wo er ihn aufbewahrt. Nachdem das Gelage in der Nacht beendet war, habe ich die anderen mit dem Bandbus nach Hause gefahren und bin anschließend noch mal zu Matt zurück. Da war es ungefähr fünf Uhr morgens. Ich war mir ziemlich sicher, dass er im Bett liegt und schläft. Also habe ich mich ins Haus geschlichen, die Flasche geholt – ich kenne ja wie jeder von uns die Safekombination –, den Schlüssel wieder in den Schlüsselkasten gehängt und die Flasche zu Hause versteckt." Er schnitt eine Grimasse. „Offensichtlich nicht gut genug."

„Wieso haben Sie sie nicht vernichtet?", fragte Rose.

„Sind Sie wahnsinnig? Das Ding ist Hunderttausende wert – Millionen. Außerdem dachte ich zu dem Zeitpunkt noch, dass Saunders aufgibt, wenn die Flasche verschwunden bleibt. Stattdessen wollte er diese Detektivin engagieren, um Seymour zu finden."

„Das wissen Sie woher?"

„Er hat es mir gesagt. Nachdem die Polizei bei ihm gewesen war und nach der Flasche gesucht hatte, hat er mich als Erstes angerufen." Nicholson schüttelte den Kopf. „Irgendwie war der Typ genauso naiv in manchen Dingen wie Seymour. Er hat keine Sekunde lang daran gedacht, dass einer von uns die Flasche seinetwegen versteckt haben könnte. Er war nur maßlos enttäuscht, dass er jetzt nicht erfahren würde, ob Seymour wirklich sein Vater war. Dann löcherte er mich, ob ich nicht jemanden kennen würde, der wissen könnte, wohin er damals verschwunden ist. Als ich Nein sagte, meinte er, dass er schon einen Weg finden würde, um das zu erfahren. Um ihn hinzuhalten und zu verhindern, dass er einen Detektiv einschaltet, habe ich ihm gesagt, dass ich vielleicht noch jemanden wüsste und denjenigen kontaktieren würde. Leider ist er dann doch auf den Gedanken mit dem Detektiv gekommen." Er schüttelte den Kopf und trank einen Schluck Wasser.

„Sie hofften, dass er aufgibt, wenn Sie ihn lange genug hinhalten", sagte Bill.

Nicholson nickte. „Nach allem, was er mir von sich erzählt hatte, besaß er nicht genug Geld, um ewig hier darauf zu warten, dass ich ihm Seymour oder eine Spur zu ihm liefere. Schon wegen seiner Familie wäre er bald wieder abgehauen. Der Plan schien also zu klappen. Ich erweckte den Anschein, mir jede erdenkliche Mühe zu geben, habe ihn sogar getröstet, nachdem die ersten beiden angeblichen Spuren ins Leere gelaufen waren, und darauf gewartet, dass er wieder heimreist." Er schlug mit der Faust auf den Tisch. „Aber dann musste Matt diese Detektivin mit der Suche nach der Flasche beauftragen.

Sie sprach mit Saunders, um rauszufinden, ob er die Flasche gestohlen hat, und das brachte ihn vermutlich auf die Idee, sie mit der Suche nach Seymour zu beauftragen. Ich habe ihn angerufen, um ihn mal wieder zu vertrösten, als er wohl gerade den Entschluss gefasst hatte. Ich dachte, mir bleibt das Herz stehen, als er mir sagte, dass er eine Detektivin engagieren will." Er trank wieder einen Schluck und schüttelte den Kopf, schien aber nicht gewillt fortzufahren.

„Da mussten Sie handeln", gab Rose ihm ein Stichwort.

„Ja. Die Detektivin war uns von diesem Reporter empfohlen worden, Alan Cunningham. Der hat sie in den höchsten Tönen gelobt." Nicholson verzog das Gesicht. „Leider zu Recht."

„Und als Saunders Ihnen sagte, dass er sie ebenfalls engagieren wollte ...", gab Bill das nächste Stichwort und blickte Nicholson auffordernd an.

„Da habe ich ihm gesagt, dass das vielleicht nicht nötig sein würde, weil mir noch jemand eingefallen wäre, der wissen könnte, wo Seymour steckt. Dann habe ich ihn zur Waverley Station bestellt. Dort hätte niemand darauf geachtet, dass ein Mann in ein Auto steigt. Als ich ihn im Auto hatte, bin ich mit ihm zum Haus eines Bekannten in Corstorphine Hill gefahren, der den Winter im sonnigen Süden verbringt und mich gebeten hat, bei ihm ab und zu nach dem Rechten zu sehen. Dort habe ich mit Saunders darauf gewartet, dass der angebliche Kontaktmann kommt."

„Und Saunders hat keinen Verdacht geschöpft?", vergewisserte sich Bill.

Nicholson schüttelte den Kopf. „Ich sagte doch, dass er in manchen Dingen so naiv war wie Seymour. Außerdem habe ich eine Show daraus gemacht, scheinbar herumzutelefonieren, um ihn in Sicherheit zu wiegen."

„Um das vollkommen klarzustellen", warf Rose ein, „Sie

waren zu dem Zeitpunkt bereits entschlossen, Saunders zu töten?"

Nicholson schwieg, doch schließlich zuckte er mit den Schultern. „Ja. Blieb mir ja nichts anderes mehr übrig, da er nicht lockerließ. Diese Detektivin hätte garantiert die Wahrheit rausgefunden. Und dann wäre die Band am Ende gewesen, nicht nur finanziell." Wieder schwieg er und trank einen Schluck Wasser.

„Hatte Saunders Ihnen gesagt, dass er gekommen war, um Mr Youngs Erbe anzutreten?", fragte Rose.

Nicholson schnaufte verächtlich. „Weswegen sollte er denn sonst gekommen sein? Klar wollte er sein fettes Erbe einstreichen."

„Hat er das gesagt?", hakte Bill nach, denn ihm fielen noch mindestens zwei weitere Gründe ein, warum Saunders seine Abstammung hatte erfahren wollen: erstens, um seinen leiblichen Vater kennenzulernen, da er nicht hatte wissen können, dass der längst tot war, und zweitens, um einfach nur sicher zu wissen, wo seine Wurzeln lagen, um seine eigene Identität zu kennen.

„Nein, gesagt hat er das nicht", gab Nicholson zu. „Aber eine andere Möglichkeit kommt ja nicht infrage."

„Wie ging es weiter?", forderte Rose ihn auf fortzufahren.

„Ich habe ihn durch die Telefonate und das Warten auf die ganzen Rückrufe bis nach elf Uhr hingehalten. Dann war kaum noch ein Mensch auf den Straßen. Ich war mir sicher, dass niemand mehr in den Außengebieten unterwegs sein würde, da die nicht ständig geräumt wurden. Außerdem hatte es wieder mal angefangen zu schneien. Mit einer der Personen, die ich an dem Abend tatsächlich angerufen hatte, hatte ich vereinbart, dass sie mich um elf herum zurückrufen sollte. Als der Anruf kam, habe ich so getan, als würde mir der Mann, auf den wir angeblich warteten, mitteilen, wo er sich aufhielt. Dann bin ich mit

Saunders zur Damhead rausgefahren. In der Nähe des Lagers von diesen Tinkern habe ich so getan, als hätte der Wagen einen Platten. Als Saunders ausgestiegen ist, um mir beim Reifenwechsel zur Hand zu gehen, habe ich den Kreuzschlüssel aus dem Kofferraum genommen und ..." Er zuckte erneut mit den Schultern. „Ich dachte, wenn man ihn in der Nähe des Tinker-Lagers findet und seine Wertsachen fehlen, glaubt jeder, dass die ihn umgebracht haben, um an sein Geld zu kommen."

Bill warf Rose einen zufriedenen Blick zu, weil Nicholson soeben seine Theorie bestätigt hatte, dass Smittys Leute absichtlich in Verdacht gebracht werden sollten. Sein Vorgesetzter ignorierte ihn.

„Danach sind Sie zuerst in Richtung Ihres Hauses gefahren", gab Bill das nächste Stichwort. „Und unterwegs ist Ihnen bewusst geworden, dass Sie das Diebesgut besser nicht in Ihrer eigenen Mülltonne oder in der Nähe entsorgen sollten."

Nicholson nickte. „Ich bin umgekehrt, wieder in die entgegengesetzte Richtung gefahren und habe die Uhr und die Brieftasche beim Fahren irgendwo aus dem Fenster geworfen. Das Smartphone auch, nachdem ich die SIM-Karte und den Speicherchip rausgenommen hatte. In welchen Straßen das war, darauf habe ich nicht geachtet."

„Was ist mit der Mordwaffe?"

„Den Kreuzschlüssel hatte ich zuerst wieder in den Kofferraum gelegt. Dann erschien es mir zu riskant, ihn zu behalten. Ich habe irgendwo unterwegs angehalten und das Ding in einen Müllcontainer geworfen, der am Straßenrand stand."

„Eines verstehe ich nicht", wandte Bill ein. „Sie haben alles, was Sie mit dem Mord an Saunders in Verbindung bringen könnte, entsorgt, nur nicht Ihren Mantel, der voll von seinem Blut war. Warum haben Sie den behalten?"

Nicholson blickte ihn an, als wäre Bill nicht ganz bei

Verstand. „Das ist ein guter Dufflecoat bester Qualität. Das Ding hat ein paar Hundert Pfund gekostet und ist fast noch neu. Sobald Gras über die Sache gewachsen wäre, hätte ich ihn reinigen lassen."

Geld schien für Nicholson eine große Rolle zu spielen. Er hatte die Gründungsflasche nicht entsorgt, weil sie viel Geld wert war, und den ihn belastenden Mantel nicht weggeworfen, weil der ihn viel Geld gekostet hatte. Vor allem aber hatte er Saunders ermordet, damit die Band und auch er selbst nicht einen Teil ihrer früheren Einnahmen an ihn hätten auszahlen müssen, sobald bestätigt worden wäre, dass er Seymour Youngs Sohn war. Gut, er war ein sparsamer Schotte, aber dafür einen Mord zu begehen, ging zu weit.

Nicholson runzelte finster die Stirn. „Ich habe den Kofferraum meines Wagens gereinigt. Wie konnten Sie da noch was von Saunders' Blut finden?"

„Weil nahezu immer irgendwo Spuren zurückbleiben", beschied ihm Rose. „Zum Glück für die Polizei." Er blickte Nicholson scharf an. „Wollen Sie Ihrer Aussage noch etwas hinzufügen?"

Nicholson schüttelte den Kopf.

„Dann kommen wir jetzt zu den Ereignissen von Seymour Youngs Tod. An welchem Tag und um wie viel Uhr ist er gestorben?"

Nicholson gab auch darüber erschöpfend Auskunft, sagte aber nichts Neues, sondern nur das, was er und die Dalmore Jazzers zwei Tage zuvor bereits dazu gesagt hatten. Da er sich nicht in Widersprüche verwickelte, entsprachen diese Aussagen höchstwahrscheinlich der Wahrheit. Nachdem Rose die Befragung abgeschlossen hatte, wurde Nicholson in seine Zelle zurückgebracht.

Bill folgte seinem Vorgesetzten in ihr gemeinsames Büro, um das Vernehmungsprotokoll anzufertigen. Rose erstattete Chief Superintendent Murdoch einen kurzen telefonischen Bericht, in dem er erläuterte, dass der Verdächtige den Mord gestanden hatte und der Fall damit aufgeklärt war. Als er den Hörer aufgelegt hatte, lehnte er sich für einen Moment zurück, verschränkte die Arme hinter dem Kopf und sah unglaublich zufrieden aus. Für ungefähr eine halbe Minute. Danach blickte er Bill streng an.

„Wallace, wegen Ihrer Indiskretionen gegenüber Ms Lockhart ..."

Offenbar hielt sein Vorgesetzter die Zeit für seine geplante Standpauke für gekommen. Bill wappnete sich gegen eins der „Rose'schen Donnerwetter", für die der Chief Inspector im gesamten Präsidium berüchtigt war.

„Ja, Sir?"

„Ihnen ist bewusst, dass Sie damit Vorschriften verletzt haben." Rose fixierte ihn mit verengten Augen, ein Zeichen dafür, dass er richtig sauer war.

„Ja, Sir. Und ich hätte diese Dinge mit niemandem auf der ganzen Welt außer mit ihr besprochen. Ich kenne sie, Sir, und ich weiß mit hundertprozentiger Sicherheit, dass sie diese Informationen niemals an Dritte weitergeben würde. Deshalb behandle ich sie wie eine der Informantinnen, derer sich das CID bei Bedarf bedient. Mit dem einzigen Unterschied, dass ich ihr bedingungslos vertraue."

Rose schnaubte. „Sind Sie sicher, Wallace, dass das eine rationale Beurteilung ist und keine emotionale? Wie mir scheint, ist Ihnen die Dame nicht gleichgültig."

Bill fühlte, dass er errötete. „Nein, Sir. Row und ich sind seit unserer frühesten Kindheit die besten Freunde, weshalb ich sie genauso gut kenne wie mich selbst." Zumindest in gewissen Bereichen. In anderen hatten die Jahre in Japan sie sehr verändert. Aber in den wirklich wichtigen Dingen, und um die ging es hier, war sie immer noch die alte Row, der er bedingungslos sein Leben und seine Seele anvertrauen würde, wenn es sein müsste. Er sah seinem Vorgesetzten in die Augen. „Sir, sollten Sie mich vor die Wahl stellen wollen, mich zwischen meinem Job und meiner Freundschaft zu Row zu entscheiden, dann zieht mein Job den Kürzeren. So sehr ich die Polizeiarbeit auch liebe, meine Freunde lasse ich nicht fallen."

Diese Entscheidung hatte er vorgestern Abend nach sorgfältiger Überlegung getroffen, und er hatte sie sich nicht leicht gemacht. Aber seine Fälle in Befolgung der Vorschriften nicht mehr mit Row zu besprechen, auch dann nicht, wenn sie beide unabhängig voneinander im selben Fall ermittelten, hätte für ihn bedeutet, ihr sein Vertrauen zu entziehen. Und das kam absolut nicht infrage.

Rose zog langsam die Augenbrauen hoch – ein weiteres Zeichen für seinen Unmut. „Soll ich das etwa so interpretieren, Inspector Wallace, dass Sie beabsichtigen, auch weiterhin polizeiinterne Informationen an Ms Lockhart weiterzugeben, selbst wenn ich Ihnen das ausdrücklich verbiete? Selbst wenn Sie damit eine Verwarnung, ein Disziplinarverfahren oder sogar die Entfernung aus dem Polizeidienst riskieren?"

Bill schwieg. So, wie Rose ihn ansah und sowieso gerade drauf war, war sein Rauswurf offenbar schon eine beschlossene Sache. Mist! Aber selbst wenn er noch eine Chance hatte, seinen Job zu behalten – wenn er nun zurücksteckte, würde das bedeuten, Row zu verleugnen. Und das würde er niemals tun. Im Leben nicht. Er straffte sich.

„Ja, Sir, das werde ich auch weiterhin tun. Weil ich ohne ihre Hilfe damals den Macrae-Fall nicht hätte lösen können. Und ohne ihre Hilfe hätten wir wahrscheinlich auch den Saunders-Fall nicht gelöst. Wir wüssten nicht einmal, dass Seymour Young erschlagen wurde, geschweige denn, dass wir seine Leiche gefunden hätten. Nur durch sie können wir seinen sterblichen Überresten ein würdiges Begräbnis verschaffen. Row hat die besten Referenzen, nicht nur ihren Abschluss vom Police College.

Und deshalb, Sir, werde ich auch bei künftigen Fällen ihre Meinung einholen, mit ihr zusammenarbeiten und auf ihren Rat hören."

Rose runzelte finster die Stirn. „Ihre Freundin färbt offensichtlich negativ auf Sie ab, Wallace, denn bisher habe ich Sie noch nie derart stur erlebt."

„Ich bin nur meinen Freunden gegenüber loyal, Sir. Wenn das Sturheit ist, dann haben Sie mit Ihrem Vorwurf recht."

Bevor Rose darauf antworten konnte, wurde die Tür geöffnet und Doc Campbell trat ein. Er wedelte mit einem großen Briefumschlag, ehe er ihn vor Rose auf den Tisch legte.

„Der Befund der Leichenschau – vielmehr Skelettschau – von Mr Seymour Young. Erstens: Anhand des Zahnschemas und der aus einem Zahn gewonnenen DNA, die ich mit der entsprechenden Haarsträhne aus dieser zweckentfremdeten Dalmore-Flasche abgeglichen habe, konnte ich zweifelsfrei feststellen, dass es sich tatsächlich um die Leiche von Seymour Young handelt. Zweitens ..." Campbell blickte erst Rose, dann Bill bedeutsam an.

„Nun mach es nicht so spannend, Nathan", verlangte Rose.

„Mr Young ist definitiv nicht der Vater von Kyle Saunders."

Bill schüttelte den Kopf. „Dann hat Nicholson ihn für nichts und wieder nichts erschlagen."

„Das bleibt abzuwarten", gab Campbell zu bedenken. „Es ist zwar nicht unsere Aufgabe, Abstammungen zu überprüfen, aber in Anbetracht der Brisanz des Falles, also weil Saunders US-Amerikaner war, überprüfe ich auch die DNA der übrigen Mitglieder der Jazzband darauf, ob eine von ihnen passt. Schließlich stehen hier Erbansprüche auf dem Spiel, und wir wollen uns nicht dem Vorwurf aussetzen, dass wir nachlässig gearbeitet hätten, um einem Amerikaner sein potenzielles schottisches Erbe nicht eines Tages auszahlen zu müssen. Oder seinen Hinterbliebenen."

Rose nickte. „Sonst noch was?", fragte er, als Campbell keine Anstalten machte zu gehen.

Der Rechtsmediziner nickte. „Drittens, und das ist das Wichtigste", wieder blickte er Rose und Bill bedeutsam an, „ist Mr Young nicht an den Folgen einer wie auch immer heftigen Prügelei gestorben. Er hatte zwar zwei angeknackste Rippen, die keine Chance hatten zu verheilen, also eindeutig vom Tag seines Todes stammen, aber er wurde erstochen. Das beweisen zwei Einkerbungen an den Rippen, die nur von einem Messer stammen können. Der Täter hat offenbar zweimal mit großer Wucht zugestochen."

Bill stieß überrascht die Luft aus. „Davon hat Ramsey nichts erzählt. Und auch Nicholson nicht."

Rose lachte grimmig. „Natürlich nicht. Wahrscheinlich haben beide, zumindest aber Ramsey, sich gedacht, dass man nach über zwanzig Jahren nicht mehr nachweisen könnte, woran Young gestorben ist. Wenn er tatsächlich an den Folgen der Verletzungen gestorben wäre, die er durch die Prügelei erlitten hatte, hätte man Ramsey keinen Tötungsvorsatz nachweisen können. Der Staatsanwalt hätte allenfalls fahrlässige Tötung oder Körperverletzung mit Todesfolge geltend machen können. Beide Delikte wären aber schon verjährt. Mord dagegen nicht." Er nickte Bill zu. „Nehmen Sie sich Ramsey vor, Wallace. Drehen Sie ihn so lange durch die Mangel, bis er gesteht."

Bill begrüßte diesen Auftrag, denn er brachte ihn vorläufig aus der Schusslinie seines Vorgesetzten. Zwar glaubte er nicht daran, dass Rose ihm gegenüber später milder gestimmt sein würde, denn er war nicht dafür bekannt, dass er jemals lockerließ, wenn er sich in etwas verbissen hatte. Aber Bill konnte es abwarten zu erfahren, dass er offiziell getadelt oder rausgeworfen werden würde. Vielleicht wäre es generell, völlig unabhängig von Roses Entscheidung, eine Alternative, Rows Angebot anzunehmen und auch Detektiv zu werden. Aber darüber würde er später nachdenken. Erst einmal galt es, Matt Ramsey die Wahrheit zu entlocken.

Chado, der Weg des Tees, ein wunderbares Ritual, das Rowan seit ihrer Rückkehr aus Japan nicht mehr zelebriert hatte. Das lag nicht nur daran, dass zu dieser Zeremonie normalerweise Gäste geladen wurden oder man sie zu zweit, aber in der Regel nicht allein feierte. Der zweite Grund war, dass sie kein „Teehaus“ hatte, in dem sie es hätte zelebrieren können. Vielleicht sollte sie im Keller einen Raum dafür einrichten, einen Meditationsraum, der sich auch für die Teezeremonie nutzen ließ. Für diesmal ging es aber auch so.

Der Fall der verschwundenen Gründungsflasche von Dalmore Jazz war abgeschlossen. Rowan würde am nächsten Tag ihren Bericht schreiben und der Band zukommen lassen, der Vollständigkeit halber und natürlich auch wegen des ihr zustehenden Honorars. Sie hatte die Arbeit geleistet, für die sie engagiert worden war. Dass sie im Zuge ihrer Ermittlungen ein altes Verbrechen aufgedeckt hatte, war ihr nicht anzulasten. Karma, neh? Das universelle Gesetz von Ursache und Wirkung hatte sich wieder einmal bewahrheitet.

Wenn die Dalmore Jazzers damals nicht mit der Freundin ihres Freundes geschlafen hätten, hätte Matt Ramsey sich niemals mit Seymour Young geprügelt, der wäre nicht gestorben und Kyle Saunders wahrscheinlich niemals auf der Suche nach seinem Vater nach Edinburgh gekommen. Und Nicholson hätte ihn nicht ermordet.

Wenn Rowan nicht entschieden hätte, Doro zu verlassen, würde sie höchstwahrscheinlich ebenso wie er dem nahen Tod ins Auge sehen, aber sie wäre mit ihrer großen Liebe zusammen. Wenn ...

Genau das war der Grund für die Teezeremonie. Sie musste Klarheit gewinnen. Auch wenn sie ein wenig improvisieren musste, da ihr kein Teehaus zur Verfügung stand. Sie hatte geduscht, alles vorbereitet, sich einen Kimono angezogen und die Haare nach japanischer Art frisiert. Da sie in der Wohnung kein Holzkohlefeuer entzünden konnte, hatte sie eine elektrische Heizplatte auf einen flachen Holztisch gestellt und Teelichter auf dem Tisch verteilt. Sie setzte den eisernen Wasserkessel auf die Platte und schaltete sie ein, während sie die übrigen Utensilien in der vorgeschriebenen Form anordnete: die Teeschale, den Bambuslöffel, die Teedose mit dem Pulvertee darin, den Teebesen aus Bambus, das Frischwassergefäß. Während sie vor dem Tisch kniete und wartete, bis das Teewasser die erforderliche Temperatur erreicht hatte, rückte sie das lilafarbene seidene Teetuch an ihrem obi, ihrem Gürtel, zurecht. Sie hatte so oft einer Teezeremonie beigewohnt, dass sie am Klang des siedenden Wassers erkannte, wann es so weit war.

Mit dem Teetuch reinigte sie die Teeschale, den Teelöffel und den Teebesen und platzierte alles in der vorgeschriebenen Position zueinander. Diese Tätigkeiten beruhigten ihren Geist und halfen ihr, sich in die meditative Stimmung zu versetzen, die sie erreichen wollte. Ein feierlicher Handgriff folgte auf den anderen, bis die Zubereitung des Tees beginnen konnte. Sie öffnete die Dose mit dem Macha-Teepulver und gab es mit dem Bambuslöffel in die Teeschale – ein Kunstwerk aus Ton, das Doro angefertigt hatte. Danach goss sie das heiße Wasser aus der

Eisenkanne darüber und schlug das dickflüssige Getränk mit dem Teebesen leicht schaumig.

Schließlich nahm sie die Schale in ihre flache Hand und drehte sie mit der anderen Hand zwei Mal, ehe sie sie mit der unteren Hand zum Mund führte und den Inhalt in drei Schlucken trank. Der Tee schmeckte leicht bitter, aber so vertraut nach Heimat, dass Rowan die Tränen kamen. Es hat keinen Sinn zu weinen, denn Tränen ändern nichts, rief sie sich die alte Nobushi-Regel ins Gedächtnis. Und sie taugten auch nicht dazu, die Reue aus ihrer Seele zu waschen.

„Analysiere die Situation", hörte sie Yoshios Anweisung in ihrem Geist. Damit hatte er ihr so oft zu Erkenntnissen verholfen, zum Begreifen der Dinge, die zu verstehen sie sich schwergetan hatte. Karma – Ursache und Wirkung. Sie war geflohen und Doro hatte enttäuscht die Scheidung eingereicht. Ursache und Wirkung. Doch ihr Geist, der durch die Ruhe der Zeremonie klarer geworden war, sagte ihr, dass es so einfach nicht war. Sie hatte ursprünglich nur vorübergehend in Tokio wohnen wollen, bis die Strahlenbelastung, die sich auch auf die Umgebung von Fukushima ausgedehnt hatte, nicht mehr so unausweichlich tödlich gewesen wäre. Doch wie sie erst kürzlich aus einer Dokumentation im Fernsehen erfahren hatte, war die Gefahr immer noch gegeben und würde noch jahrzehntelang bestehen. Die tödlichen Folgen würden sich bei manchen Menschen erst in ein paar Jahren zeigen, aber sie würden unausweichlich eintreten. Ursache und Wirkung.

Wenn Rowan für einige Zeit in Tokio geblieben wäre, wie lange hätte sie sich dort aufgehalten, ehe sie nach Hause, nach Yamagata zu Doro, zurückgekehrt wäre? Keine drei Monate. Dann wäre sie ebenfalls der Strahlenbelastung ausgesetzt gewesen. Sie würde zwar nicht ganz so bald sterben wie Doro, da er beim Eindämmen der Schäden am Reaktor mitgeholfen hatte, aber in absehbarer Zeit, ebenso wie seine Eltern. Damit würde ihr Zweig der Nobushi-Familie aufhören zu existieren, da sie keine direkten Verwandten mehr hatten. Doro hatte, indem er in Fukushima geholfen hatte, getan, was er hatte tun müssen. Nicht nur weil giri, die Pflicht, es ihm geboten hatte, sondern auch weil es ihm ein tiefes Bedürfnis war zu helfen. Weil er, Togakure-Großmeister, der er war, die langfristigen Folgen gesehen hatte, die aus der Reaktorkatastrophe für sein Volk erwuchsen. Er hatte erkannt, dass nur ein möglichst schnelles Handeln noch Schlimmeres verhindern konnte und eine lebenswerte Zukunft für die Bewohner der umliegenden Gegenden ermöglichte, auch wenn diese Generation nicht mehr davon würde profitieren können. Dazu waren die Schäden zu gravierend.

Schlagartig begriff sie, warum er die Scheidung eingereicht und sie dadurch weggeschickt hatte und warum er nicht wollte, dass sie zu ihm zurückkehrte. Nicht wegen giri, nicht weil er enttäuscht war, dass sie seine Pflicht gegenüber seinem Volk und seinem Land nicht hatte teilen wollen und die Sicherheit vorgezogen hatte, sondern als ultimativen Beweis seiner Liebe zu ihr. Es war die einzige Möglichkeit, giri und seine Liebe zu Rowan unter einen Hut zu bringen und auf diese Weise dafür zu sorgen, dass einer von ihnen, so die Götter es wollten, noch lange am Leben bleiben würde.

Obwohl sie das verstand, machte es sie wütend, dass er sie dadurch manipuliert hatte. Und nicht nur er, sondern auch Yoshio. Seltsamerweise konnte sie Yoshio in diesem Punkt sogar noch besser verstehen. Nach dem Tod der Familie in ein paar Jahren würde Rowan die letzte Nobushi-Togakure-Großmeisterin sein, die Einzige, die das Erbe weitertragen und dafür sorgen konnte, dass es nicht verloren ging. Sie sollte das akzeptieren und sich damit arrangieren, dass die Dinge, die sie drei damals in Gang gesetzt hatten, ihren dadurch festgelegten Lauf nahmen. Sie musste es sogar akzeptieren, musste Doro loslassen und lernen, ihr Leben ohne ihn zu führen. Sie war Togakure-Großmeisterin. Und dazu gehörte auch, das zu tun, was getan werden musste, ob man es wollte oder nicht, ob man dazu Lust hatte oder nicht, ob es einem gefiel oder nicht. Das Festhalten an der Vergangenheit war ein Zeichen von Schwäche und vereinbarte sich nicht mit wahrer Meisterschaft.

Rowan begriff erst in diesem Moment vollständig, dass sie sich damals richtig entschieden hatte. Und ja, tief in ihrem Innern war tatsächlich nicht Feigheit der Grund dafür gewesen, sondern die Erkenntnis, dass es so sein musste, auch wenn dieser Erkenntnis damals in ihrem Bewusstsein eine andere Begründung zugrunde gelegen hatte als die, die sie tatsächlich dazu geführt hatte. Sie hatte getan, was die Pflicht einer Großmeisterin war. Erst kam die Verantwortung gegenüber dem Volk, dann gegenüber der Familie und ganz zuletzt gegenüber sich selbst. Die Pflicht gegenüber dem Volk hatte Doro erfüllt. Da das seinen Tod zur Folge haben würde, konnte er die Pflicht gegenüber der Familie nicht mehr erfüllen. Das konnten auch Yoshio und Akiko nicht, da sie nicht mehr lange genug leben würden, um einen weiteren Großmeister oder eine Großmeisterin auszubilden. Also war dies nun Rowans Pflicht, ungeachtet der Tatsache, dass sie ihre Liebe und ihre persönlichen Wünsche dahinter zurückzustellen hatte. Aber das war sie als eine Nobushi der Familie schuldig.

Sie hatte nicht versagt, sondern ihre Pflicht in der besten Tradition einer Togakure-Kriegerin erfüllt. Ihre Entscheidung hatte sie nur nicht konsequent genug umsetzen wollen, weil sie ihre große Liebe nicht dauerhaft hatte verlassen wollen. Letztendlich hatte Doro ihr geholfen, das Richtige zu tun, indem er sich von ihr scheiden ließ, wohl wissend, dass sie dann nach

Schottland zurückkehren würde, wo sie vor den Folgen von Fukushima in Sicherheit war. Und mit ihr das Wissen des Nobushi-Togakure-ryu. Deshalb hatte Doro gesagt, dass sie genau dort sei, wo er sie haben wollte, und dass er nicht wünschte, dass sie zu ihm zurückkehrte.

Wie es aussah, hatte sie noch viel zu lernen, ehe sie dieselbe Stufe der Meisterschaft erreicht hatte wie er und Yoshio. Auch eine Großmeisterin lernte nie aus. Zumindest nicht, solange sie noch nicht die Erleuchtung erlangt hatte. Und von der fühlte sich Rowan noch Lichtjahre entfernt.

Sie beendete die Zeremonie, wusch die Teeschale aus und verharrte noch einige Zeit in Meditation, bis die Teelichter erloschen waren. Anschließend räumte sie die Utensilien weg und zog sich um. Als ihr Blick durch das Fenster nach draußen fiel, wo der Schnee im Garten glitzerte, hatte sie das Gefühl, dass die Welt sich verändert hatte. Wieder einmal. Dabei war sie diejenige, die sich verändert hatte. Doch diese Veränderung würde ihr nicht noch weitere Steine in den Weg legen, sondern ihr helfen, eines Tages ihre Mitte zu finden. Auch wenn das noch eine Weile dauern würde.

Bill fühlte sich frustriert. Verhöre strengten nicht nur den Verhörten, sondern auch den Vernehmenden an. Und sie endeten in Frustration, wenn sie zu keinem Ergebnis führten. Matt Ramsey hatte alles zugegeben, was den Tod von Seymour Young betraf, nur nicht, ihn erstochen zu haben. Ja, er habe kräftig zugeschlagen, sehr viel kräftiger wahrscheinlich, als es bei einer normalen Prügelei der Fall gewesen wäre, weil er betrunken gewesen war. Aber, bei Gott und allen Heiligen, er habe Seymour nicht erstochen.

Er habe überhaupt kein Messer dabeigehabt, nicht nur an jenem Abend. Er trage nie eins bei sich. Wozu denn auch?

Das alles hatte verdammt glaubhaft geklungen. Dennoch hatte Bill noch einmal mit Keith Nicholson gesprochen. Mit der Tatsache konfrontiert, dass Young erstochen worden war, hatte dieser Ramsey belastet und seine frühere Aussage ergänzt. Als er an dem Abend im Probenraum angekommen sei, habe er Ramsey mit dem Messer in der Hand über Youngs Leiche gebeugt vorgefunden. Young sei bereits tot gewesen. Er, Nicholson, habe lediglich die Leiche beiseite geschafft, während Ramsey das Blut im Probenraum beseitigt habe. Außerdem hätten sie vereinbart, die Sache den anderen gegenüber so darzustellen, dass Young auf der Fahrt ins Krankenhaus an den Folgen der Prügelei gestorben wäre. Andernfalls wäre die Band, die damals auf dem Höhepunkt ihres Erfolges gewesen war, zerbrochen. Er habe mit dieser Lüge die Band nur schützen wollen. Das sei schließlich seine Aufgabe als Manager.

Nicholsons Aussage würde genügen, um Ramseys Täterschaft zumindest schlüssig darzulegen, auch wenn in dem Punkt Aussage gegen Aussage stand, falls Ramsey nicht doch noch gestand. Alles schien klar zu sein. Aber Bill hatte das Gefühl, dass irgendetwas an der Geschichte noch nicht schlüssig war. Wenn der Manager die Band schützen wollte, warum hatte er dann Ramsey belastet, statt von seinem Recht zu schweigen Gebrauch zu machen? Hätte er geschwiegen, hätte man Ramsey nichts nachweisen können. Der Verdacht hätte natürlich im Raum gestanden, dass Ramsey Young erstochen hatte, aber wenn er überzeugend geleugnet hätte, wäre es einem halbwegs pfiffigen Anwalt mit Sicherheit gelungen, der Jury begründete Zweifel glaubhaft zu machen.

Oder sah Bill Gespenster, weil Matt Ramsey ein ausgezeichneter Lügner war? Aber der war froh gewesen, dass das Geheimnis, das er fast ein Vierteljahrhundert lang mit sich herumgeschleppt hatte, endlich ans Licht gekommen war, und das war nicht gespielt gewesen. Wenn er weiterhin geschwiegen hätte, hätte man ihm nie nachweisen können, dass er Seymour Young umgebracht hatte. Und wenn sie alle geschwiegen hätten, hätte man Young überhaupt nicht gefunden. Warum also sollte er in diesem Punkt lügen, nachdem er schon zugegeben hatte, Young umgebracht zu haben?

Bill kehrte ins Büro zurück und wappnete sich innerlich gegen die nächste Auseinandersetzung mit Rose. Er kannte seinen Vorgesetzten schließlich und wusste, dass der noch nicht mit ihm fertig war.

Rose blickte ihm entgegen. „Hat er gestanden?"

Bill schüttelte den Kopf. „Er leugnet."

„Hm. Das ergibt keinen Sinn."

„Das sehe ich auch so, Sir. Besonders weil Keith Nicholson ihn belastet und jetzt behauptet, Ramsey habe Young erstochen."

„Hm", machte Rose erneut. „Und?"

„Ich werde mir den Rest der Band noch mal vornehmen, Sir, und jeden einzeln befragen. Ramsey behauptet, er habe nie ein Messer bei sich gehabt, und zwar grundsätzlich nicht. Wenn das stimmt, müssten seine Freunde das bestätigen können. In diesem Fall und wenn an dem Tag nicht zufällig ein Messer im Probenraum lag, das er benutzt hat, bleibt nur noch eine Person als Täter übrig."

„Nicholson", stimmte Rose zu. „Oder er deckt jemand anderen. Finden Sie das raus, Wallace. Aber bevor Sie gehen, unterschreiben Sie das hier."

Bill nahm das Schriftstück, das Rose ihm hinhielt. Seine Augen wurden groß, als er das Formular erkannte. Rose ließ ihm keine Zeit, etwas zu sagen.

„Ms Lockhart wird, sobald Sie das unterzeichnet haben,

als offizielle Informantin der Polizei geführt, mit Ihnen als ihrem Kontaktmann. Vorausgesetzt, sie unterzeichnet das ebenfalls. Dann können Sie sie jederzeit als freie Mitarbeiterin einspannen und sogar für ihre Dienste bezahlen. Vor allem können Sie ihr gegenüber dann so indiskret sein, wie Sie wollen, und das immer als Teil ihrer Informantentätigkeit deklarieren. Bezahlt wird sie natürlich nur, wenn sie Informationen liefert, die wie bei Saunders tatsächlich zur Lösung des Falls beitragen."

Bill wusste nicht, was er außer „Danke, Sir" sagen sollte. Vor allem, als er sah, dass Rose das Formular auf den 30. November zurückdatiert hatte. Damit waren Bills Besprechungen mit Row im Fall Saunders keine Vorschriftsverletzungen mehr und Row würde obendrein Geld aus der Informantenkasse bekommen. Er blickte Rose an und wagte einen Vorstoß. „Was hat Sie veranlasst, Ihre Meinung bezüglich Row zu ändern, Sir?"

„Ihre Loyalität, Wallace. Ich kenne Sie als einen Mann, der absolut integer ist und auf dem Gebiet keine Kompromisse eingeht. In Verbindung mit dem Ergebnis meiner Nachforschungen über Ms Lockharts Reputation, die ebenfalls tadellos ist, hat mich das zu dem Schluss kommen lassen, dass ihre Dienste durchaus ein Gewinn für uns sein könnten. Also", er deutete auf das Formular in Bills Hand, „rekrutieren Sie die Dame. Am besten sofort."

Bill kam aus dem Staunen nicht mehr heraus. Wenn Rose ihm erlaubte, Row während der Dienstzeit zu besuchen – wohl wissend, dass er sich nicht nur die Unterschrift von ihr holen und auf dem Absatz wieder kehrt machen, sondern auch ein bisschen mit ihr plaudern würde –, dann musste sie ihn mehr beeindruckt haben, als er jemals zugeben würde. Aber das wunderte ihn nicht. Row, seine bonnie lass, beeindruckte jeden, wenn auch nicht auf dieselbe Weise.

„Ja, Sir." Er nahm seinen Mantel, steckte das Formular ein und fuhr zu Row.

Als er eine halbe Stunde später in der Blackford Avenue eintraf, saß sie in ihrem Büro und tippte etwas in den Computer. Sie lächelte ihm entgegen.

„Hiya Bill."

„Hiya Row."

Er setzte sich in einen der Sessel vor ihrem Schreibtisch und blickte sie aufmerksam an. Sie wirkte anders als sonst, weniger angespannt, dafür aber etwas melancholisch. Er sah, dass im Postausgangskorb ein an Hidoro adressierter Brief lag, ein reichlich dicker Brief. Das erinnerte ihn an den Grund seines Kommens.

Er winkte mit dem Briefumschlag, in den er das Rekrutierungsformular gesteckt hatte. „Gute Neuigkeiten. Chief Inspector Rose hat mich beauftragt, dich als offizielle Informantin zu gewinnen. Wenn du zustimmst, darf ich mit dir ganz offiziell jeden Fall besprechen, den ich will, ohne meinen Rauswurf wegen Indiskretion zu riskieren."

Sie nahm ihm den Brief aus der Hand, zog das Formular heraus, überflog den Inhalt und atmete erleichtert auf. „Ich hatte schon befürchtet, dass dein Chef dich zur Verantwortung zieht, weil ich mich ‚eingemischt' habe." Sie nahm einen Stift, unterschrieb und reichte ihm das Formular zurück.

Bill nickte. „Das hatte er zunächst auch vor. Aber dann hat er sich über dich schlaugemacht. Was er dabei erfahren hat, und natürlich deine Vorgehensweise bei der Überführung von Nicholson und Ramsey, all das hat ihn davon überzeugt, dass du ein Gewinn für uns sein könntest. Deshalb hat er darauf verzichtet, mich rauszuwerfen."

„Worüber ich sehr, sehr froh bin, Bill. Ich hätte es mir nie verziehen, wenn du meinetwegen deinen Job verloren hättest. Ich weiß doch, wie viel er dir bedeutet." Sie stand auf, holte ihm eine Teetasse und schenkte ihm aus der Kanne ein, die auf einem Stövchen neben ihrem Platz stand.

„Ich hatte mich schon mit dem Gedanken angefreundet, im Notfall dein Angebot anzunehmen und für dich zu arbeiten, wenn es hart auf hart kommt."

Row gab ihm einen freundschaftlichen Rippenstoß und lehnte sich neben ihm gegen den Schreibtisch. „Ja, wir sind ein tolles Team, nicht wahr?"

„Aye." Er knuffte sie zurück. „Und ich wage mir nicht auszumalen, was für ein tolles Team wir geworden wären, wenn wir gemeinsam Karriere beim CID gemacht hätten. Wir wären absolut unschlagbar geworden." Er sah ihr in die Augen. „Im Ernst, Row. Willst du nicht zu uns kommen? Die Vorteile brauche ich dir nicht aufzuzählen. Gesichertes Einkommen, gesicherte Pension, geregelte Arbeitszeiten mit nur ein paar Bereitschaftsdiensten." Erwartungsvoll blickte er sie an.

Sie schüttelte den Kopf. „Nicht, dass ich mir das nicht schon überlegt hätte, als ich damals zurückgekommen bin. Aber ich habe mich bewusst dagegen entschieden. Trotz all der Vorteile hat die Arbeit beim CID zwei Nachteile. Zum einen habe ich als Privatermittlerin bei meiner Arbeit mehr Freiheiten als du, wovon du auch schon mehr als einmal profitiert hast. In deinem Job müsste ich mich dagegen an die Vorschriften halten, manchmal zum Nachteil der Ermittlungen. Und zum anderen habe ich meine absolute Unabhängigkeit durch das Führen meines eigenen Security-Unternehmens in Japan schätzen gelernt." Sie knuffte ihn erneut und grinste. „Stell dir mal vor, ich sollte einem Vorgesetzten zuarbeiten und nur noch das tun, was er anordnet."

Bill prustete los bei dem Gedanken, welche verbalen Scharmützel sie mit Chief Inspector Rose ausfechten würde, um ihn davon zu überzeugen, dass sie im Recht war. Was sie in so einem Fall höchstwahrscheinlich auch sein würde, denn sie neigte nicht zu sturer Rechthaberei und konnte sehr wohl zurückstecken, wenn sie einsah, dass sie falsch lag. Aber wenn sie sich im Recht glaubte, würde sie ihre Meinung so lange vertreten, bis die ganze Sache ausdiskutiert wäre. Und Diskussionen konnte Rose überhaupt nicht leiden.

Row stimmte in sein Lachen ein. Es war schön, mit ihr zu lachen und in Situationen wie dieser immer wieder aufs Neue die alte Vertrautheit zwischen ihnen zu fühlen und zu genießen.

„Du hast recht", bekräftigte er. „Dienst in der Truppe wäre nichts mehr für dich."

Sie zuckte mit den Schultern. „Das wäre er gewesen, wenn ich wie du von Anfang an in ihn hineingewachsen wäre. Doch jetzt ist mein Weg ein anderer."

Unterm Strich betrachtet war das gar nicht mal das Schlechteste, denn wenn sie allzu sehr zusammenhockten, ginge wahrscheinlich die Anziehungskraft verloren, die Row auf ihn ausübte. Der Gedanke brachte ihn wieder auf den Entschluss, den er zwei Tage zuvor gefasst hatte.

„Da ich schon mal hier bin, kann ich dich auch gleich fragen, ob ich bei euch Stunden nehmen kann. In Kampfkunst. Ich meine, ob es möglich ist, dass ich Sonderstunden bekomme, weil ich wegen meines Jobs nicht regelmäßig am Gruppenunterricht teilnehmen kann."

Row lächelte. „Das dürfte grundsätzlich kein Problem sein. Wir haben mehrere Einzelschüler. Ich hole dir ein Anmeldeformular und den Stundenplan." Sie verließ das Büro. „Lennox!", hörte er sie rufen. „Hast du einen Moment Zeit?"

Was wollte sie denn mit Lennox?

Als sie eine Minute später zurückkehrte, folgte der Ex-Söldner ihr auf dem Fuß.

„Aye?"

Sie reichte Bill zwei Blätter. „Sag mal, Lennox, hast du noch Kapazitäten für einen Einzelschüler frei? Bill braucht flexible Stunden wegen seines Jobs."

Bill konnte gerade noch verhindern, dass ihm die Gesichtszüge entgleisten. Zumindest hoffte er das. Lennox war der Letzte, bei dem er Stunden nehmen wollte, nicht nur wegen der Auseinandersetzung neulich.

Lennox nickte. „Kein Problem."

„Ich würde auch gern mit dir trainieren, Row, wenn du Zeit hast." Das „auch" und „wenn du Zeit hast" hatte Bill eingefügt, um nicht den Eindruck zu erwecken, dass er Lennox grundsätzlich ablehnte.

Sie nickte. „Wenn ich Zeit habe, übernehme ich dein Training. Aber Lennox leistet den Löwenanteil des Unterrichts, weil ich meistens mit meinem Job als Detektivin ausgelastet bin." Sie dachte einen Moment lang nach. „Wir können es aber so machen, dass ich dich anrufe, wenn ich Zeit habe. Wenn du dann auch kannst, kommst du einfach vorbei. Ansonsten trainierst du mit Lennox. Oder", sie deutete auf den Stundenplan in seiner Hand, „du kommst zum Gruppenunterricht. Mindestens zweimal die Woche kann ich den übernehmen."

Lennox grinste. Bill hätte wetten können, dass er sich in diesem Moment mächtig darauf freute, ihn nach Strich und Faden fertigzumachen. Aber wenn er jetzt einen Rückzieher machte und ablehnte, würde er sein Ziel bei Row nie erreichen und ihr obendrein demonstrieren, dass er ein Feigling war. Sie blickte ihn erwartungsvoll an.

Er nickte notgedrungen. „Das ist mir recht."

Lennox zog eine Visitenkarte aus dem Spender, der neben dem mit Rows Karten auf dem Schreibtisch stand, und reichte sie ihm. „Da steht meine Handynummer drauf. Wenn du spontan eine Stunde buchen willst oder eine absagen musst, ruf an. Was ist dein Ziel?"

„Wie bitte?“ Bill fürchtete, dass Lennox ihn durchschaut hatte.

„Willst du nur fitter werden, ein bisschen effektiver sein in deinem Job oder peilst du die Meisterschaft an? Davon hängt ab, wie und wie oft wir trainieren.“

Bill blickte Row an. Sie würde sich kaum mit jemandem abgeben, der weniger als ein Meister war.

„Ich versuche es mit der Meisterschaft.“

Sie schüttelte den Kopf. „Vergiss es.“

Das ärgerte und verletzte ihn. „Du glaubst, dass ich das nicht schaffe?“

„Nein. Ich weiß, dass du es nicht schaffen wirst, weil du es nur ‚versuchen‘ willst. Wenn du ein Meister werden willst, dann muss das dein ganzes und einziges Ziel sein, dem du dich mit Herz, Geist und Seele vollständig widmest. Dem du alles andere unterordnest. Sonst wirst du allenfalls ganz gut, aber niemals ein Meister.“

Er wollte nicht wirklich ein Meister werden, sondern nur Row beeindrucken. Aber das konnte er ihr wohl kaum auf die Nase binden.

„Vorschlag“, sagte Lennox. „Wir fangen erst mal an und sehen, wohin du dich entwickelst. Die endgültige Entscheidung musst du nicht jetzt treffen.“

Das war ein Kompromiss, mit dem Bill leben konnte. Vorerst. „Einverstanden.“

„Okay.“ Lennox nickte ihm zu und verschwand wieder.

Row lächelte. „Dann sehen wir uns in Zukunft noch öfter. Fast wie früher. Das ist schön.“

Das fand Bill auch. Noch mehr freute ihn, dass sie das schön fand.

„Was war eigentlich deine Motivation, Kampfkunstmeisterin zu werden, wenn ich das fragen darf?“

Sie lächelte wieder. „Du darfst mich alles fragen. Das weißt du doch.“

Ja, doch ebenso wusste er, dass er keine Antwort

erhalten würde, wenn sie nicht darüber reden wollte, oder nur ein schroffes „Geht dich nichts an!", wenn seine Frage sie verärgert hatte.

„Meine Motivation war meine Liebe zu Doro."

Er sah sie verblüfft an. Damit hatte er nicht gerechnet, aber es gab ihm Hoffnung. Er wartete auf ihre Erklärung. Eine Weile blickte sie nachdenklich auf den weißen Jadewels auf ihrem Schreibtisch, Hidoros Abschiedsgeschenk, wie er wusste. Schließlich sah sie Bill an.

„Ich erwähnte ja schon mal, dass meine Schwiegereltern am Anfang alles andere als begeistert darüber waren, dass Doro mich, eine gaijin, eine Nichtjapanerin, geheiratet hatte. Sie waren sehr zurückhaltend mir gegenüber. Ich habe aber schnell festgestellt, dass Togakure-ryu in der Familie einen ganz besonderen Stellenwert hat. Diese Kampfkunst ist eine heilige Familientradition, im wahrsten Sinne des Wortes. Mir war deshalb klar, dass der einzige Weg, um voll und ganz von ihnen akzeptiert zu werden, über die Achtung vor ihrer Tradition führt. Mit anderen Worten, dass ich mich bedingungslos zu ihrer Familie und ihrer Kampfkunst bekennen muss und nicht nur ein angeheiratetes Anhängsel sein will, das ihren Namen trägt. Verstehst du?" Sie sah ihn fragend an.

Er nickte. „Du hast ihnen dadurch bewiesen, dass Hidoro eine gute Wahl getroffen hat." Die beste aus Bills Sicht, denn es gab nun mal keine Frau, die Row das Wasser reichen konnte. In mehr als einer Hinsicht.

„Nicht nur das. Ich habe ihnen und natürlich auch Doro damit bewiesen, wie sehr ich ihn liebe." Sie schüttelte den Kopf und lächelte gequält. „Später habe ich begriffen, dass meine Schwiegereltern mich gar nicht wirklich abgelehnt hatten. Das war nur ein Test, mit dem sie herausfinden wollten, wie viel mir Doro wirklich bedeutet, welche Opfer ich bereit bin, für ihn – für unsere Liebe zu bringen. Und ob ich es wert bin, in der ehrwürdigen Kunst des

Togakure-ryu bis ins letzte Geheimnis unterwiesen zu werden. Nachdem ich alle ihre Tests bestanden hatte, war ich ein vollwertiges Mitglied der Familie. Schon bevor ich die Meisterschaft erreicht hatte und mit dem Nobushi-Drachen geehrt wurde."

„Muss ganz schön hart gewesen sein", vermutete er.

Sie schüttelte den Kopf. „Da gab es etwas, das noch sehr viel härter war."

Zu seiner Überraschung füllten sich ihre Augen mit Tränen. Sie hielt sie zurück, blickte zur Seite, atmete ein paar Mal tief durch und zwinkerte sie weg. Als sie Bill wieder ansah, war sie vollkommen ruhig und ihre Augen waren klar.

„Yoshio und Akiko haben mir mehr Liebe gegeben als meine eigenen Eltern."

Das hielt Bill für keinesfalls übertrieben. Er hatte manche Stunde in der Wohnung ihrer Eltern verbracht und hautnah miterlebt, wie sie Row behandelt hatten. Ihre Mutter war ihr gegenüber abweisend und manchmal so kaltschnäuzig gewesen, dass es Bill peinlich gewesen war, Zeuge dieses Verhaltens zu sein. Er hatte nie begriffen, warum sie Row abgelehnt hatte. Der Vater war etwas zugänglicher, aber kaum zu Hause gewesen. Rows jüngere Schwester Eileen war gehätschelt, verwöhnt und mit Nachsicht behandelt worden und hatte all die Liebe bekommen, die Row verweigert worden war. Es gehörte weiß Gott nicht allzu viel dazu, ihr mehr Liebe zu geben, als ihre Eltern es getan hatten.

Er verstand auch, warum sie die Liebe ihrer Schwiegereltern als Härte empfunden hatte. Die waren ursprünglich fremde Menschen gewesen, ihre Eltern dagegen waren ihre Familie, die Row von Natur aus hätten lieben sollen. Dass Fremde mehr liebevolle Gefühle für sie hegten als ihre Eltern, musste ihr nachdrücklich bewusst gemacht haben, wie groß der Mangel auf diesem Gebiet gewesen war, unter dem sie gelitten hatte, solange Bill denken konnte. Dieses Bewusstsein musste Row verdammt wehgetan haben.

„Das tut mir so leid, Row.“ Am liebsten hätte er sie in die Arme genommen und getröstet. Er schüttelte den Kopf. „Ich habe nie begriffen, warum sie dich so ganz anders behandelt haben als Eileen.“

Row schnaubte. „Weil ich ihr Leben ruiniert habe.“

„Wie bitte?“

Sie nickte. „Im Ernst. Meine Eltern hatten vor lauter Leidenschaft die Verhütung vergessen, sodass meine Mutter schwanger wurde. Abtreibung kam nicht infrage, also sahen sie sich gezwungen zu heiraten, wozu sie sich damals wohl beide noch nicht bereit fühlten. Obendrein musste meine Mutter ihre Ausbildung abbrechen wegen der Schwangerschaft, weil es dabei irgendwelche Komplikationen gab, durch die sie nicht weiterarbeiten konnte. Und als junge Mutter mit einem Kind im Babyalter hat sie keine neue Ausbildungsstelle gefunden. Außerdem habe ich mich nicht mal annähernd so entwickelt, wie sie es wollte. Erst recht war ich nicht so pflegeleicht wie Eileen. Und das alles hat sie mir nie verziehen.“ Sie schnitt eine Grimasse. „Du erinnerst dich vielleicht noch an den denkwürdigen Tag, an dem wir zufällig belauscht haben, wie sie deiner Mutter im Brustton der Überzeugung versicherte, wie sehr sie sich wünschte, dass ich nie geboren wäre.“

Bill nickte. Offensichtlich wirkte die damals erlittene Verletzung immer noch nach. Umso mehr wünschte er sich, der Mann an ihrer Seite zu sein und ihr zu zeigen, dass er sie wunderbar fand, und zwar genau so, wie sie war. Er legte den Arm um sie und streichelte ihre Schulter.

„Ich muss dich unbedingt auf andere Gedanken bringen.“

„Gerne!" Sie sah ihn erwartungsvoll an.

„Unser Rechtsmediziner hat festgestellt, dass Seymour Young erstochen wurde. Ramsey leugnet aber hartnäckig und schwört, dass er das nicht getan hat."

„Hm." Row überdachte das. „Dann bleiben nur drei Möglichkeiten. Erstens, Ramsey hat gelogen. Zweitens, Nicholson hat entweder gelogen, als er Ramseys Aussage unterstützt hat ..."

„Das hat er inzwischen zugegeben", unterbrach Bill sie. „Nun behauptet er, dass er Ramsey an jenem Abend mit dem Messer in der Hand neben Youngs Leiche gefunden hat."

Row sah ihn aufmerksam an. „Aber du glaubst ihm nicht."

Er zuckte mit den Schultern. „Ramseys Leugnen klang für mich sehr überzeugend, aber das will nichts heißen. Was ich glaube, zählt sowieso nicht, sondern nur das, was ich beweisen kann. Und da wir kein Messer bei der Leiche gefunden haben, hat der Täter es entweder entsorgt oder er hat es noch, was ich für unwahrscheinlich halte. Und selbst wenn, dann sind nach über vierundzwanzig Jahren keine Spuren von Youngs Blut mehr daran nachweisbar."

Row schürzte nachdenklich die Lippen. „Die dritte Möglichkeit wäre, dass Ramsey die Wahrheit gesagt hat. In dem Fall hat entweder Nicholson Young umgebracht oder er deckt den wahren Täter."

Bill nickte. „Das denke ich auch. Das Problem ist, dass ich das nicht beweisen kann. Und solange Nicholsons Aussage Ramsey belastet, der sowieso schon zugegeben hat, Young umgebracht zu haben, wird die Jury ihn garantiert des Mordes für schuldig befinden. Ob es nun Körperverletzung mit Todesfolge oder Totschlag war, hätte sich nicht mehr so genau feststellen lassen. Aber eigentlich wäre das auch egal, weil beide Delikte inzwischen verjährt sind. Also konnte Ramsey die Prügelei gefahrlos zugeben. Er konnte ja nicht ahnen, dass es Beweise für einen Tod durch Erstechen gibt."

Row nickte langsam. Bill genoss es, dass sie immer noch neben ihm stand und nichts dagegen hatte, dass er seinen Arm weiterhin auf ihren Schultern liegen ließ.

„Ich frage mich, Bill, warum Nicholson Ramsey belasten sollte, wenn er nicht selbst der Mörder ist. Bisher hat er sich jede erdenkliche Mühe gegeben, als der loyale Manager der Band zu wirken, der in ihrem Interesse handelt. Außerdem hat er doch selbst gesagt, dass er immer ein Messer dabeihat." Sie sah ihn an. „Habt ihr ihm eins abgenommen bei der Verhaftung?"

Bill nickte. „Ja. Aber das ist garantiert nicht das, mit dem Young getötet wurde. Dazu sah es noch zu neu aus."

Row dachte nach. „Leute, die ständig ein Messer dabeihaben, bleiben meistens ihrer einmal gewählten Marke treu. Wenn sie es verlieren oder es kaputtgeht, kaufen sie wieder dasselbe Modell." Sie sah ihn mit einem ihrer verschmitzten Blicke an, die früher immer einem Streich vorausgegangen waren. „Konfrontiere Nicholson mit dem Messer und sage ihm, dass Young mit demselben Modell getötet wurde. Vorher solltest du aber die restlichen Bandmitglieder befragen und herausfinden, ob Ramsey tatsächlich nie ein Messer bei sich hat, wie er behauptet. Wenn das stimmt, versuch den Bluff mit dem Messer. Der könnte Wunder wirken." Sie zwinkerte ihm zu.

Bill lachte. Schon als Kind hatte sie besser pokern können als er, und offenbar nutzte sie die dazu erforderlichen Fähigkeiten wie das Bluffen auch sehr erfolgreich in ihrem Job.

„Das setzt voraus, dass deine Vermutung stimmt und er tatsächlich dasselbe Modell wie damals benutzt. Aber wenn nicht?"

Sie wiegte den Kopf. „Dann musst du nach Indizien graben, die seine Täterschaft so wahrscheinlich machen, dass die Jury Ramseys Unschuldsbeteuerung glaubt. Am besten findest du heraus, warum Nicholson ihn belastet. Brauchst du Hilfe?"

Er lächelte. „Ich komme darauf zurück." Widerstrebend ließ er sie los und trank den Tee, ehe er das von ihr unterzeichnete Formular und seine Anmeldung für den Kampfkunstunterricht einsteckte.

„Heute Abend hätte regulär eine Anfängergruppe Unterricht. Aber wegen des Wetters haben alle abgesagt. Wenn du Zeit hast, Bill: Beginn ist halb acht."

„Ich werde mein Möglichstes tun", versprach er. Und seine Liebe zu ihr würde ihm die Kraft und das Durchhaltevermögen geben, die er brauchte, um ein Kampfkunstmeister zu werden. Egal wie lange das dauerte. „Cheerio, Row."

„Cheerio, Bill."

Als er Rows Haus verließ, fühlte er sich beschwingt und freute sich auf seine erste Unterrichtsstunde mit ihr.

NEUN

Samstag, 15. Dezember 2012

Bill saß Keith Nicholson und dessen Anwalt Kantu Ravi im Vernehmungsraum des Gefängnisses gegenüber. Annie Armstrong hatte neben ihm Platz genommen. Er fühlte sich steif, weil ihm alle Knochen, vielmehr die Muskeln, wehtaten. Sogar an Stellen, wo er keine Muskeln vermutet hätte. Das Training mit Row hatte ihm Spaß gemacht – einerseits. Andererseits spürte er nun die Auswirkungen in einer Weise, wie er sie nicht einmal während seiner Ausbildung erlebt hatte. Das zeigte ihm, wie sehr er seine Fitness vernachlässigt hatte. Und es wurmte ihn ein wenig, dass Row erheblich fitter war als er. Dem würde er schnellstmöglich Abhilfe schaffen.

Dass Lennox ebenfalls an den anderthalb Stunden Training teilgenommen hatte, wunderte ihn, denn der Ex-Söldner hatte sich wie ein Schüler verhalten. Row wiederum als Lehrerin zu erleben, hatte ihm einen neuen Blick auf sie eröffnet. Sie benahm sich in dieser Eigenschaft völlig anders, als er sie je zuvor erlebt hatte: hart, streng, unnahbar und ohne Nachsicht bei Fehlern. Während des gesamten Trainings war sie nicht seine ihm so vertraute Freundin gewesen, sondern wie eine Fremde.

„Während des Trainings kann ich nicht beides sein", hatte sie gesagt, als er sie anschließend darauf angesprochen hatte. „Wenn ich deine Freundin bin, kann ich dir nicht wehtun. Doch wenn ein Fehler von dir in einer realen Kampfsituation schmerzhafte Folgen hätte, die du spüren musst, damit dein Körper lernt, schneller und vor allem richtig zu reagieren, um eben die zu vermeiden, dann muss ich dir im Training wehtun. Wenn ich dich aber aus Freundschaft nachsichtig behandele, kann dich diese Nachsicht eines Tages das Leben kosten, weil ich dir dadurch die Möglichkeit genommen habe, dich durch Erfahrungen weiterzuentwickeln."

Das leuchtete ihm ein, aber es gefiel ihm nicht. Es würde eine Weile dauern, bis er sich daran gewöhnt hatte. Doch erst einmal konzentrierte er sich auf die Befragung des Bandmanagers.

„Mr Nicholson, Sie haben mich belogen." Bill legte einen durchsichtigen Asservatenbeutel auf den Tisch, in dem sich Nicholsons Messer befand. Es handelte sich um ein Spyderco C07 Police Model, ein feststellbares Klappmesser mit einer gezahnten Klinge, ein exquisites und nicht alltägliches Modell. „Seymour Young wurde mit einem Messer dieses Modells erstochen. Das hat unser Rechtsmediziner zweifelsfrei nachgewiesen."

Zumindest hatte Doc Campbell bestätigt, dass ein Messer wie dieses perfekt zu den Spuren passte, die er an Seymour Youngs Rippen gefunden hatte.

„Das beweist nicht, dass mein Mandant der Mörder ist", stellte Kantu Ravi fest. „Solche Messer kann man wahrscheinlich in jedem Army Shop kaufen, was allein in Edinburgh sicherlich Hunderte von Leuten getan haben."

„Stimmt. Aber es ist wohl kaum ein Zufall, dass Mr Nicholson der einzige Mensch im Umfeld von Mr Young war, der ein solches Messer schon damals besaß. Laut Aussagen aller Bandmitglieder hat Mr Ramsey niemals ein Messer bei sich gehabt, weder damals noch heute." Bill beugte sich vor und sah dem Bandmanager in die Augen. „Im Gegensatz zu Ihnen, Mr Nicholson. Ebenfalls übereinstimmend haben alle Bandmitglieder unabhängig voneinander ausgesagt, dass Sie nach Mr Youngs Tod plötzlich ein neues Messer hatten. Das alte hatten Sie angeblich verloren."

„Stimmt", bestätigte Nicholson. „So was passiert ab und zu. Das war weder das erste noch das letzte Messer, das ich verloren habe." Er deutete auf das Messer auf dem Tisch. „Das habe ich erst vor ein paar Wochen gekauft, weil ich das alte auch mal wieder verloren hatte. Daraus zu konstruieren, dass ich Seymour umgebracht hätte, ist absurd."

Bill wiegte den Kopf. „Das sind immerhin wichtige Indizien. In Zusammenhang mit ein paar weiteren Dingen ergeben sie aber ein schlüssiges Bild, das auf Sie und niemand anderen als Täter hinweist."

Nicholson verschränkte die Arme vor der Brust. „Da bin ich ja mal gespannt."

„Sie haben zunächst ausgesagt, dass Mr Young von Mr Ramsey so zusammengeschlagen worden wäre, dass er auf dem Weg ins Krankenhaus gestorben sei."

„Ich wollte Matt schützen."

„Als ich Sie damit konfrontiert habe, dass Mr Young nicht erschlagen, sondern erstochen wurde, haben Sie Ihre Aussage geändert und Mr Ramsey belastet. Obwohl Sie wissen, dass jeder seiner Bandkumpels bestätigen kann, dass er nie ein Messer bei sich hatte."

Nicholson wiegte den Kopf. „Weil er mein Messer benutzt hat. Am Tag vor dem Gespräch, das Matt mit Seymour im Probenraum geführt hat, hatte ich Seymour das Ding geliehen, weil er damit ein paar neue Gitarrensaiten verkürzen wollte. Er hat es im Probenraum liegen lassen. Und als es dann zu der Auseinandersetzung gekommen ist, hat Matt es benutzt, um Seymour umzubringen. Ich wollte aus verständlichen Gründen nicht sagen, dass das eigentlich mein Messer war, damit Sie nicht auf den Gedanken kommen, auf den Sie jetzt gekommen sind: dass ich Seymour umgebracht hätte."

Der Mann war ein harter Brocken. Aber Bill hatte damit gerechnet, dass er alle möglichen und wahrscheinlich auch plausibel klingenden Ausflüchte gebrauchen würde. Deshalb hatte er sich bei der Befragung der restlichen Bandmitglieder am Vortag so weit wie möglich abgesichert.

„Sie lügen, Mr Nicholson. Wir haben die Bandmitglieder eingehend nach Ihrem Messer befragt. Erstens: Sie waren und sind der Einzige, der dieses Modell, und zwar ausschließlich dieses, benutzt. Zweitens: Sie haben es nie aus der Hand gegeben. Drew Stirling bezeichnete Sie in dem Punkt sogar als ‚besessen'. Weshalb es die gesamte Band gewundert hat, dass Sie ein paar Tage nach Mr Youngs Tod ein neues Messer hatten und kein einziges Wort darüber verloren haben, wie sehr Sie den Verlust das alten bedauern. Mr Maxwell will Sie sogar noch darauf angesprochen haben."

„Das sind keine Beweise", wandte Ravi ein.

„Nein, aber starke Indizien." Bill spielte seinen letzten Bluff aus. „Und wenn ich bedenke, dass Sie aus Kostengründen den blutbefleckten Dufflecoat behalten haben, bin ich mir ziemlich sicher, dass Sie auch das Messer nicht weggeworfen haben, das heute immerhin über hundert Pfund kostet und damals auch nicht billiger gewesen sein dürfte. Nachdem wir nun wissen, wonach wir suchen müssen, gehe ich davon aus, dass wir die Mordwaffe irgendwo in Ihrem Haus finden werden." Er sah Nicholson in die Augen. „Also, Mr Nicholson, warum haben Sie Seymour Young umgebracht?"

Dem Blick nach zu urteilen, mit dem Nicholson ihn bedachte, wünschte der Bandmanager ihn zum Teufel. Je länger er Bill anstarrte, desto hasserfüllter wurde sein Gesicht. Und das wiederum bewies Bill, dass er Seymour Youngs Mörder war und die Tatwaffe tatsächlich irgendwo in seinem Haus versteckt hatte.

„Mr Nicholson, Sie erwartet bereits eine lebenslange Freiheitsstrafe für den Mord an Kyle Saunders. Das Eingeständnis, dass Sie auch Seymour Young umgebracht haben, macht den Kohl nicht mehr fett. Wie Ihnen Ihr Anwalt bestätigen wird, macht sich aber ein Geständnis immer gut."

„Da hat Inspector Wallace recht", warf Ravi ein.

„Verdammte Scheiße!", knurrte Nicholson und warf Bill erneut einen mörderischen Blick zu. Er sah aber offenbar ein, dass Leugnen ihm nicht mehr nützte. „Okay. Seymour war nicht so schlimm verletzt, wie Matt geglaubt hat. Ein bisschen benommen und unkoordiniert wegen des Whiskys, den die beiden zusammen getrunken hatten. Gebrochene Nase, Blut im Gesicht, und er hat sich gekrümmt, weil Matt ihm wahrscheinlich auch einen Magenhaken verpasst hatte. Falls er mehr abbekommen hatte als nur ein paar ordentliche Prellungen und vielleicht eine angeknackste Rippe, habe ich davon nichts bemerkt. Im Gesicht hat er natürlich geblutet wie ein Schwein. Kaum dass ich ihm auf die Beine geholfen hatte, fing er an zu schimpfen und zu fluchen, wie ich es bei ihm noch nie erlebt hatte. Ich habe ihn in meinen Wagen gesetzt und wollte ihn ins Krankenhaus fahren. Ehrlich." Er blickte Bill eindringlich an, als könnte er ihn dadurch überzeugen.

„Aber Sie haben ihn nicht ins Krankenhaus gebracht."

Nicholson schüttelte den Kopf. „Seymour hat unterwegs ständig gedroht, dass er die Band fertigmacht, weil wir alle mit Sheila geschlafen hatten. Er wollte uns gerichtlich verbieten lassen, jemals wieder einen seiner Songs zu spielen oder eine Platte zu verkaufen, auf der einer seiner Songs war. Da die Jungs auf mein Anraten hin ihre Verträge mit den Plattenfirmen so gestaltet hatten, dass sie die alleinigen Rechte an ihren Songs behalten haben, hätte Seymour das durchziehen können. Aber das hätte das Ende der Band bedeutet. Fast alle Titel, die Dalmore Jazz zum damaligen Zeitpunkt produziert hatte, stammten von ihm. Auf denen basierte der gesamte Erfolg der Band. Wenn sie die nicht mehr hätten spielen und deren Aufnahmen verkaufen dürfen, wäre die Band ruiniert gewesen. Es wäre einfach unmöglich gewesen, dass einer von den anderen schnell genug neue Songs produziert hätte. Außerdem waren Seymours Songs einmalig. Dass die Band sich bis heute hat halten können, liegt ausschließlich daran, dass sie auf ihren Konzerten immer noch seine Songs spielen." Er nickte nachdrücklich. „Alle nachfolgenden LPs und später CDs, auf denen weniger als die Hälfte der Songs von Seymours waren, haben sich erheblich schlechter verkauft. Die, auf denen nur neue Songs sind, gehen am schlechtesten."

„Und um zu verhindern, dass Mr Young seine Songs sozusagen mitnimmt, wenn er nach Amerika auswandert, haben Sie ihn umgebracht?"

Nicholson wiegte den Kopf, ehe er ihn schüttelte. „So war es nicht. Klar, Seymour ließ sich nicht davon abbringen, obwohl ich mit Engelszungen auf ihn eingeredet habe. Aber ich war zuversichtlich, dass er es sich anders überlegen würde, wenn er aus dem Krankenhaus raus wäre, nachdem er eine Nacht oder zwei darüber hätte schlafen und ich ihn noch weiter hätte bearbeiten können. Doch dann hat er gedroht, uns nicht nur seine Songs wegzunehmen, sondern auch noch die Presse einzuschalten und uns als Schweine hinzustellen, weil wir alle mit Sheila geschlafen hatten. Er war sowieso überzeugt, dass wir sie dazu gezwungen hätten. Und glauben Sie mir, es war ihm bitter ernst damit."

„Woraufhin Sie ihn umgebracht haben."

Nicholson blickte auf die Tischplatte vor sich. „Ich musste die Band schützen. Und als Seymour einfach keine Ruhe gab und mich auch noch zwingen wollte, an der nächsten Telefonzelle anzuhalten, weil er sofort einen Reporter vom ‚Scotsman' anrufen wollte, habe ich keinen Ausweg mehr gesehen."

So, wie er Nicholson inzwischen kennengelernt hatte,

vermutete Bill eher, dass er damit in erster Linie seine eigene Pfründe hatte schützen wollen. Als Letztes hatte Bill gestern vor Dienstschluss und seinem Training bei Row Nicholsons Hintergrund überprüft. Bevor er der Manager von Dalmore Jazz geworden war, hatte er sich als kleiner Musikalienhändler über Wasser gehalten. Dalmore Jazz war die einzige Band, die er je gemanagt hatte. Davon hatte er nicht schlecht gelebt. Wenn diese Einkünfte weggebrochen wären, hätte er möglicherweise keine andere Band gefunden, die ihn als Manager hätte haben wollen. Zu seinem Job bei Dalmore Jazz war er schließlich nur durch seine Freundschaft mit Rob Leask gekommen und seine Fähigkeiten auf dem Gebiet hatte er sich über die Jahre hinweg durch „learning by doing" angeeignet. Aber das war letztendlich für den Fall Seymour Young egal.

„Warum haben Sie gestern Matt Ramsey belastet und ihm den Mord an Mr Young anzuhängen versucht?"

Nicholson verzog das Gesicht und ballte die Faust. „Weil das alles seine Schuld war. Er hat Sheila damals überredet, zu unserem Männerabend zu kommen, obwohl Seymour krank im Bett lag. Matt hatte von Anfang an geplant, sie zu verführen. Das wollte er sowieso schon lange. Es hatte ja eine richtige Konkurrenz zwischen ihm und Seymour um Sheilas Gunst gegeben. Aber sie wollte Seymour, nicht ihn. Dass sie dann an jenem Abend so viel Whisky getrunken hat, dass sie jede Hemmung verlor und am Ende nicht nur Matt, sondern uns alle verführt hat – die Initiative ging zu dem Zeitpunkt von ihr aus, wohlgemerkt –, war nicht vorhersehbar. Matt hatte auch die Idee, Seymour davon zu erzählen, um ihn daran zu hindern, mit ihr nach Amerika zu gehen, obwohl er sich denken konnte, wie Seymour darauf reagieren würde. Aber selbst dann wäre vielleicht alles nicht so schlimm gekommen, wenn er sich nicht obendrein auch noch mit ihm geprügelt hätte. Ich kenne Matt. Seymour mag zuerst zugeschlagen haben, aber Matt hat ihn garantiert provoziert. Über die Tatsache, dass wir alle mit Sheila geschlafen hatten, war Seymour sauer genug. Aber da war noch irgendwas, das Matt ihm vor der Prügelei an den Kopf geworfen hat. Das hat Seymour dermaßen in Rage gebracht, dass er die Band vernichten wollte."

„Wie kommen Sie darauf?"

„Er hat während der Fahrt zum Krankenhaus die ganze Zeit über geflucht, dass Matt ‚das' nicht umsonst gesagt hätte; was auch immer ‚das' war. Dass er damit das Fass zum Überlaufen gebracht hätte. Und er hat noch eine Menge mehr in der Richtung gesagt. Er war total wütend und hat immer wieder betont, dass er Matt restlos fertigmachen und ruinieren würde. Dass er damit dann gleich die ganze Band zerstören würde, war ihm egal. Und als er sich einfach nicht davon abbringen lassen wollte, egal wie sehr ich auf ihn eingeredet habe, und obendrein auch noch drohte, mit der Story von dem Abend mit Sheila zur Presse zu gehen ..." Nicholson machte eine Pause und starrte auf die Tischplatte, ehe er Bill wieder ansah. „Das konnte ich nicht zulassen."

Mehr brauchte Bill nicht. „Wo haben Sie die Tatwaffe versteckt?", fragte er dennoch.

Nicholson stieß frustriert die Luft aus. „In meinem alten Werkzeugkasten in der Garage. Ich werfe doch nicht so ein gutes Messer weg."

Damit war der Fall nahezu abgeschlossen, es musste nur noch das Messer sichergestellt werden.

„Noch eins, Mr Nicholson." Bill sah dem Mann in die Augen. „Kyle Saunders war nicht Seymour Youngs Sohn. Das hat ein DNA-Abgleich seiner Leiche mit den sterblichen Überresten von Mr Young zweifelsfrei ergeben. Sie haben Saunders also völlig umsonst ermordet, denn selbst wenn tatsächlich ein anderes Bandmitglied sein Vater sein sollte, hätte Saunders kein Erbe antreten können, da alle anderen noch leben. Zumindest hätte er nicht zum gegenwärtigen Zeitpunkt erben können und in einer Höhe, die die Band ruiniert hätte."

Nicholson starrte ihn mit offenem Mund an. Er war sichtbar erschüttert. Bill war klar, dass der Bandmanager in diesem Moment gern glauben wollte, dass das eine perfide Lüge war.

„Nein, Mr Nicholson, das ist keine Lüge, sondern die Wahrheit."

Er wartete nicht auf eine Antwort, sondern verließ mit Annie Armstrong den Raum. Bevor er ins Präsidium zurückfuhr, suchte er noch Matt Ramsey auf. Der Mann sah ihm leidvoll entgegen, als er seine Zelle betrat.

„Ich habe Seymour nicht erstochen, Inspector", versicherte er, bevor Bill etwas sagen konnte. „Und wenn Sie mich noch hundertmal fragen, kann ich Ihnen nichts anderes sagen. Ich schwöre es!"

„Ich weiß, Mr Ramsey. Mr Nicholson hat die Tat inzwischen gestanden. Mr Young hat auf der Fahrt ins Krankenhaus gedroht, der Band gerichtlich verbieten zu lassen, je wieder einen seiner Songs zu spielen oder eine Platte zu verkaufen, auf der seine Songs sind."

„Das hätte uns ruiniert", entfuhr es Ramsey. Er schüttelte den Kopf. „Aber deswegen bringt man doch niemanden um."

„Mr Nicholson hat das anders gesehen. Außerdem nahm Mr Young Anstoß an etwas, das Sie wohl zu ihm gesagt haben. Er war deshalb so sauer, dass er der Presse noch am selben Abend Informationen geben wollte, die wohl zu einem Skandal gereicht hätten. Erinnern Sie sich noch, was Sie zu ihm gesagt haben?"

„Oh Gott!" Ramsey fuhr sich mit beiden Händen über das Gesicht und nickte. „Ich kann es mir denken. Als ich ihm das mit Sheila erzählt habe, wollte er es nicht glauben. Da bin ich deutlicher geworden. Na ja, ziemlich deutlich. Ich habe sie eine Hure genannt und gesagt, dass sie Seymour und uns alle nur benutzen wollte, um als Sängerin Karriere zu machen." Er sah Bill an. „Ich bin mir absolut sicher, dass sie das am Anfang wirklich vorhatte. Sie hatte auch eine gute Stimme, aber wir waren nun mal eine Männerband und wollten es auch bleiben. Außerdem stand für Sheila von Anfang an fest, dass sie nach dem Austauschsemester an der Uni wieder in die Staaten zurückkehren würde."

„Aber wenn sie in der Zwischenzeit hier mit Dalmore Jazz aufgetreten wäre, hätte ihr das vielleicht zum Karrieresprung in ihrer Heimat gereicht", vermutete Bill.

Ramsey nickte. „Wir hatten uns damals auch schon in Übersee einen Namen gemacht, einen bescheidenen zwar, aber für Sheilas Zwecke hätte es gereicht. Wissen Sie, sie hat Kunst nur wegen ihres Vaters studiert, der ein recht erfolgreicher Maler war. Aber eigentlich wollte sie lieber Musik machen." Er blickte Bill eindringlich an. „Ich habe mir das mit ihren entsprechenden Absichten nicht ausgedacht, Inspector. Bevor sie Seymour an die Angel bekommen hat, hatte sie es bei mir versucht." Er seufzte. „Ich gebe zu, ich habe ihr Angebot angenommen. Aber ich wollte damals keine feste Beziehung. Da hat sie mich fallen lassen und sich um Seymour bemüht. Und ich muss fairerweise zugeben, dass Seymour sie ehrlich geliebt hat. Sie ihn wohl auch. Zumindest ein bisschen. Und wenn sie nicht wie wir alle an jenem verhängnisvollen Abend so viel getrunken hätte, hätten wir wohl keine Chance bei ihr gehabt." Er schüttelte den Kopf. „Sie ahnen nicht, wie oft ich mir gewünscht habe, ich könnte die Zeit zurückdrehen und diesen einen Abend ungeschehen machen. Dann würde Seymour noch leben. Und Kyle Saunders auch."

Das war das passende Stichwort für Bill. „Mr Ramsey, die Rechtsmedizin hat ausnahmsweise eine Abstammungsanalyse für Mr Saunders gemacht. Er war nicht Mr Youngs

Sohn. Er war Ihr Sohn." Zum zweiten Mal an diesem Tag sah ihn jemand vollkommen fassungslos an. Bill nickte. „Das steht zweifelsfrei fest, Sir."

„Oh Gott!" Ramsey schlug die Hände vors Gesicht. Seine Schultern zuckten, was Bill zeigte, dass er weinte.

„Mr Ramsey, sobald der Staatsanwalt meinen Bericht erhält und noch ein paar Dinge geklärt wurden, wird er Ihre Entlassung verfügen. Weil Wochenende ist, wird das vermutlich nicht vor Montag der Fall sein, aber Sie kommen frei, da Sie am Tod von Mr Young erwiesenermaßen unschuldig sind." Bill wandte sich zum Gehen.

„Ich habe ihn verjagt."

„Wie bitte?"

Ramsey wischte sich über das Gesicht. „Ich habe ihn von meinem Grundstück gejagt und ihm einen Schneeball ins Gesicht geworfen. Gott, wenn ich gewusst hätte, dass er mein Sohn ist ..." Er schüttelte den Kopf. „Ich habe meinen eigenen Sohn verjagt. Und die letzten Worte, die ich zu ihm gesagt habe, waren, dass er abhauen und sich nie wieder blicken lassen soll."

„Sie konnten nicht wissen, dass er Ihr Sohn ist." Bill zögerte. „Vielleicht tröstet es Sie, dass er eine Frau und eine Tochter hat – Ihre Enkelin. Möglicherweise können Sie Kyle durch seine Frau nachträglich noch kennenlernen."

Ramsey schüttelte den Kopf. „Wie sollte mich das trösten? Wenn ich damals nicht alles getan hätte, um Sheila und Seymour auseinanderzubringen, wäre Seymour noch am Leben. Er wäre mit Sheila nach Amerika gegangen und hätte den Jungen als seinen Sohn aufgezogen. Und der hätte niemals einen Grund gehabt, nach Edinburgh zu kommen und unsere Gründungsflasche für eine DNA-Analyse haben zu wollen." Er seufzte. „Ich bin schuld, dass beide tot sind, auch wenn ich keinen von ihnen umgebracht habe."

Da Bill nicht wusste, was er dazu sagen sollte, sagte

er gar nichts. Stattdessen verabschiedete er sich mit dem erneuten Versprechen, so schnell wie möglich dafür zu sorgen, dass Ramsey entlassen wurde. Er kehrte ins Präsidium zurück, um seinen Bericht zu schreiben. Der Fall war geklärt, und er konnte endlich Feierabend machen.

Am Abend würde er zu Row zum Training fahren und sie anschließend ins Guildford Arms einladen. Oder bei ihr zu Hause mit ihr anstoßen, am besten, dem Ereignis angemessen, mit einem guten fünfzehnjährigen Dalmore statt ihres gemeinsamen Lieblings, des Singleton. Die fünfzig Pfund, die eine Flasche kostete, waren es ihm wert. Und für Row sollte es ohnehin das Beste sein, immer nur das Beste.

ZEHN

Montag, 17. Dezember 2012

Rowan blickte zufrieden auf ihr Werk. Sie hatte den Gehweg vor ihrem Haus weit genug freigeschaufelt, dass er begehbar war und niemand Gefahr lief, auszurutschen und sich die Knochen zu brechen. Zuvor hatte sie bereits die Garagenauffahrt und den Weg vom Gartentor zum Hauseingang vom Schnee befreit. Es war sieben Uhr abends, und es hatte endlich aufgehört zu schneien. Dem Wetterbericht zufolge war in der Nacht und auch am nächsten Tag nicht mit neuen Schneefällen zu rechnen. Doch in diesem Winter hielt sich das Wetter selten an die Vorhersagen und sorgte immer wieder für Überraschungen.

Sie stellte die Schaufel und den Besen in die Garage und freute sich auf ein anschließendes Training, diesmal wieder allein mit Lennox, da die Kampfkunstschüler immer noch vom Wetter abgeschreckt wurden und Sammy und Tank, die einzigen Unentwegten, ihre Stunden dienstags und donnerstags hatten. Nach dem Training würde sie ein heißes Bad nehmen, worauf sie sich ebenso sehr freute.

Als sie ins Haus gehen wollte, sah sie Matt Ramsey durch die Gartentür kommen. Bill hatte ihr schon vor zwei Tagen berichtet, dass auch der Fall Seymour Young abgeschlossen worden war und was dabei zutage getreten war. Deshalb war Rowan sich nun nicht sicher, ob Ramsey gekommen war, um ihr Honorar zu begleichen oder ihr Vorwürfe zu machen. Während er näher kam, konzentrierte sie sich auf seine Ausstrahlung. Sie spürte eine immense Traurigkeit, aber keine Aggression.

„Guten Abend, Mr Ramsey."
„Guten Abend, Ms Lockhart."
„Kommen Sie doch herein."
Sie öffnete die Haustür, und zusammen mit warmer Luft kam ihnen der Duft frisch gebackener Reiskuchen entgegen, die auf dem Küchentisch noch auf dem Backblech abkühlten. Ramsey ließ Rowan den Vortritt und lehnte ihre Aufforderung abzulegen mit einem Kopfschütteln ab. Sie hängte ihre Winterjacke an den Garderobenständer im Flur und bat Ramsey mit einer Handbewegung ins Büro, nachdem sie das Licht eingeschaltet hatte.
„Möchten Sie Platz nehmen, Mr Ramsey?"
Er setzte sich in einen der beiden Besuchersessel, während sie hinter ihrem Schreibtisch Platz nahm. Eine Weile schwieg er und sah sich um. Auf ihrem Diplom vom Police College blieb sein Blick besonders lange hängen. Schließlich schaute er Rowan an.
„Ja, also, Sie haben Wort gehalten." Er nickte. „Sie haben wirklich alles rausgefunden."
Rowan nickte ebenfalls. „Sogar mehr, als ich sollte. Aber ich konnte nicht anders, denn erstens hing alles zusammen und zweitens hatte mich Mr Saunders damit beauftragen wollen, seinen mutmaßlichen Vater zu finden. Leider wurde er ermordet, bevor er den Satz beenden konnte, mit dem er mich engagieren wollte. Deswegen fühlte ich mich verpflichtet, seinen Auftrag trotzdem auszuführen."
Ramsey nickte wieder. „Das ist ... Ich hätte es wohl ebenso gemacht, wenn ich Ihren Job hätte. Schließlich habe ich Sie ja ausdrücklich aufgefordert, die Wahrheit herauszufinden."
Allerdings hätte er das nicht getan, wenn er geahnt hätte, was dabei zutage treten würde.
Er seufzte. „Ich hatte im Gefängnis eine Menge Zeit zum Nachdenken. Ich glaube, ich wollte, dass auch Seymours Tod endlich ans Licht kommt. Insofern muss ich Ihnen

wirklich dankbar sein, denn durch Sie ist herausgekommen, dass ich ihn gar nicht umgebracht habe. Zumindest nicht direkt."

Rowan erkannte aber, dass er keine oder zumindest keine spürbare Dankbarkeit empfand, sondern immer noch Schuld. Er zog einen Briefumschlag aus der Innentasche seines Mantels und legte ihn auf den Tisch.

„Ihr Honorar, Ms Lockhart. Und ich habe noch einen neuen Auftrag für Sie. Der Inspector hat mir wieder bewusst gemacht, dass m... – dass Kyle Familie hat. Hatte. Frau und Tochter. Finden Sie bitte deren Anschrift heraus. Ich möchte sie unterstützen, falls sie damit einverstanden sind."

Rowan lächelte. „Die kann ich Ihnen sofort geben. Und auch die Telefonnummer. Ich hatte mit Mrs Saunders telefoniert. Als sie mir sagte, dass ihre Schwiegermutter früher Sheila Harris hieß, hat sie mir damit einen entscheidenden Hinweis darauf gegeben, wer Kyle ermordet haben könnte."

Bill hatte ihr schon berichtet, dass Saunders sich als Ramseys Sohn entpuppt hatte. Sie holte die sehr dünne Akte aus dem Hängeregisterschrank und schlug die Seite mit Amanda Saunders Adresse und Telefonnummer auf. Beides schrieb sie auf einen Zettel und reichte ihn Ramsey.

Der nahm ihn, warf einen Blick darauf und steckte ihn ein. „Danke." Er stand auf. „Danke für alles." Auf dem Weg zur Tür blieb er noch einmal stehen und drehte sich zu ihr um. „Falls es Sie interessiert: Wir, also die gesamte Band, haben beschlossen, unsere Dalmore-Flasche zu verkaufen, sobald die Polizei sie uns zurückgegeben hat. Falls sie noch halbwegs so aussieht wie vorher, also nicht zu sehr ‚gerupft', wenn Sie verstehen. Den Erlös wollen wir in einem Ausbildungsfonds für Kyles Tochter und als Unterhalt für seine Frau anlegen. Das heißt, wenn sie damit einverstanden ist und wir genug rausschlagen können. Sie kennen doch diesen Reporter. Sagen Sie ihm das. Wenn er das publik macht, kommen hoffentlich genug gute Angebote."

Rowan nickte. „Da diese Flasche der Angelpunkt Ihrer Band war, gehe ich wohl nicht fehl in der Annahme, dass Dalmore Jazz aufgelöst wird."

Ramsey nickte ebenfalls. „Das sehen Sie vollkommen richtig. Nach allem, was war und was die Presse im Laufe des Prozesses gegen Keith noch breittreten wird ..." Er schüttelte den Kopf. „Wir werden nicht mehr weitermachen. Ich wünsche Ihnen einen guten Abend."

„Guten Abend, Mr Ramsey."

Rowan begleitete ihn zur Tür und schloss sie hinter ihm. Da sie niemanden mehr erwartete, auch kein Treffen mit Bill vereinbart hatte, hängte sie das Schild „Geschlossen" ins Türfenster und schloss die Tür ab. Danach ging sie ins Büro zurück und öffnete den Briefumschlag, den Matt Ramsey ihr gegeben hatte. Darin lag ein Scheck über genau die Summe, die sie in ihrer Rechnung an Dalmore Jazz ausgewiesen hatte. Sie legte ihn in den Safe und räumte ihren Schreibtisch auf.

Wahrscheinlich war dies der letzte Fall in diesem Jahr gewesen. Eine Woche vor Weihnachten beschäftigte sich kaum jemand mit etwas, das die Arbeit einer Detektivin erforderte. Die Fälle wurden bis nach Hogmanay und Neerday – Neujahr – vertagt. Das war kein Problem, denn Rowan war in Sachen Sparsamkeit immer noch eine typische Schottin – keineswegs geizig, wie man es den Schotten nicht nur scherzhaft nachsagte, aber sparsam. Und mit den dreitausend Pfund, die Keith Nicholson ihr als Bestechung hatte zukommen lassen und die die Band ihr als Bonus aufgedrückt hatte, würde sie problemlos bis Februar hinkommen, selbst wenn im Januar die Aufträge ausbleiben sollten.

Sie konnte also mindestens bis nach Neujahr ihre Freizeit genießen. Bill hatte sie eingeladen, den Weihnachtstag bei ihm zu verbringen und bei der Gelegenheit seine Eltern zu besuchen. Sie hatte zugesagt, aber für den Boxing Day, den Tag nach Weihnachten, Lennox eingeladen, ihn mit ihr zu feiern. Er hatte zugestimmt.

Ihr Blick fiel auf das Foto von Doro, das sie neben den Jadewels gestellt hatte, den er ihr geschenkt hatte. Obwohl es von der Figur halb verdeckt wurde und sich an einer Stelle befand, wo sie es nicht ständig sehen konnte, wenn sie am Computer saß oder am Schreibtisch arbeitete, war Doro doch immer präsent, weil sie wusste, dass es da war. Es vermittelte ihr das Gefühl, dass er tatsächlich bei ihr war, und nicht nur in ihren Gedanken.

Er war immer noch so sehr ein Teil von ihr, dass sie sich nach wie vor nicht vorstellen konnte, dauerhaft ohne ihn zu leben. Aber sie wusste, dass sie sich daran würde gewöhnen müssen – und es mit der Zeit akzeptieren würde. Sie nahm das Foto in die Hand und erwiderte Doros Lächeln. Eine Großmeisterin des Togakure-ryu zu sein bedeutete auch, dass sie die Dinge akzeptierte, die sie nicht ändern konnte, ohne zu versuchen, sie festzuhalten. Sie hatte sich schon viel zu lange an Doro geklammert und sich selbst dadurch geschwächt. Auch wenn es ihr schwerfiel, war es an der Zeit loszulassen.

Sie gab Doro auf dem Foto einen Kuss und legte es mit dem Bild nach unten in die Schublade, in der sie Dinge aufbewahrte, die sie in absehbarer Zeit nicht brauchen würde. Damit war der erste Schritt getan.

Lennox kam den Flur entlang. Sie fühlte es, noch ehe sie ihn hörte. Er blieb an der Bürotür stehen und lehnte sich mit verschränkten Armen gegen den Rahmen. Die Art, wie er sie ansah, und was sie in seiner Ausstrahlung fühlte, verrieten ihr, was ihn beschäftigte. Ebenso bemerkte sie, dass er unsicher war, wie er sein Anliegen vorbringen sollte.

„Alles okay bei dir?", fragte er.

Sie nickte. „Bei dir auch?"

„Aye." Er räusperte sich. „Ich wollte fragen, ob du Lust hast, den Abend mit mir zu verbringen. Also ..." Er räusperte sich wieder. „Versteh mich nicht falsch, Lockhart. Ich meinte das vollkommen ernst, als ich neulich sagte, dass ich nicht ... also, dass ich keine Beziehung will. Aber", er sah ihr in die Augen, „hast du Lust auf Sex? Dafür braucht man ja keine Beziehung."

Sie fand seine Direktheit erfrischend. „Da hast du recht. Ich habe es auch ernst gemeint, als ich sagte, dass ich für eine Beziehung noch lange nicht wieder bereit bin. Und wenn ich es vielleicht irgendwann sein werde, bist möglicherweise nicht du derjenige, mit dem ich sie eingehen will. Aber gegen unverbindlichen Sex habe ich absolut nichts einzuwenden." Sie ging zu ihm und strich ihm über die Wange. „Denn der ist wundervoll mit dir, Lennox. Hat dir das wirklich noch nie eine Frau gesagt?"

Er zuckte mit den Schultern, ehe er die Arme um Rowan legte. „Doch, fast jede Hure, bei der ich gewesen bin. Aber ich denke, das sagen die jedem Mann, der sich nicht gerade wie ein Schwein aufführt, damit er wiederkommt."

Sie schüttelte den Kopf, ehe sie ebenfalls die Arme um ihn legte. „In deinem Fall ist es die Wahrheit. Ich habe einen Vorschlag: Wenn dich die Lust überkommt, würde ich mich freuen, wenn du zuerst an meine Tür klopfst, bevor du die nächstbeste einschlägige ‚Sauna' aufsuchst. Wenn ich dann auch in der Stimmung bin, können wir eine wunderbare Stunde miteinander verbringen. Und wenn ich an deine Tür klopfen darf, wenn ich Lust habe ..."

„Aye, jederzeit. Kommt mir sehr entgegen. Aber ganz sicher nicht, weil ich dadurch Geld spare, sondern weil ich es mit dir wirklich unglaublich schön fand. So hatte ich es vorher noch nie erlebt."

Sie lächelte. „Da das nun geklärt ist: Gehen wir zu dir oder zu mir?"

„Zu mir." Er grinste. „Sex in meinem eigenen Bett ist nämlich eine Erfahrung, die mir noch fehlt."

Sie lachte. „Nicht mehr lange."

Hand in Hand gingen sie nach oben. Rowan spürte, dass Lennox das neue Arrangement gefiel. Ihr ebenfalls. Sie waren zwei einsame Seelen, die einander Halt gaben. Für sie beide war es eine Übergangslösung, die ihnen half, jeder für sich in ein neues Leben hineinzuwachsen.

Alles andere würde sich finden.

NACHBEMERKUNGEN

1. THE DALMORE

Die Dalmore-Destillerie existiert seit dem Jahr 1839 in Alness (ca. 20 Kilometer nördlich von Inverness) am Ufer des Firth of Cromarty und wurde von Alexander Matheson gegründet. 1891 wurde sie an drei Brüder aus dem Mackenzie-Clan (Alexander, Andrew und Charles) verkauft, die die Destillerie aber bereits seit 1867 leiteten. Nach einer vorübergehenden Stilllegung während des Ersten Weltkrieges nahm die Destillerie die Arbeit 1922 wieder auf. 1990 endete die Mackenzie-Ära, als The Dalmore an die Firma Whyte & Mackay Ltd. verkauft wurde. Seit 2007 ist die Destillerie im Besitz von United Spirits Ltd., die zur indischen UB Group gehört.

Jede Dalmore-Flasche trägt den Kopf eines Hirsches mit einem zwölfendigen Geweih. Dieses Markenzeichen geht auf eine alte Legende zurück, nach der im Jahr 1263 ein Mann aus dem Mackenzie-Clan dem schottischen König Alexander III. auf einem Jagdausflug das Leben rettete: Als ein Hirsch den König angriff, erlegte der Mackenzie das Tier in letzter Sekunde. Aus Dankbarkeit erlaubte der König dem Mackenzie-Clan, in ihrem Wappen einen Hirschkopf mit einem zwölfendigen Geweih zu tragen, einen sogenannten „königlichen" Hirsch. Seit die Mackenzies die Brennerei übernommen hatten, prangt der Mackenzie-Hirschkopf auf jeder Flasche, nicht nur als Zeichen ihres Clans, sondern auch, um den herausragenden „königlichen" Geschmack des Dalmore zu symbolisieren.

Das Wasser für diesen Whisky stammt ausschließlich

aus dem River Alness. Der Geschmack des Dalmore wird von Zitronengras und anderen Zitrusnoten dominiert, was diesen Single Malt Whisky so unverwechselbar macht. Der Dalmore wird für seinen Reifeprozess in Bourbon- und Sherryfässern gelagert. Die Whiskys aus beiden Fässerarten werden später miteinander vermischt. Da die Dalmore-Destillerie als einzige weltweit das Monopol besitzt, Fässer des Sherryproduzenten Gonzales Byass zu verwenden, ist der Geschmack dieses Whiskys einzigartig und nicht imitierbar. Neben der Zitrusnote, die heute im Gegensatz zu früheren Abfüllungen mehr nach Orange als nach Zitrone schmeckt, erkennt man Geschmacksnoten von Gewürzen, Schokolade, Kaffee und Vanille mit einem Hauch von Honig. Sie verleihen dem Dalmore einen weichen Geschmack mit einem angenehm fruchtigen Abgang.

Lange Zeit wurde fast ausschließlich zwölfjähriger Dalmore produziert. Inzwischen gibt es aber auch fünfzehn- und achtzehnjährigen Dalmore sowie eine Reihe von limitierten Sonderabfüllungen wie zum Beispiel den King Alexander III. Dalmore oder den Dalmore Cigar Malt Reserve, der sich neben den Dalmore-typischen Grundnoten durch einen Geschmack von Zimt, Bergamotte und einem Hauch von Banane auszeichnet und eine gute Ergänzung zu einer hochwertigen Zigarre bildet.

Gegenwärtig werden jährlich 4,2 Millionen Liter Dalmore produziert.

Wenn Sie die Destillerie besuchen wollen, finden Sie sie in Alness, Ross-shire, IV17 OUT, Telefon: (0)1349 882 362. Besuchszeiten sind von April bis Oktober montags bis freitags von 11 bis 17 Uhr und von November bis März von 11 bis 15 Uhr. Fahren Sie auf der B807 durch den Ort in Richtung Invergordon. Die Abzweigung zum Dalmore Visitor Centre ist ausgeschildert und mit dem typischen Dalmore-Hirschkopf nicht zu übersehen.

2. TOGAKURE-RYŪ

Ein besonderes Anliegen ist es mir, auch ein paar Worte zu der Kampfkunst Togakure-ryū, besser bekannt als Ninjutsu, zu sagen. Ich habe bewusst die ursprüngliche Bezeichnung Togakure-ryū (eingedeutschte Schreibweise: Togakure-ryu) verwendet, um keine Assoziationen zu den unzähligen, durch schlechte „Ninja"-Filme verbreiteten und teilweise haarsträubenden Märchen hervorzurufen, die nicht nur bei Fans dieser Filme grassieren. Trotzdem, und obwohl meine Schilderungen von Rowans Fähigkeiten auf diesem Gebiet absolut authentisch sind (siehe Danksagung), wurde in vielen Leserbriefen zum ersten Band der Serie („Singleton Soul") bemängelt, dass Rowan als „Superwoman" dargestellt worden wäre, die über „beinahe übernatürliche" Fähigkeiten verfüge.

Dem ist nicht so. Ich habe im Gegenteil davon Abstand genommen, die wirklich spektakulären, aber für Ninjutsu-Großmeister völlig normalen Fähigkeiten zu beschreiben, um eben diesen Eindruck zu vermeiden. Da mir das offenbar nicht gelungen ist, hier also ein paar Informationen über die Fähigkeiten, die man im Laufe des jahre- und jahrzehntelangen Trainings des Ninjutsu entwickelt.

Das Togakure-ryu-Ninjutsu wurde im 12. Jahrhundert von Daisuke Nishina entwickelt, der im Dorf Togakure geboren wurde. Deshalb wird sein Stil als Togakure-ryū bezeichnet und, trotz diverser Dispute, als das ursprüngliche Ninjutsu angesehen. Zumindest ist es das heute verbreitetste. Ninjutsu gilt als eine der effektivsten Kampfkunstarten weltweit. (Aus persönlicher Erfahrung mit unter anderem Karate, Tae Kwon Do, Kickboxen und den Grundzügen des Ninjutsu zum Vergleich kann ich das bestätigen.)

Ninjutsu ist im Gegensatz zu anderen Kampfkunstarten keine reine Kampfkunst, sondern eine ganzheitliche Lebensphilosophie, die sich auf alle Bereiche des menschlichen Seins erstreckt. Sie ist ein sehr komplexes Geflecht von Fähigkeiten, von denen die Kampftechniken (waffenlos und mit Waffen wie Schwert, Speer, Messern und anderen) nur einen Teil ausmachen. Allerdings werden gerade diese in Filmen und auch in vielen westlichen Schulen, die Ninjutsu als reinen Kampfsport unterrichten, in den Vordergrund gestellt.

In seinem Handeln gilt die vordringlichste Pflicht des Togakure-Kriegers als Erstes dem großen Ganzen (der Welt), dem Wohl seines Landes und dessen Bewohnern, danach seiner Familie und den Menschen, die er liebt, und erst ganz zuletzt sich selbst. Das Hauptziel des Ninjutsu ist die Erleuchtung, das Einswerden mit dem Kosmos, das nur erreicht werden kann, wenn sich Körper, Geist und Seele in einem perfekten Gleichgewicht befinden. Deshalb gehören zur Ninjutsu-Ausbildung auch Meditation und künstlerische Erziehung in Malerei, Musik, Tanz, Ikebana und Dichtkunst, das Gestalten der Teezeremonie und dergleichen mehr. Die Meditation führt in Verbindung mit körperlichem Training zur hundertprozentigen Leistungsfähigkeit des Körpers und zu einem stark erhöhten Bewusstsein, mit dessen Hilfe ein ausgebildeter Ninja und sein weibliches Pendant, die Kunoichi, Dinge wahrnehmen können, die Menschen ohne Ninjutsu-Ausbildung nicht bemerken. Ihre Intuition ist extrem hoch entwickelt, ebenso alle anderen Sinne, die bis zur Hypersensibilität trainiert werden. Mit zum

Beispiel vier normalsportlichen Gegnern gleichzeitig fertigzuwerden, ist für einen Großmeister nicht schwer.

Es handelt sich also, sowohl hinsichtlich der körperlichen wie auch der geistigen Fähigkeiten und der Sinne, um nichts anderes als etwas, das über Jahre hinweg kontinuierlich trainiert wurde, einschließlich einer äußerst wachen Intuition. Jeder physisch und psychisch gesunde Mensch ist in der Lage, durch eine entsprechende fundierte und zeitintensive Ausbildung dieselben Fähigkeiten zu entwickeln. Mit „übersinnlich", „mystisch", „super..." oder gar „esoterisch" hat das nichts zu tun.

Wer mehr über das echte Ninjutsu wissen möchte, dem empfehle ich als Lektüre die Bücher von Stephen K. Hayes („Ninja", Band 1 bis 4). Sie geben einen fundierten Überblick über Ausbildung und Fähigkeiten des Togakure-ryu beziehungsweise Ninjutsu.

Das in dieser Buchreihe erwähnte Nobushi-Togakure-ryu ist jedoch reine Erfindung. Das betrifft besonders die Tradition des tätowierten Drachen, da Tattoos normalerweise kein festgeschriebener Bestandteil der Ninjutsu-Kultur sind.

GLOSSAR

Wo die Aussprache von der Schreibweise abweicht, steht sie in Klammern hinter den Begriffen.

EIGENNAMEN

Akiko – „Herbstkind"; japanischer Frauenname

Azarni (asarni) – „Distelblume"; japanischer Frauenname

Daisuke (daiske) – „große Hilfe"; japanischer Männername

Hidoro – „Lichtpfad"; japanischer Männername

Kantu – „der Glückliche"; indischer Männername

Màire (maathi; das th wird als gelispeltes S ausgesprochen) – schottisch-gälische Form von Maria/Mary

Nishina – japanischer Familienname; mögl. Bedeutung: „Ruhm des Westens"

Nobushi – japanischer Familienname; Zusammensetzung aus nobu in der Bedeutung von „Treue" bzw. „Glauben" und shi in der Bedeutung von „Meister" oder „Lehrer"

Ravi – „Sonne"; indischer Männername, auch als Nachname gebraucht

Rowan (rauen) – „Eberesche"; ein gebräuchlicher englischer Vorname für Frauen und Männer

Seymour (ßihmur) – schottischer Männername, auch als Familienname gebräuchlich

Togakure – „verborgene Tür"; Name des Dorfes, aus dem Daisuke Nishina stammte, der Begründer der Ninjutsu-Unterform, die später ebenfalls Togakure genannt wurde

Yoshio – „rechtschaffener Mann“; japanischer Männername

BEGRIFFE

Boxing Day (boksing däj) – der 26. Dezember, der Tag nach dem schottischen Weihnachtstag; ursprünglich der Tag, an dem die Angestellten von ihren Arbeitgebern in Schachteln („box“) verpackte Geschenke erhielten oder dem Chef eine Schachtel überreichten, in die er das Weihnachtsgeld legte; heute ein offizieller Feiertag, an dem man meistens zu Sportveranstaltungen geht

CID (ßi ai di) – Criminal Investigation Department, die britische Kriminalpolizei

Copper – britische Variante des amerikanischen „Cop“, Bezeichnung für Polizisten und Kriminalbeamte

Distelorden – der höchste schottische und zweithöchste britische Orden

Hogmanay (haagmenäj) – das schottische Silvester am 31. Dezember und das größte Fest des Jahres (Pub-Besuche sind „Pflicht“)

Irish Cob (airisch kop) – eine Kaltblut-Pferderasse, die häufig ein schwarz-weiß geschecktes Fell hat

Neerday (nehrdäj) – „Niemalstag“ (Abkürzung von „Neverday“); Neujahr am 1. Januar (der Tag, an dem der „Kater“ nach Hogmanay zuschlägt)

Tatami – 5 cm dicke Binsenmatte, traditionell mit einem Kern aus Reisstroh, modern mit Schaumstoffkern. Die festgelegte Standardgröße beträgt 85 x 170 cm. In einigen Gebieten Japans (Ost-, West- und Nordjapan) gibt es abweichende Maße. Statt wie in westlichen Ländern die Fläche einer Wohnung in Quadratmetern, Square Feet bzw. Square Yard anzugeben, wird sie in

Japan in Tatamis gemessen. Ein 3,40 x 5,10 m (17,34 qm) großes Zimmer hätte in Japan also eine Fläche von 12 Tatamis.

Tinker (oder Scottish Travellers, wie sie politisch korrekt genannt werden) – ein nomadisierendes Volk, das von den schottischen Ureinwohnern abstammt. Sie haben eine eigene Sprache, das Cant, und gelten als ein eigenständiges Volk, obwohl die Theorie besteht, dass sie sich in grauer Vorzeit mit Roma vermischt haben. Die Bezeichnung „Tinker" (Kesselflicker) erhielten sie, weil dieser Beruf unter den Travellers (nicht nur den Scottish Travellers) früher am häufigsten vertreten war. Der Name wurde von den Sesshaften für jede Art von Wanderarbeiter benutzt, der Kessel flickte, Scheren und Messer schliff usw. Nicht jeder von ihnen, aber die überwiegende Mehrheit, war ein (Scottish) Traveller. Daher hat sich die Bezeichnung „Tinker" für die Travellers im normalen Sprachgebrauch etabliert, und zwar in ganz Großbritannien. Jedoch hat dieses Wort für die Travellers einen ähnlichen Beigeschmack wie „Zigeuner" für Roma und Sinti, nämlich einen diskriminierenden (obwohl nicht jeder es so empfindet). Sie selbst bevorzugen die Bezeichnung „(Scottish) Travellers".

WÖRTER AUS DEM SCOTS

aye (ai) – ja
bonnie – schön
burn (bern) – Bach
cheerio (tschirio) – tschüss
cheers (tschiirs) – Prosit
hi (hai) – hallo
hiya (haia) – hallo (vertraulich, flapsig)
jings! (dschinks) – verflixt!

laddie (laddi) – Junge
lass (laaß) – Mädchen, junge Frau
naw (naa) – nein
Sar – Slangaussprache von „Sir" („Herr" als Anrede)
sporran – (s'paren) – Geldbeutel, Leder- oder Felltasche, die zum Kilt gehört und unterhalb der Gürtelschnalle hängt
Tryst (traist) – Stelldichein, Date, Treffen eines Liebespaares

WÖRTER AUS DEM JAPANISCHEN

chado (tschaadoo) – „Weg des Tees"; Zusammensetzung aus „cha" (Tee) und „do" (Weg); Synonym für die Teezeremonie
dojo (doodschoo) – Trainingsraum für Kampfkünste
gaijin (gaidschin) – Ausländer(in)
giri – Pflicht
hai – ja
Kunoichi (kuno'itschi) – weibliche Praktizierende des Ninjutsu; ein Kunstwort, das aus den Einzelteilen des japanischen Kanji-Schriftzeichens für „onna" (Frau) entstanden ist, die für sich die Silben „ku", „no" und „ichi" ergeben
neh – nicht wahr?
Ninja (nindscha) – männlicher Praktizierender des Ninjutsu
Ninjutsu (nindschuts) – alte asiatische Kampfkunst
obi – Bindegürtel
ryu (rju) – in der hier gebrauchten Form: Schule (insb. Kampfkunstschule)
tai jutsu (tai dschuts) – „Körperkunst"; in den Kampfkünsten die Bezeichnung für waffenlose Kampftechniken

ten-chi-jin (ten tschi dschin) – im Ninjutsu die Fähigkeit, das bestehende Verhältnis der Dinge zueinander (geistig) zu beeinflussen und zu den eigenen Gunsten zu verändern (zum Beispiel einen verunsicherten Menschen noch mehr zu verunsichern, damit er dadurch eine für ihn falsche, für den Anwendenden des ten-chi-jin aber vorteilhafte Entscheidung trifft)

MASSEINHEITEN

Inch – 2,54 cm
Fuß (foot) – 30,48 cm
Yard – 91,40 cm
Meile – 1,609 Kilometer
Pint – 0,568 Liter
Dram – 3,55 ml (Der Ausdruck wird aber auch als Synonym für einen großen Schluck verwendet, der ungefähr dem Inhalt eines Schnapsglases entspricht. „Wee dram“, ein Ausdruck, der Schottlandreisenden ebenfalls immer wieder begegnet, meint dann einen „kleinen Schluck“.)

DANKSAGUNG

Für Unterstützung bei meiner Arbeit an diesem Buch bedanke ich mich ganz herzlich bei:

Rob Bruce, Head of Global PR der Dalmore-Destillerie, für die Genehmigung, den Namen Dalmore zu verwenden.

Katja Wündrich vom Reiseveranstalter Wind & Cloud Travel Ltd., Edinburgh, für Informationen über die Stadt und ein paar typische Edinburgher Gepflogenheiten.

Großmeister Stephen Kinryu-Jien Hayes für detaillierte Informationen über Togakure-ryu und die realistischen Möglichkeiten und Fähigkeiten, die eine Großmeisterin wie Rowan beherrscht.

Lothian and Borders Police in Edinburgh für Informationen über die Arbeit der schottischen Kriminalpolizei (Criminal Investigation Department, CID).

Peter Stelfox, dessen Buch „Criminal Investigation – an introduction to principles and practice" mich mit den Details britischer Polizeiarbeit vertraut machte und mir so manchen nützlichen Hinweis für Bills Arbeit lieferte.

Liebe Leserinnen und Leser,

in dem vorliegenden Buch stecken:

- *232 Stunden der Autorin*
- *3 Monate Arbeit des Lektorats (Überarbeitung von Stil, Logik, Spannung)*
- *4 Wochen Arbeit des Korrektorats (Rechtschreibung)*
- *5 Tage Arbeit für die Covergestaltung*
- *10 Tage Arbeit der Herstellung für das gedruckte Buch*
- *3 Tage Arbeit der Herstellung für das E-Book.*

Und damit das Buch zu Ihnen findet, außerdem Arbeitszeit von Verwaltung, Vertrieb, PR und Marketing.

Ich hoffe, das Resultat der Arbeit hat Sie unterhalten. Über Anmerkungen und Hinweise jeder Art freue ich mich.

Bitte schreiben Sie, gern per Mail, an kontakt@dryas.de oder per Post an den Dryas Verlag in der Mainzer Landstr. 41 in 60329 Frankfurt a. M.

Ihre Verlegerin Sandra Thoms

MIT ROWAN DURCH EDINBURGH

Fans von Rowan oder Edinburgh (oder auch beidem) können auf den Spuren der Heldin reisen. Der Reiseführer mit den wichtigsten Orten zum Roman kann kostenlos unter
www.guidewriters.de
heruntergeladen werden, entweder als App für das Smartphone (Apple und Android) oder für den PC. Einfach kostenlos einloggen, nach „Edinburgh" suchen und herunterladen.
Oder QR-Code fotografieren:

http://bit.ly/edinburgh-rowan